KB141263

장미도둑

사랑의 28가지 빛깔

장미도둑

유연희·김하 지음

토파즈

인생의 가장 빛나는 순간, 장밋빛 사랑 노래

우리는 살아가면서 수없이 많은 사람들과 만나고 헤어집니다. 만날수록 좋아지는 사람이 있고 생각하면 미소가 떠오르는 사람이 있는가 하면, 함께 어울리면서 좋아지는 사람도 있습니다. 그리고 사랑은 그렇게 자연스레 우리 곁을 찾아옵니다.

많은 사람들이 연인과 함께 행복할 때, 안타깝게도 혼자 외로울 수도 있습니다. 세상의 어떤 사랑도 똑같을 수는 없습니다. 한눈에 반하여 불타오르는 사랑, 뜨겁고 열정적인 사랑이 있는가 하면, 혼자 몰래 애태우는 외사랑도 있고 함께 기뻐하기보다 눈물 뿌리는 날이 더 많은 가슴 아픈 사랑도 있습니다. 아직 누군가를 만나지 못한 사람에게는 틀림없이 어딘가에 인연이 숨어 있습니다. 그저 좀 더 시간이 필요하고, 아직 그 사람을 알아보지 못할 뿐이겠지요.

지금 사랑하는 사람을 만난 사람은 더욱 열정적으로 사랑하세요.

소중한 지금 이 시간은 다시 오지 않습니다. 더 사랑하고, 더 예뻐해 주고, 인생에서 가장 향기로운 장밋빛 인생을 만끽하고 있음에 감사하세요.

놓쳐버린 사랑에 너무 연연하지 마세요. 머잖아 틀림없이 또 다른 사랑이 찾아올 테니까요. 지난 사랑은 다가올 더 큰 사랑을 위한 전주에 불과했다고 스스로를 위안하세요. 어쩌면 먼 훗날 지금의 사랑과 쓸쓸한 마음을 돌이켜볼 수도 있을 거예요. 그러면 그때 진심으로 사랑했으므로 행복했다고, 말라서 더욱 빛나는 드라이플라워처럼 진한 사랑의 추억을 음미할 수도 있겠지요.

『장미 도둑』은 사랑을 테마로 한 스물여덟 편의 짧은 이야기 모음집입니다. 가슴 뭉클한 사연과, 삶에 대한 애착과 희망이 오밀조밀하게 살아 숨 쉬는 단편들이 사랑의 소중함을 일깨워주고 인생의 진정한 의미를 깨닫게 해줍니다.

사랑을 테마로 한 꼭지마다 눈에 띄는 것이 인연에 관한 것입니다. 「당신 어깨 위의 잠자리」에서 남자는 자기 애인을 살리기 위해 잠자리로 변하고, 「전생에 빚진 눈물 한 방울」은 삼생에 걸쳐 어긋나버린 비극적인 인연을 우화로 풀어주고 있습니다. 「나 죽으면 재혼할 거야?」는 갑작스레 죽음을 맞은 여자가 유령이 되어 남편 곁을 떠나지 못하는 이야기이고, 「만일 우리가 천국에서 다시 만난다면」,「백 번째 미안」,「모닝콜 사랑」 역시 한때 연인이고 부부였지만 생사로 운명이 갈린 슬픈 연인들의 가슴 아픈 사연을 들려주고 있습니다.「어머니의 차표」는 부모로부터 버림받은 고아가 자신의 뿌리를 찾아가는 이야기이고,「코스모스 남매」는 가난 때문에 헤어져야 했던 고아 남매가 다시 만나는 이야기,「두부장수 아버지의 사랑」은 벙어리 아버지의 헌신적인 사랑이 감동적입니다.「장미 도둑」은 쿠르트 쿠센버그의 우화소설이고,「세 가지 질문」은 톨스토이의「사람은 무엇으로 사는가」를 각색한 것이며,「이녹 아든 이야기」는 알프레드 테니슨의 서사시를 풀어쓴 것으로 숭고한 사랑 이야기의 전형을 보여주는 걸작입니다.

　남녀 간의 애절한 사랑과 가슴 아픈 이별, 부모 자식 간의 헌신적인 사랑, 그리고 남편과 아내가 주고받는 도타운 사랑 등 그 어떤 시련과 좌절도 따뜻하게 감싸 안는 이야기는 언제나 감동적입니다. 현실에서 상상조차 하기 힘든 순간들과, 아무런 대가도 바라지 않고 누군가를 위해 헌신하는 모습은 요즘같이 감정이 메마르고 무덤덤해진 시대에 가슴 벅찬 기쁨으로 다가옵니다.

제4장

사랑을 놓치다

———

제5장

이녹 아든 이야기

———

제1장

장미 도둑

어떤 도둑은 지폐만 훔쳐갔는데, 쓰고 남은 동전은 항상 제자리에 갖다놓았다.
또 어떤 도둑은 은전만 챙겼고, 잔돈만 쓸어가는 도둑도 있었다.
창고 물건에만 손을 대는 도둑이 따로 있었고, 돈 대신 양복에만 손을 대는 도둑과,
정원의 장미만 훔쳐가는 도둑이 따로 있었다……!
K는 그 도둑들 중 누구에게도 화를 내지 않았다.
자신이 유독 애지중지하며 그 향기를 즐기는 붉은 장미꽃을 잘라가기 전까지는…….

당신 어깨 위의 잠자리

어느 아름다운 항구도시에 다정한 연인이 있었다. 두 젊은이는 날마다 해안 방파제를 거닐면서 데이트를 즐겼고, 저녁 무렵 수평선 너머로 지는 노을빛을 바라보며 행복해했다. 두 사람의 그 사랑스런 실루엣은 뭇사람들의 부러움을 자아내기에 충분했다.

그런데 불행은 예고도 없이 찾아왔다. 어느 날 여자가 자동차 사고를 당해 큰 부상을 입게 된 것이다. 응급실로 실려간 그녀는 몇 날 며칠 동안 병상에 누운 채 깨어날 줄 몰랐다.

남자는 가슴이 찢어질 듯 아팠다. 그는 날마다 그녀의 병상 곁에 앉아 아무런 지각도 없는 애인의 이름을 부르며 눈물지었고, 저녁이면 교회에 나가 하느님께 기도드렸다.

그렇게 한 달이 훌쩍 지났지만 여자는 여전히 혼수상태였고 남자의 모습도 몰라볼 정도로 수척해졌다. 그런데도 남자는 하루도 빠짐

없이 그녀의 곁을 지키고 있었다. 그런 남자의 정성에 감동한 하느님이 마침내 한 가지 제안을 하기로 했다.

하느님이 남자에게 물었다.

"그녀를 살리기 위해 너의 목숨까지 내놓을 자신이 있느냐? 후회하지 않겠느냐?"

"물론입니다!"

남자가 아무런 망설임도 없이 대답했다.

"사랑하는 이 사람을 살릴 수만 있다면 제가 대신 죽어도 좋습니다!"

하느님이 말했다.

"그럼 좋다. 내 너의 여자를 빠른 시일 안에 깨어나게 해주마. 그런데 조건이 하나 있다. 너는 꼭 3년 동안 인간이 아닌 잠자리로 살아야 하느니라. 그래도 원하느냐?"

남자는 의연했다.

"네, 그렇습니다! 어떻게든 그녀만 살릴 수 있다면……!"

이튿날이 밝자 남자는 잠자리로 변해 있었다.

잠자리는 즉시 병원으로 날아가보았다. 그러자 정말 거짓말처럼 그녀가 깨어나 있었고, 담당 의사와 이야기를 하고 있는데 무슨 말인지는 알아들을 수가 없었다. 여자는 며칠 더 병실에 머물다가 퇴원 수속을 밟고 병원 문을 나섰다. 하지만 그녀의 얼굴에는 그림자가 드리워져 있었다.

여자는 사방으로 남자를 찾아다녔지만, 이상하게도 남자는 보이지 않았고 그의 행방을 알고 있는 사람도 없었다. 그녀는 둘이 함께 거닐던 방파제와 백사장, 부둣가의 후미진 주점까지 온종일 남자를 찾아 헤맸다. 그리고 잠자리가 된 남자는 분주히 그녀의 주위를 맴돌았지만 안타깝게도 소리를 내어 부를 수도, 그녀를 안아줄 수도 없었다. 그녀를 눈앞에서 빤히 보면서도 도무지 그녀의 주의를 끌 방법이 없었다.

시간이 흘러 어느새 여름이 지나고 가을이 되었다. 차갑고 메마른 북서풍은 항구도시를 썰렁하게 만들었다. 잠자리는 이제 그곳을 떠나야 했다. 그래서 마지막으로 그녀의 어깨 위에 살포시 내려앉아 가녀린 날갯짓으로 사랑스런 그녀의 볼을 쓰다듬어보고, 작은 입으로 그녀의 이마에 키스해주고 싶었지만 안타깝게도 그 작은 몸짓으로는 역부족이었다. 잠자리는 여전히 그녀의 주의를 끌 수가 없었다.

가을과 긴 겨울이 지나고 다시 봄볕이 찾아들었다. 잠자리는 설레는 마음으로 다시 옛 애인을 찾아갔다. 그런데 지난 겨우내 그토록 그리워했던 그녀 곁에 잘생기고 키가 큰 남자가 서 있었다. 그 모습을 본 잠자리는 하마터면 정신을 잃고 허공에서 추락할 뻔했다.

사람들은 자동차 사고를 당한 그녀가 얼마나 큰 육체적 고통과 정신적 트라우마를 이겨내고 회복했는지를 이야기했다. 또 그녀의 애인인 남자 의사가 얼마나 헌신적이고 선량한 사람이며, 그 두 사람의 결합이 얼마나 자연스러운 일인가를 이야기했다. 의식을 되찾고도 한동안 우울증에 빠져 있던 그녀가 그 남자의 노력 덕분에 예전의 밝은 모습을 되찾았다고 했다. 잠자리는 너무나 가슴이 아팠다.

그 후 며칠 동안 잠자리는 두 사람이 다정히 해변을 거닐며 데이트하는 모습을 지켜보았다. 그 자신은 어쩌다 운 좋게 그녀의 어깨 위에 살짝 내려앉아볼 뿐 아무것도 할 수가 없었다.

그해 여름은 무척이나 길었다. 잠자리는 매일같이 고통스럽게 두 사람 주위를 맴돌 뿐이었다. 이제는 옛 애인에게 가까이 다가갈 용기조차 없었다. 두 사람이 나누는 달콤한 속삭임과 행복한 웃음소리는 그를 질식케 하고 있었다.

3년째 되는 여름, 잠자리는 더 이상 그녀에게 다가가지 않았다. 그녀의 어깨는 새 남자의 팔이 차지했으며, 얼굴에도 그 남자가 키스해주고 있었다. 그녀는 단 한 번도 잠자리 따위에 관심을 갖지 않았다. 이제 그녀는 과거의 상처에서 어느 정도 벗어나 있는 듯했다.

잠자리로 변한 남자가 하느님과 약속한 3년 기한이 다가왔다. 바로 그 마지막 하루를 앞두고 그의 옛 연인은 새 남자와 결혼식을 올렸다.

결혼식 날, 잠자리는 교회 안으로 날아 들어가 십자가 위에 내려앉았다. 그곳에서 잠자리는 두 사람이 주님 앞에서 영원을 약속하는 목소리를 들었고, 남자가 옛 연인의 손가락에 결혼반지를 끼워주는

정말로 후회하지 않을 사랑이란 게 있을까?
내 안에 가두어두지 않고 눈에 보이지 않아도
그 사람을 사랑할 수만 있다면…….

모습을 보았으며, 둘이 달콤하게 키스하는 장면도 지켜보았다. 잠자리는 그저 눈물만 흘릴 뿐이었다.

그때 하느님이 잠자리에게 물었다.

"후회하고 있느냐?"

잠자리가 애써 눈물을 닦고 나서 대답했다.

"아닙니다, 후회하지 않습니다!"

하느님이 엷게 미소 지으며 말했다.

"그럼 내일이면 원래의 네 모습으로 돌아갈 수 있겠구나."

그러나 잠자리는 완강하게 고개를 가로저었다.

"하느님, 돌아가고 싶지 않습니다. 저를 그냥 이대로 한평생 잠자리로 살게 해주십시오……."

"후회하지 않겠느냐?"

"후회하지 않겠습니다. 절대로! 그러니 절 그냥 이대로 내버려두십시오."

잠자리는 그렇게 부탁한 뒤 총총히 그 교회를 떠나갔다.

어떤 인연은 피치 못할 사정으로 헤어지게 되어 있고, 또 어떤 인연은 불행히도 좋지 못한 결과를 낳기도 한다. 누군가를 사랑한다고 꼭 그 사람을 자기 것으로 소유해야 하는 건 아니다.

지금, 당신의 어깨 위에 내려앉은 잠자리는 없는가……?

장미 한 송이

만일 누군가가 한 사람의 그림자가 되어 9년의 시간을 기다려준 다면, 까까머리 소년이었던 어린 시절의 친구가 어느 날 건장한 청 년이 되어 나타나 사랑을 고백해온다면 어떻게 하겠는가? 그 옛날 의 순수함에 원숙함까지 갖춘 그가 오직 당신만을 위해 찾아와준다 면……?

학교 졸업반이 된 국희는 고모부가 운영하는 을지로의 작은 기획 사에 잠시 일자리를 얻었다. 딱히 특별한 실습이 필요하지도 않았지 만, 전문대 과정의 통과의례로 시간이나 때우며 놀기에 좋았다.

소슬바람이 부는 토요일 오후, 도로 위를 나뒹구는 낙엽을 바라보 며 하릴없이 자리를 지키고 있는데 갑자기 출입문이 열렸다.

"실례합니다만, 여기 타이핑도 해주나요?"

고개를 들어보니 이십대 중반쯤 되어 보이는 청년이 선글라스를 끼고 서 있었다. 큰 키에 옅은 회색 양복 차림이었는데, 뽀얀 얼굴과 반듯한 행동거지가 부잣집 도련님 티를 물씬 풍겼다.

남자가 손에 든 종이 한 장을 내밀며 말했다.

"이걸 타이핑하고 싶어서요."

"예, 잠시만 기다리세요."

단순 타이핑 정도야 누가 해도 하는 일이고, 기획사 입장에서는 별 수입도 안 된다. 그렇다고 찾아온 손님을 딱히 거절할 명분도 없다. 고정 거래처의 일 때문에 시간이 없다면 몰라도, 지금은 거리의 낙엽이나 헤아리는 한가한 시간이었다. 따지고 보면 기획사 일이란 게 원래 좀 그렇다. 원고 입출력을 비롯해 복사, 코팅 등 자잘한 업무부터 인쇄소와 제본소 관리 등 여러 잡다한 일이 혼재되어 굴러간다.

남자가 준 종이를 받아든 국희는 속으로 피식 웃고 말았다. 달랑 원고지 한 장에 짤막한 문장 몇 줄이 전부였기 때문이다. 편지 같아 보였지만 수신자 이름이나 주소도 없었다.

컴퓨터 모니터에 전원을 넣고 앉은 국희가 물어보았다.

"파일명을 뭐라고 할까요?"

"그냥 첫 번째 연애편지라고 하죠, 뭐."

'연애편지……?'

국희는 '이 사람이 지금 장난하나?' 하는 느낌이 들었지만, 어차피 기획실 업무란 게 손님의 잡다한 요구를 들어주는 것이므로 별 반응을 보이지 않고 키보드를 두드리기 시작했다.

Dear…….
헤어진 지 9년이 되어서야 이렇게 널 다시 보는구나……!
믿기 힘들겠지만, 너와 헤어진 뒤로 난 단 한순간도 널 잊은 적이 없다.
이제 내 소원이 이루어졌구나.
우리 이렇게 다시 만났으니, 이 세상 다하는 날까지 다시는 헤어지지 말도록 하자.
장미가 참 아름답지?
너도 이 싱싱한 장미꽃처럼 영원히 아름답기를…….

그제야 국희는 남자가 들어올 때 갖고 들어와 테이블 위에 내려놓은 장미 한 송이에 시선을 주었다.
타이핑을 마치고 프린트한 종이를 넘겨주자 남자가 장난기 섞인 목소리로 물었다.
"공짜입니까?"
국희가 터져 나오려는 웃음을 가까스로 참으며 사무적으로 말했다.
"아뇨, 500원인데요."

"예, 500원. 여기 있습니다. 그럼 안녕히……."

동전 하나를 건넨 그가 몸을 돌려 사무실을 나가려고 했다.

"잠깐만요. 이 장미꽃 가져가셔야죠!"

국희가 장미를 들고 문 앞까지 쫓아갔다.

"오, 내 정신 좀 봐!"

순간 남자의 얼굴에서 조금은 복잡한 감정이 스치고 지나갔다. 그가 정색하며 말했다.

"타이핑하시는 모습이 그림 그 자체더군요. 다음 주말에 또 오겠습니다."

"……?"

남자가 가고 난 뒤 국희는 조금 어처구니없다는 느낌이 들었다. 기획실을 찾아와 연애편지를 타이핑해가는 소행이 자못 낭만적이어서일까? 하긴, 간단한 이메일도 답답하다고 문자메시지를 주고받는 시대에 고색창연한 편지라니……!

조금은 신비로워 보이기까지 한 선글라스 남자와 이상한 내용의 편지, '연애편지'라는 파일명과 빨간 장미 한 송이가 국희의 머릿속에서 떠날 줄 몰랐다.

'다음 주에 또 온다고……?'

그다음 주 토요일 오후. 유리창을 통과한 농익은 가을 햇살이 책

어느 날 갑자기 예고도 없이 찾아왔다.
정신을 차리고 보니 어느새 내 옆에 와 있었다.
그것이 '사랑'일까?

상 위에 내려앉아 따스함을 불어넣고 있었다.

"실례합니다, 타이핑 좀……."

귀에 익은 듯한 목소리에 옅은 회색 양복과 선글라스였다.

국희가 웃음 띤 얼굴로 그를 맞았다.

"어서 오세요."

그는 지난번처럼 빨간 장미 한 송이를 조심스레 탁자 위에 내려놓았다.

"파일명을……?"

"두 번째 연애편지."

그는 아주 태연스러웠다. 국희도 그가 그 정도의 파일명을 쓰리라 예상했지만, 왠지 모르게 긴장하고 있는 자신을 어쩔 수는 없었다. 싱숭생숭한 마음을 다잡고 키보드에 손을 얹었다.

지난번에 만났을 때, 넌 여전히 아름다웠다.

까맣게 반짝이는 긴 머리카락이 폭포처럼 아름다웠고, 초롱초롱한 눈길로 나를 향해 걸어오던 그 모습…….

부탁인데, 9년 전의 내 모습을 떠올려줄 수 없겠니?

아니야, 괜찮아. 지금부터 내가 온 정성을 다해 너의 그 닫힌 기억의 문을 열어줄 테니까.

너의 모든 일에 행운이 깃들기를…….

프린트 용지를 건네주는 국희의 시선이 자기도 모르게 테이블 위 장미 쪽으로 향했다.

"안심하세요. 이번엔 절대 두고 가는 일 없을 테니까……."

남자의 익살에 그녀는 또 한 번 웃어버렸다.

"또 오세요?"

"그럼요! 다음 주 토요일에 꼭 다시 올 겁니다."

시간은 여울을 만난 물처럼 빠르게 흘러갔다. 선글라스 남자가 토요일마다 다녀간 지도 어느덧 여덟 번째가 되었다. 국희는 그간 여덟 통의 연애편지를 타이핑한 것이다.

편지 내용은 매번 짧고 간단했지만, 그 함축된 글귀에는 왠지 모를 애틋한 정과 사랑하는 사람을 향한 뜨거운 열정이 듬뿍 스며들어 있었다. 그래서일까? 여덟 통의 편지를 타이핑하는 동안 국희는 자기도 모르게 그 수신자에게 질투심 같은 묘한 감정을 느꼈다. 그토록 자기를 아끼고 사랑해주는 사람과 함께한다면 무얼 더 바라겠는가. 만일 이 사랑이 이루어진다면 얼마나 아름다울까? 아, 나에게는 언제쯤 이런 사랑이 찾아올까……!

국희는 수줍음 많은 내성적인 여자였다. 비록 사람들 앞에서 노래도 잘 부르고 친구들과 웃고 떠들면서 남자 이야기도 스스럼없이 곧잘 하지만, 실상 혼자서 남자들과 대면한 적은 없었다. 일단 남자들

틈에 자기 혼자 끼어 있다고 느끼면 무작정 뛰쳐나오고 마는 것이다.

아마도 중학교 1학년 때였을 것이다. 하루는 무심코 책가방을 열다가 예쁘게 포장된 편지 한 통을 발견했다. 설마 했지만 봉투에 틀림없이 자기 이름이 적혀 있고, 조심스레 뜯어보니 편지지 대신 생뚱맞게도 빨간 콩 두 알이 들어 있었다!

그녀는 누가 볼세라 얼른 그것을 다시 가방에 집어넣었다. 콩콩 뛰는 가슴을 간신히 진정시키고 고개를 들어보니 저쪽에서 한 남자애가 자신을 보고 있었다. 자신을 향한 그 애의 형형한 눈빛에 국희는 몸 둘 바를 몰랐다.

그 남자애는 평소 말수가 적고 어수룩해 보였다. 또래보다 키가 작고 몸집도 왜소한 편으로, 다른 남자애들보다 나은 점이 하나도 없었다. 그러니 이성적인 감정 따위가 느껴질 리 없었다.

그날 오후, 그 애를 운동장으로 불러낸 국희가 용기를 내어 말했다.

"나…… 아직 어려."

국희는 그 애의 실망 가득한 얼굴을 확인하고는 냅다 도망쳐버렸다. 마치 큰 짐 하나를 부리고 달아나듯이. 등 뒤에서 그 애의 목소리가 들려왔다.

"나, 너 기다릴 거다. 정말로!"

그해 가을 국희는 독감을 된통 앓아 병원에 입원까지 해야 했다. 사흘을 쉬고 학교에 다시 나가서야 그 남자애의 집이 이사를 했고,

그 애도 전학을 갔다는 사실을 알았다. 그 이후로는 그 애와 소식이 닿지 않았다.

지금 생각해보면 아쉬우면서도 씁쓸한 추억의 한 토막이었다. 그녀의 머릿속에 남아 있는 거라곤 그 애의 작은 키와 왜소한 몸집뿐, 얼굴도 잘 생각나지 않았다. 하긴, 가끔씩 기억의 책갈피 저 너머에서 가물거리는 그 풋풋한 시절을 떠올려보는 것도 나쁘지는 않았다.

낮게 드리운 먹장구름이 행인들의 낯빛까지 어둡게 만드는 토요일. 국희는 까닭 모를 허전함 같은 감상에 사로잡혀 창밖을 응시하고 있었다. 바삐 오가는 거리의 행인들 틈에서 유독 눈에 띄는 한 사람을 발견했다. 아! 빨간 장미 한 송이를 들고 뛰어오는 선글라스……! 바로 그 남자였다. 그가 아홉 번째 연애편지를 쓰러 오는 중이다……!

"소나기가 올 모양입니다."

"어서 오세요, 편지천사님."

언제부턴가 국희는 그 남자에게 편지천사라는 별명을 붙여주었다.

"아홉 번째 편지를 쓰셨군요!"

그가 볼우물이 파인 얼굴로 살짝 웃었다.

"아뇨. 열 번째인데요."

"어, 이상하다? 틀림없이 아홉 번쨴데……?"

약간 당황하는 국희의 안색을 살피며 그 남자가 말했다.

"전 '9'라는 숫자에 특별한 감정을 갖고 있습니다. 나의 모든 성공 과정을 가만히 돌이켜보면 모두 '9'라는 숫자와 연관되어 있거든요. 내 사랑도 이와 같기를 바라는 마음에서 말입니다……."

그가 잠시 머뭇거리다가 말을 이었다.

"감히 함부로 쓸 수가 없더군요. 그래서 아홉 번째 편지는 가장 아름다운 선물로 남겨두고 싶습니다. 내 진정한 사랑을 담아 오래오래 간직할 수 있게끔 말입니다."

남자의 말 한마디 한마디가 국희의 귀에는 모두 시구처럼 들려왔다. 그리고 언제부턴지 남자를 바라보는 그녀의 마음이 설레고 있었다……!

너는 내 유일한 사랑.

아직 한 번도 사랑한다고 말하지 못했지만,

오늘은 꼭 말하고 싶구나.

사랑해…….

"여자 분이 무척 행복하시겠어요. 그런데, 이름이 뭐죠?"

"……그, 그건……."

'아차! 내가 쓸데없이 결례를 범했구나!'

국희가 당황해하는 사이에 남자가 천천히 선글라스를 벗었다. 그러자 어디선가 한 번은 본 듯한 형형한 눈빛이 나타났다.

"……?"

"중학교 때 반 아이들이 그녀를 '쿠키'라고 놀려댔죠. 내 이름은 동호고…….'"

그가 알 듯 말 듯한 웃음을 씩 한번 보이고는 우산을 펼쳐들고 도망치듯 밖으로 나갔다.

남자가 가버린 뒤 국희는 1분쯤 멍하니 서 있었다. 마음속으로 '쿠키, 동호, 쿠키, 동호, 쿠키동호쿠키동호……'를 중얼거리면서.

'그래, 반 아이들이 날더러 국희보다 쿠키가 더 낫다고 그렇게 부르곤 했어. 그렇다면 설마 그 애가……?!'

형형한 눈빛, 운동장에서 나를 기다리겠다고 소리친 그 아이…… 바로 동호였다. 그 애가 정말로 여태껏 날 기다려왔다고? 그것도 장장 9년이라는 세월을……!

국희는 좀처럼 진정되지 않는 가슴으로 지금까지 그 남자가 쓴 편지 파일을 하나하나 불러내어 읽어보면서, 한없이 느긋하고도 흐뭇한 감정으로 사랑의 여운을 맛보았다.

'근데 그 아홉 번째 편지란 건 또 뭐야……?'

그 답을 알 수는 없지만, 동호는 틀림없이 가장 아름다운 선물이라고 말했다.

어느새 소낙비는 그쳤고, 탁자 위에 샛노란 햇살이 부드럽게 고여 있었다. 그리고 그 위에 동호가 두고 간 빨간 장미 한 송이가 화사한 빛을 내뿜고 있었다.

전생에 빚진 눈물 한 방울

<1생>

　백악기, 지상의 공룡이 멸종하고 나서 얼마 후의 이야기다.

　남자는 자기 곁에 머물러 있는 그녀가 얼마나 소중한 존재인지 알지 못했다. 그녀가 맛있는 과일을 자기 입에 넣어줄 때도, 짐승 뼈를 갈아서 만든 멋진 목걸이를 자기 목에 걸어줄 때도 그 소중함을 알지 못했다. 심지어는 그녀가 자기 품에 안겨 꿈나라로 빠져들 때에도 말이다.

　남자는 부락에서 가장 멋진 모피를 입었고, 가장 정교하고 아름다운 동물 뼈 목걸이를 했으며, 가장 아름다운 여인과 함께 살고 있었다. 그러면서도 그것이 그녀가 자신을 사랑하고 있기 때문이라는 사실을 알지 못했다. 그에게는 단지 그 모든 것이 습관화되어 있었다.

습관이라는 것은 보통 좋은 의미로 쓰이지 않는다. 발견해야 할 수많은 것들을 놓쳐버리게 만들고, 수많은 범상치 않은 현상들이 그 습관으로 인해 식상한 것으로 치부되어버린다. 남자는 계속해서 범상한 나날을 보내고 있었지만, 그 모든 것이 결코 범상치 않은 일임을 알지 못했다.

그 시기에 다른 부락과의 전쟁은 피할 수 없는 일이었다. 자연의 법칙이 그러했다. 전쟁의 결과에 따라 승자는 노예를 얻고 생존의 권리를 쟁취하지만 패자는 모든 것을 잃었다.

어느 날, 종족 간의 전쟁에서 남자의 부족이 패했다. 그 결과 부족민들은 자유를 잃었고, 많은 이들이 목숨을 잃었다. 보통 목숨을 잃는 것은 남자였고 자유를 잃는 것은 여자였다. 늘 이런 식이었다. 그래서 아무도 이 일을 불공평하게 여기지 않았다.

패배자는 당연히 굴복해야 했다. 포로가 된 남자는 죽음을 기다려야 했고, 여자는 다른 종족의 남자들에게 농락당할 일을 기다려야 했다. 노예에게 자유란 불가능한 것이다.

남자가 눈앞에서 적장의 칼을 맞고 쓰러질 때, 여자는 가슴이 찢어지는 듯했다. 마치 자신이 대신 칼을 맞기라도 한 듯 가슴이 아리고 하늘이 무너지는 공포가 몰려왔다. 그녀의 두 눈에서는 눈물이 철철 흘러넘쳤다. 수많은 나날 동안 그를 위해 눈물을 흘렸지만, 그 사람 앞에서는 난생처음 내비친 눈물이었다.

그랬다, 남자는 난생처음 그녀의 눈물을 보았다. 그때서야 그는 비로소 모든 것이 범상치 않았음을 깨달았고, 그녀가 진심으로 자기를 사랑하고 있다는 사실을 절감했다.

그가 피울음을 한번 삼키고 나서 겨우 입을 떼어 말했다.

"내가 너한테 눈물 한 방울을 빚졌구나⋯⋯!"

그 말을 마지막으로 남자의 숨이 끊어졌다.

남자를 죽이고 난 적장은 쓰러져 있는 여자 포로를 발견했다. 그 수하가 살펴보고 나서 말해주었다. 가슴이 터져서 죽어버렸다고⋯⋯.

〈2생〉

남자는 하늘을 나는 새로, 여자는 물고기로 환생했다. 둘은 서로를 그리워하고 사랑했지만, 만날 수는 없었다.

남자는 신을 찾아갔다. 따지고 보면 새는 신과 가장 가까운 동물이었다. 그는 자기 여자의 존재에 대해 고백하고 나서 어떻게든 한번 만날 수 있게 해달라고 사정했다.

신이 말했다.

"너희 인연은 삼세까지다. 이번이 이세인데, 이생에서 가망이 없다면 다음 생을 기약하거라."

새는 눈물이 없었지만, 그의 마음은 구슬피 울고 있었다. 신이 가벼이 한숨을 내쉬고 나서 말했다.

"네 눈물이 보이는구나. 내 너에게 눈물을 흘리도록 해주마. 그런데 딱 한 방울뿐이라는 사실을 기억하거라."

그러면서 한마디를 덧붙였다.

"네게 방법이 아닌 방법을 하나 일러주마. 예로부터 말하기를, 바닷물이 다 말라버리면 물속의 물고기들이 새로 변한다는 말이 있더구나……."

그 말을 들은 새는 곧장 날갯짓하여 날아갔다.

저 멀리 사라져가는 새의 뒷모습을 바라보면서 신이 혼잣말로 중얼거렸다.

"휴! 내가 또 거짓말을 하고 말았구나."

새가 된 남자는 그때부터 밤낮으로 사무치는 그리움을 달래며, "불곡(不哭), 불곡!" 하고 울면서 쉴 새 없이 돌을 물어다가 바다에 떨어뜨렸다.

그는 바닷물이 마르고 모든 물고기가 새로 변한 다음, 자신이 그녀 앞에서 눈물 한 방울을 흘리면서 '사랑해' 하고 고백하는 장면을 무수히 상상해보았다. 그렇지만 그 일은 오직 마음속으로만 그려볼 수 있는 신기루 같은 것이었다.

자꾸만 엇갈리는 운명, 그것도 인연이라면
한 방울 눈물마저 아름답게 수놓일 테니.

사람들이 그를 부르기를, 봄에 씨앗 뿌릴 시기를 알리는 뻐꾹새라고 했다. 사람들은 또 그 새가 바다를 메운다고 하여 정위(精衛 : 중국 전설에 나오는 상상의 새. 염제炎帝의 딸이 동해에 빠져 죽어 변한 것으로, 늘 서산西山의 나무와 돌을 입으로 물어다가 동해를 메우려 했으나 이루지 못했다고 한다)라고 불렀다. 하지만 그들은 전혀 알지 못했다, 이것은 삼생을 거쳐야만 비로소 완성되는 사랑임…….

바다를 메운다는 것은 애당초 불가능한 일이었지만 새가 된 그는 알지 못했다. 그는 단 한 번도 멈추거나 포기하지 않고 온 기력을 다 쏟았다. 그러다가 결국에는 탈진하여 쓰러지고 말았다. 눈물이 터져 나올 것만 같았다. 그는 필사적으로 눈물을 참으며 "뻐꾹, 뻐꾹!" 소리 내어 울면서 전력을 다해 바다로 날아갔다. 곧 닥쳐올 죽음이 느껴졌다. 그는 죽더라도 바다에 빠져 죽고 싶었다.

그의 몸은 점점 바닷물 속으로 가라앉았다. 그리하여 숨이 붙어 있는 마지막 순간에 겨우 그녀를 발견했고, 그녀도 그를 알아보았다. 그들은 그렇게 서로를 바라보며 아프게 울고 있었지만 서로의 눈물을 볼 수는 없었다. 그들 모두 물속 깊은 곳에 있었기 때문에…….

〈3생〉

자신이 물고기였던 이세 때, 여자는 다음 생에는 한 마리 새로 태어나리라 마음먹었다. 그래서 소원대로 새가 되어 하늘을 날게 되었다. 그렇다면 남자는? 한 마리의 날벌레였다!

이번에는 여자가 신을 찾아갔다.

"이번 생이 너희의 마지막 인연이자 마지막 기회이니라. 그 후에는 서로를 알아보지도 못할 것이다."

그렇게 말하면서 신은 또다시 새가 가슴속으로 흘리는 눈물을 보았다. 그래서 이렇게 말해주었다.

"너는 그의 삼생에서 뜻하지 않은 재난을 당하게 될 것이다. 그때 그가 금빛 갑옷 차림으로 너를 구해주고 너에게 빚진 눈물 한 방울을 되돌려줄 것이다."

바로 그때 먼 공간을 자유자재로 움직이는 바람이 여자와 신의 대화를 몰래 엿듣고는 날벌레가 된 남자에게 전해주었다.

남자는 비로소 안도의 미소를 지었다. 삼생이 끝나기 전에 그녀를 만날 수 있다는 희망에 부풀어 가슴이 설렜다. 그렇게만 되면 수많은 세월 동안 홀로 내뱉어온 '사랑한다'는 말과 빚진 눈물 한 방울까지 그녀에게 되돌려줄 수 있을 것이었다.

그들은 서로를 찾아 끊임없이 헤맸다. 동으로 서로, 하늘과 땅으로 쉬지 않고 찾아다녔다. 그들은 몇 번이나 한 공간을 날아다녔지만 그때마다 어긋났고, 몇 번은 거의 만나려는 찰나에 서로 방향을 달리해 날아가고 말았다. 그들은 한없이 엇갈리기만 했다.

어느 겨울날, 그들의 사정을 딱하게 여긴 바람이 남자에게 일러주었다. 지금 여자가 이쪽으로 오고 있으니 움직이지 말고 기다리라고. 가만히 기다리라고!

그 말을 들은 남자는 너무나도 기뻐서 하마터면 눈물을 떨어뜨릴 뻔했다. 더 이상 놓쳐서는 안 될 일이었다. 날벌레가 된 남자는 소나무 가지 위로 올라가 사방을 둘러보았다. 그는 그때 햇빛이 그렇게 찬란하다는 사실을 처음 알았다. 이생을 통해 살면서도 처음으로 그런 현상을 실감한 것이다. 그런데 태양은 또 하나의 사실을 알게 해주었다. 시시각각으로 그에게 최후의 순간이 닥쳐오고 있음을! 그 어떤 날벌레도 겨울에는 날 수가 없다는 것이었다.

더 이상 그녀를 기다릴 시간이 없었다. 그는 자신이 점점 죽어가고 있음을 알았다. 그는 억울하고 한스러웠다. 날벌레의 수명이 너무나도 짧다는 게 원망스러웠고, 심지어 전생에 새가 되어 헤엄치지 못한 것이 억울했고, 그녀가 자기를 사랑한다는 사실을 너무 늦게 알아버린 자신이 한심하고 원망스러웠다.

그는 이제 죽어가고 있었다. 그러나 죽을 수가 없었다. 그 생이 그들의 인연에서 마지막 무대임을 잘 알고 있었기에. 그렇다면 신이 말한 금빛 갑옷은? 그 눈물 한 방울은? 신이 또다시 거짓말을 한 걸까……?

여자는 한창 날아오고 있었고, 남자의 생명은 빠르게 녹아내리고 있었다. 그러자 바람이 전해준 말로 그 둘의 사연을 알게 된, 날벌레가 앉아 있는 소나무도 울고 말았다. 그 소나무의 눈물은 송진이었다. 그 눈물 한 방울이 곧장 날벌레를 덮쳐 몸뚱이를 꽁꽁 에워쌌고, 덕분에 날벌레는 얼마 남지 않은 생이나마 유지할 수 있었다. 그와 동시에 몸을 움직일 수 없게 되었다. 그들이 함께할 수 있는 마지막 생이었기에, 더 이상 어긋나서는 안 되는 일이었다. 그러나 겨우 때를 맞춰 그 솔가지에 내려앉은 그녀가 아무리 소리쳐봐도 이미 송진에 굳어버린 그는 아무런 대답도 할 수 없었다. 그녀 역시 눈앞에서 반짝이는 금빛 물방울 하나를 보았지만 무심코 지나쳐버렸다. 그들은 마지막 생애에서조차 이렇게 어긋나고 말았다.

〈그 후〉

세월은 곁눈질 한 번 없이 전력 질주했고 윤회(輪回)는 거침없이 진행되었다. 천년의 윤회는 송진을 호박(琥珀)으로 바꿔놓았고, 날벌레였던 남자는 박제된 생명력으로 삼생에 머물러 있었다. 호박이 깨져버리지 않는 한 그는 삼생에 계속 머물면서 그들의 인연을 지켜볼 수 있었다.

무수한 윤회를 거듭한 그녀는 또다시 여자로 태어났다. 이제 그녀는 지나가버린 삼생에 얽힌 인연 따위는 까마득히 잊고 있었다. 그녀는 그 생에서 만나 사랑하게 된 다른 남자와 살고 있었다.

하루는 그녀의 남자친구가 이 호박을 사서 목걸이를 만들어 선물했다. 그녀는 무척 기뻐하며 그 목걸이를 걸고 다녔다.

한때 삼생 동안의 인연이었던 남자는 목걸이가 되고, 여자는 그 목걸이를 목에 걸었다……. 전 생애를 통틀어 가장 가까이 있었지만, 그는 아무 말도 할 수 없었고 여자는 그를 기억하지도 못했다.

여자가 남자친구와 행복하게 살아가는 모습을 지켜보면서 그는 더러 질투도 하고 기쁘기도 했다. 그러나 대부분은 가슴이 무너질 듯한 회한의 나날이었다. 첫눈에 알아보기만 했어도 그들 역시 행복한 생을 영위할 수 있었을 것이다. 그는 가슴속으로 수없이 울고 또 울었지만 눈물은 이미 존재하지 않았다.

어느 날 그녀가 근무하는 회사 건물에 화재가 발생했다. 그녀는 아래층에서 치솟는 불길을 피해 동료들과 함께 건물 옥상으로 뛰어 올라갔다. 어떻게든 화마에서 벗어나고 싶었지만 불길은 점점 더 사나워져 옥상 바닥까지 불바다로 변해버렸다.

그런데 하필이면 그녀가 화신(火神)이 노리는 마지막 목표물이었다. 화신은 포효하고 있었다.

"이제 목숨 하나를 더 빼앗고 나서 멈추겠노라!"

그녀는 그 소리를 알아듣지 못했다. 하지만 호박 목걸이에 갇힌 남자는 아직 삼생에 머물러 있었으므로 그 말을 들을 수 있었다. 남자는 문득 천년 전에 신이 그녀에게 해주었던 말을 떠올렸다.

'너는 그의 삼생에서 뜻하지 않은 재난을 당하게 될 것이다. 그때 그가 금빛 갑옷 차림으로 너를 구해주고 너에게 빚진 눈물 한 방울을 되돌려줄 것이다.'

'그래, 바로 이거였구나⋯⋯!'

다른 사람들과 함께 발을 동동 구르고 있던 여자는 갑자기 툭 하고 목걸이가 떨어져나가는 느낌이 들었다. 그래서 자신도 모르게 상체를 숙이며 바닥으로 손을 뻗었고, 바로 그 순간 시뻘건 화마가 그녀의 머리 위로 스쳐 지나갔다. 때마침 몸을 숙인 덕분에 화마를 피할 수 있었다. 울부짖던 화신은 그녀가 아닌 다른 생명 하나를 집어 삼키고 나서, 그녀의 등 뒤에서 공격을 멈추었다.

눈앞을 분간하기 힘들 만큼 시커먼 연기와 사람들의 아우성, 비명 소리, 발걸음 소리⋯⋯ 목걸이가 보이지 않았지만 그런 것에 신경 쓸 경황이 없었다. 어떻게든 몸을 피해야 했다.

그녀는 알지 못했다, 불길에 떨어진 목걸이의 호박이 녹아내리면서 작은 기포 하나가 생겨났다는 사실을. 그것은 그가 송진에 응고

되기 직전에 그녀를 위해 흘렸던 마지막 눈물 한 방울이었다. 그 눈물이 천년이 지나서야 풀려난 것이다. 그 후 남자의 목숨이 어떻게 되었는지는 물을 것도 없다. 뜨거운 불길이 아니더라도 호박이 녹으면서 노출된 그의 생명력은 이미 소실되고 말았다.

간신히 옥상에서 벗어나 살아남은 그녀는 남자친구의 품에 안겨 엉엉 울었다. 사람들은 그렇게나 엄청난 불길 속에서 살아남은 건 기적이라고 입을 모았다. 남자친구가 그녀를 힘껏 끌어안으며 큰 소리로 말했다.

"사랑해!"

그 자리에 몰려 있는 사람들 모두 그 소리를 들었다. 하지만 어느 누구도 불길 속에서 천년 전의 날벌레 한 마리가 남긴 마지막 유언을 듣지 못했다. 그 말 역시 '사랑해'였다.

하늘에서 이 모든 광경을 굽어보던 신의 귓가에 천년 전 자신이 했던 말이 쟁쟁하게 울려 퍼졌다.

"그때 비로소 너에게 빚진 눈물 한 방울을 돌려줄 것이다……."

어느덧 신의 눈가에도 이슬이 맺혀 있었다.

"윤회는 계속되고 생명도 계속된다. 어쩌랴, 유일하게 계속되지 못한 것은 그 삼생을 통한 인연이던 것을……."

장미
도둑

독일 작가 K는 몇 년 전 교외에 있는, 넓은 정원이 딸린 집 한 채를 샀다. 도심에서 가깝고 가격도 비교적 저렴했지만 K를 부러워하는 사람은 아무도 없었다. 지은 지 오래되어 낡은데다 여기저기 손볼 곳도 많았다. 저택에 딸린 정원은 오랫동안 방치된 상태라 야생 상태나 마찬가지였다.

K가 그 집을 선택한 것은 무척이나 조용하기 때문이었다. 정원이 얼마나 넓은지 바깥 소음이 거의 들리지 않았다. 거리를 지나는 자동차 소리나 개 짖는 소리도 없었다. 높다란 담장과 정원에 빼곡한 나무들이 소음을 완벽하게 차단해주었기에 K는 집필에 몰두할 수 있었다.

집필과 잡지사 연재를 중단하지 않는 한 수입은 안정적이었다. 얼마를 버느냐는 순전히 K 자신의 노력 여부에 달려 있었다. 밤낮없이 집필에 매달리면 수입을 배로 늘릴 수도 있었다. 하지만 K는 일에 매달려 전전긍긍하기 싫었다.

K는 어수선한 집과 정원을 그대로 놔두기로 했다. 곳곳을 수리하고 손을 보자면 끝이 없을 것 같은데다 비용도 만만찮을 것이었다. 그는 있는 그대로의 낡은 집과 방치된 정원을 좋아했다. 더할 나위 없이 고적했기 때문이다.

그런데 어느 날부턴가 이상한 느낌이 들기 시작했다. 밤이 되면 정원에서 낯선 사람들이 웅성거리는 듯했기 때문이다. 딱히 뭔가가 보이거나 무슨 소리가 나지는 않았지만, 이튿날 아침에 나가보면 정원 잔디에 그 흔적이 남아 있었다. K의 짐작이 옳았다. 걸인이나 가난한 젊은 여인들, 혹은 늙은 부랑자들이 틈입한 흔적이었다.

누군가가 자기 영역을 몰래 침범한다는 건 무척 신경 쓰이는 일이었다. 크고 날쌘 개 한 마리를 구해다 풀어놓으면 예방할 수 있는 일이지만 K는 개를 좋아하지 않았다. 적막감이 좋아서 마련한 거처에서 시도 때도 없이 개가 짖어대는 상황은 상상조차 하기 싫었다. 차라리 지금처럼 정원을 들락거리는 사람들을 그냥 놔두는 편이 낫다고 생각했다.

어느 날, K는 지갑을 잃어버렸다. 외투마다 뒤져보고 서재와 테이블도 살펴보았지만 보이지 않았다. 그러다가 이틀 뒤 정원의 너도밤나무 아래서 속이 빈 그 지갑을 발견했다. 이슬에 촉촉이 젖은 지갑을 집어 들며 그는 문득 이전에도 종종 돈이나 서가의 물건, 테이블 위에 놓아둔 동전들을 잃어버렸던 일을 떠올렸다. 거실에 딸린 간이 창고의 물건들도 가끔씩 내용물이 비어 있곤 했다. 도둑은 밤에 K가 잠든 틈을 노려 집 담장을 넘어 들어왔다. 그가 확실하게 잠든 것을 확인하고 나서 물건들을 훔쳐간 것이다.

K는 물건을 도둑맞았다는 사실보다도 누군가가 몰래 자신에게 접근했다는 사실이 꺼림칙했다. 그렇다면 이제 어떻게 해야 할까? K는 창이나 문을 꼭꼭 걸어 잠그는 부류가 아니었다. 그리고 한번 잠이 들면 누가 업어 가도 모를 정도였다.

한참 동안 고민했지만 이 짜증스런 상황에서 벗어날 묘책이 떠오르지 않았다. 그래서 어쩔 수 없이 한 가지 태도만은 고수하기로 마음먹었다. 즉 자질구레한 도둑질 정도는 눈감아주기로 한 것이다. 그러자 도둑들도 K가 절도를 용인해주고 있음을 눈치챈 듯했고, 사소한 손해쯤은 선선히 받아들일 뿐더러 경찰도 부르지 않는다는 사실을 알게 되었다. 그리고 K가 자신들의 존재를 어느 정도 묵인해준다는 판단하에, 그의 입장과 형편을 고려해주는 것처럼 보였다.

그들은 확실히 '도둑'이 아니라 '도둑들'이었다. 어떤 도둑은 지폐만 훔쳐갔는데, 쓰고 남은 동전은 항상 제자리에 갖다놓았다. 또 어떤 도둑은 은전만 챙겼고, 잔돈만 쓸어가는 도둑도 있었다. 창고 물건에만 손을 대는 도둑이 따로 있었고, 돈 대신 양복에만 손을 대는 도둑과, 정원의 장미만 훔쳐가는 도둑이 따로 있었다······! K는 그 도둑들 중 누구에게도 화를 내지 않았다. 자신이 유독 애지중지하며 그 향기를 즐기는 붉은 장미꽃을 잘라가기 전까지는······.

붉은 장미를 도둑맞은 날, K는 집에서 한참이나 떨어진 시장에 나가보았다. 그곳에서 K는 어제까지만 해도 자기 정원에 탐스럽게 피어 있던 붉은 장미를 팔고 있는 사내를 보았다.

겨우 화를 억누르고 집으로 돌아온 K는 커다란 종이에 큼지막한 글씨로 이렇게 써서 벽에다 붙였다.

〈절대 손대지 말 것들〉

시간, 고요함, 필기구, 종이, 가위, 탁상시계, 안경, 잠옷, 장미

K는 자신의 요구 사항을 써 붙인 행위가 썩 잘한 일만은 아니라는 사실을 곧 알 수 있었다. 그 몇 가지를 제외한 나머지는 모두 훔쳐가도 된다고 공표한 꼴이 되어버렸기 때문이다.

이렇게 되자 도둑들은 K를 우정 있는 자신들의 동료로 여겼는지 K의 요구 사항을 지킬 뿐만 아니라 가끔씩 종이와 잉크, 만년필 따위를 선물로 갖다놓기도 했다. 그러면서 자신들에게 필요한 물건은 계속해서 훔쳐갔다. 그러면서 더러는 자신들도 K의 벽보 밑에다 작은 쪽지를 남겨 이러저러한 사정을 전달했다.

양복바지를 훔쳐간 도둑은 '줄무늬 바지가 나한테 너무 작은 것 같은데, 좀 늘려두시면 어떨까요?' 하고 자신의 요구 사항을 적었다. 또 부엌을 전담한 도둑은 '매콤하게 양념한 소시지가 그립습니다!'라는 쪽지를 남겼다. '동전이 달랑 두 개밖에 없는데, 이걸 갖고 어떻게 살라는 겁니까?' 하는 쪽지도 보였고, 상당한 지폐가 없어지고 난 다음에는 '창문과 굴뚝을 말끔히 청소해두었습니다. 한번 둘러보시오!'라는 글이 남겨지기도 했다.

도둑들은 주변에서 낮부터 기회를 엿보는 듯했다. K의 일거수일투족을 줄곧 관찰하고 있다가 창문 너머로 K가 잠드는 것을 확인한 다음에 행동을 개시하는 것이다. 어떤 도둑이 테이블에 몸을 부딪히거나 뭔가를 쓰러뜨려 K의 숙면을 방해한 적도 있지만, K는 몸을 뒤척이는 척하고 돌아누워버렸다. 그들과 정담을 나눌 필요까지는 느끼지 못했던 것이다.

다행히 그들은 K로부터 항상 일정한 거리를 유지했고, K는 그 점에 대해 고마움을 느꼈다. 당연히 그 대가는 톡톡히 치러야 했지만, 한편으론 딱히 가족도 없는 K로서는 그것도 꽤 괜찮은 방법처럼 느껴졌다. 도둑들이 조금 과하게 훔쳐가면 K는 더 많이 일해서 부족분을 채워놓았다.

K가 집 안의 좀도둑들을 방치하는 것을 두고 그에게 어떤 죄책감이 있기 때문이 아닐까 의심할지도 모른다. 아니면 도둑맞는 것을

즐기는, 괴상한 성격을 갖고 있다거나……. 그러나 절대 그렇지 않았다. K는 부유하지도 않았고, '소유는 죄악이다'처럼 독특한 신념에 사로잡혀 있지도 않았다. 그는 순전히 자신이 노력해서 돈을 벌었고, 그 돈으로 장만한 물건들을 선선히 도둑맞았다. 결코 고통 따위를 즐기는 마조히스트도 아니었다. 만약 그러하다면 K는 가능한 한 많은 것을 도둑맞고 싶어 했을 것이다. 그러나 K는 그들과의 경계선을 그어 경고함으로써 그 이상을 훔쳐가지 못하게 했다. K는 단지 그들과 일종의 놀이를 하는 셈이었고, 그것이 전부였다.

어느 날 아침 K는 또다시 누군가가 정원의 장미를 훔쳐간 것을 눈치챘다. 화가 난 그는 곧장 시장으로 가서 전에 자신의 장미를 팔고 있던 사내의 물건들을 훑어보았다. 그러나 정원에 있던 붉은 장미는 보이지 않았다.

그런데 그 사내는 K가 왜 화난 얼굴로 자신을 찾아왔는지 알고 있는 듯했다. 그는 어깨를 으쓱하면서, 만일 허락해준다면 무슨 일이 있었는지 설명해주겠다는 표정을 지어 보였다. 그러나 규칙을 깨뜨리고 싶지 않았던 K는 조용히 돌아서고 말았다.

그날 저녁 집에 돌아와보니 테이블 위에 쪽지 한 장이 놓여 있었는데, '그 일은 우리가 한 짓이 아니오!'라고 쓰여 있었다. 그것은 암묵적인 규율을 지켜가면서 은밀히 교류하던 그 도둑들이 아닌 낯선 도둑이 끼어들었음을 의미하는 것이었다. 그 도둑은 규율 밖에 있는

누군가의 마음속에 피어 있는 꽃은
절대로 훔치거나 꺾지 마라.
그것이 그 사람의 전부일지도 모르니까.

사람이었다. K는 반문하지 않을 수 없었다.

'그렇다면 왜……? 왜 나의 도둑들은 새로 등장한 낯선 도둑을 쫓아버리지 않은 거지? 왜 그들은 자신들의 몫을 스스로 방어하지 않는 걸까……?'

도무지 이해할 수 없는 일이었다.

그 이튿날에도 또 장미가 없어졌다. 실망과 분노에 휩싸인 K는 밤에 잠복해 지켜보기로 했다. 그는 평소보다 늦게까지 작업을 하면서 줄곧 커피를 마셔두었다. 자신이 애지중지하는 장미를 훔쳐가는 도둑을 만나면 실컷 두들겨 패주고 싶었다.

새벽 4시, 점퍼를 입고 정원으로 향하는 K의 손에는 단단한 몽둥이가 들려 있었다. 밤이슬을 맞은 잔디는 깎을 때가 지났고 잡초와 덤불도 우거져 있었다. 원한다면 사방이 다 숨을 곳이었다. 적당한 장소에 몸을 숨긴 K의 두 눈은 줄곧 정원 한구석의 장미꽃밭에 고정되어 있었다.

얼마쯤 지나자 'K의 도둑들'이 나타났다. 그들은 창문과 열린 문을 통해 저마다의 습관대로 집 안에 들어갔다. 그러면서도 덤불 속에 숨어 있는 K의 존재와 그 이유를 짐작하고는 서로의 관계가 변함없음을 느낌으로 전해주고 있었다. 자신들이 K를 신뢰하듯, 그 역시 자신들을 믿어주길 희망하고 있었다. K는 불이 켜진 방 이곳저곳을 돌아다니면서 저마다 손을 대도 좋을 물건을 챙기는 그들을 지켜보았다.

30분쯤 지났을 때 K는 또 다른 인기척을 느꼈다. 어둠 속을 날카롭게 응시하자 장미 덩굴에서 꽃을 뽑아내고 있는 사람의 실루엣이 보였다. K는 쏜살같이 뛰쳐나가 도둑의 손목을 붙잡았다. 그런데 놀랍게도 그 도둑은 여자였다. 심장이 덜컹하고 놀라기는 도둑도 마찬가지였다. 그녀가 장미를 훔치는 현장을 급습당해 놀랐다면, K는 은은한 달빛 아래 비친 그녀의 얼굴이 너무나 아름다워서 놀랐다.

"당신, 남의 정원에 들어와서 무슨 짓이오?"

"그래요, 이건 도둑질이 맞아요."

그녀가 차분한 목소리로 말했다.

"잘하는 짓이라고 생각지는 않아요. 그렇지만 어쩔 수 없었어요. 난 내 장미를 가져야 했으니까요."

"당신의 장미라니?"

K가 의아해하는 표정을 짓자 그녀는 확신에 찬 얼굴로 고개를 끄덕이면서 대답했다.

"틀림없어요! 이 장미는 내가 심었거든요!"

"……?"

"이 정원이 우리 가족의 것일 때 말이에요. 물론 그때는 지금보다 두 배는 더 넓었지만요."

K가 조심스레 물어보았다.

"당신이 이곳에서 자랐다고요?"

"그래요. 지금 당신이 살고 있는 집에서 자랐어요. 난 오랫동안 외국에 나가 있었어요. 부모님은 이 집을 판다는 사실을 나한테 비밀로 했죠. 그래서 난 이 집이 팔렸다는 사실을 며칠 전에야 알게 됐어요. 처음에는 절반을, 나중에는 집까지 파셨더군요."

K가 질문했고 그녀는 사뭇 항의하는 투였다. 그런데 대체 이것이 말이 되는 상황인가? 그녀는 마땅히 새 집주인인 K의 존재를 인정해야 했다. 그런데도 K는 마치 자신이 도둑인 것 같은 느낌이 들었다. 도대체 왜일까? 이 집을 시세보다 싸게 구입했기 때문에? 설령 그렇더라도 그건 K의 행운인 것이다. 행운도 결국 차지하는 사람의 몫이 아닌가?

한편 K는 속으로 생각했다.

'하지만 이건 이치에 맞지 않는 말이야……!'

누구에게나 행운에 대한 권리가 있는 것이다. 이 아름다운 여인의 경우도 마찬가지다. 그리고 '소유한다는 것은 빼앗는 것이다!' 자신이 이 집을 산 것은, 엄연히 이 여인으로부터 훔친 것이 된다…… K의 머릿속은 점점 뒤죽박죽되어버렸다.

이윽고 할 말이 없어진 K가 조심스레 그녀에게 물어보았다.

"당신도 장미를 좋아합니까?"

"네, 그럼요."

"그 점에서 우린 분명한 공통분모가 있군요."

K가 다른 도둑들 때문에 쓸데없는 고민이나 번민에 빠져본 적은 단 한 번도 없었다. 실제로 어떤 늙은이가 그의 장미를 꺾었다면 K는 지금처럼 계산을 하는 데 곤란을 겪거나, 자신에게 권리가 없다는 것을 애써 증명하려는 시도로 골머리를 썩이지 않아도 되었을 것이다. 그런데 지금은 이 여인이 아름답다는 사실 때문에 모든 것이 뒤엉켜버렸다.

'세상에나, 도둑은 바로 내가 아닌가! 내가 이 여인에게서 정원을 훔쳤으니 이제라도 돌려주는 것이 마땅하다! 그래, 반드시 그래야만 한다……!'

그 후 어떻게 되었을까? 요약하면, K는 자기 집 정원의 장미를 모두 그녀에게 돌려주었다. 아니, 정원은 물론이고 자신이 살고 있던 집까지 몽땅 내주었다. 두 사람이 결혼을 한 것이다.

오, 가엾은 도둑들! 안타깝게도 K의 아내는 집 안에 도둑들이 돌아다니는 꼴을 용납하지 않았다. 그 물건들은 모두 그녀가 사용할 수 있는 것이었기 때문이다.

K는 자기 집에 들락거리던 도둑들이 그 후로 어떻게 되었는지 전혀 알지 못했다. 간혹 깊은 밤에 무슨 소리가 들려 잠이 깨면, K는 예의 그 도둑들 중 한 명이 아닐까 싶었다. 하지만 그 도둑은 바로 자기 아내였다…….

사랑의
약속

    현호와 수연은 자신들의 만남이 운명이라고 확신했다. 그런데 수연의 집에서는 처음부터 반대하고 나섰다. 남자의 집안이 어떻다는 둥, 같이 살면 고생을 면치 못할 거라는 둥 하면서 두 사람의 만남을 가로막았다. 식구들의 그런 압력 때문인지 둘이 다투는 횟수도 잦아졌다. 그렇다고 그들의 사랑이 변한 건 아니었다. 조금 지치긴 했어도 현호를 향한 수연의 사랑은 변함없었다.

    수연은 현호에게 종종 이렇게 물었다.

    "자기야, 나 얼마만큼 사랑해?"

    "얼마만큼이라니? 사랑하면 됐지!"

    현호는 조금 과묵한 성격에 말주변도 없는 편이었다. 그 점이 수연을 답답하게 했다. 어쩌다 집에서 부모님의 꾸중이라도 듣는 날에는 스트레스가 심해졌고, 그 짜증을 고스란히 현호에게 쏟아부었다.

그럴 때마다 현호는 묵묵히 받아주기만 했다.

현호는 대학을 졸업한 뒤 독일로 유학을 떠날 예정이었다. 출국을 한 달 앞둔 어느 날, 그가 수연에게 청혼했다.

"나, 듣기 좋은 말 같은 거 할 줄 몰라. 그래도 이 말만은 진심이다. 널 아끼고 사랑한다는 거. 평생 널 아껴주며 살고 싶어. 너의 식구들 문제는 어떻게든 내가 노력해서 동의를 얻어낼게. 우리 결혼하자, 응?"

"물론이지, 자기야……."

수연이 기꺼이 현호의 프러포즈를 받아주었고, 두 사람은 감미로운 사랑의 키스를 나누었다.

그날부터 두 사람은 적극적으로 수연의 식구들을 설득하는 작전에 돌입했고, 끈질긴 노력 끝에 마침내 식구들도 둘의 관계를 인정해주었다. 그래서 현호가 출국하기 전에 조촐하게나마 약혼식을 치를 수 있었다.

수연은 국내에서 직장을 구했고 현호는 낯선 이국땅에서 전공 분야의 공부를 계속했다. 두 사람은 하루가 멀다 하고 전화와 메일을 주고받으며 변함없는 사랑을 서로 확인했다.

그런데 불행은 아무런 예고도 없이 불쑥 찾아들었다. 수연이 아침 출근길에 버스정류장으로 가다가 브레이크가 고장 난 차에 치인 것이다.

수연은 사흘 동안 혼수상태였다가 겨우 깨어나 곁에 계신 부모님을 보고 자기가 크게 다쳤다는 사실을 알았고, 부모님은 목숨을 건진 것만도 천만다행이라고 말해주었다. 수연은 무척 괴로워하는 엄마 아빠가 안타까워 걱정을 덜어주려고 했다. 그런데…… 자신이 말 한마디 내뱉을 수 없다는 사실을 뒤늦게야 알아차렸다!

어떻게든 소리를 내보려고 안간힘을 썼지만 소용없었다. 그 어떤 말과 단어도 입안에서만 맴돌고 아무리 힘을 써도 숨소리만 새어나갈 뿐이었다. 그녀는 벙어리가 되어 있었다. 심한 충격에 대뇌가 손상되었다는 담당 의사의 말이 도무지 믿기지 않았다. 단 한마디도 말할 수 없게 된 수연. 부모님의 위안도 아무런 소용이 없었다. 미쳐버릴 것만 같은 그녀의 얼굴에는 온통 눈물과 흐느낌뿐이었다.

한 달 후 수연은 퇴원해 집으로 돌아왔다. 집 안의 모든 것이 예전과 똑같았지만, 유독 전화벨 소리만은 그녀에게 악몽이었다. 울리고 또 울려대는 전화벨 소리는 끊임없이 그녀를 괴롭혔다. 사랑하는 남자에게 자기 목소리를 들려줄 수 없다는 고통……!

1주일쯤 지나자 수연도 어느 정도 마음의 안정을 되찾은 듯했다. 그녀는 현호에게 짐이 되고 싶지 않았다. 그래서 그에게 편지를 썼다. 더 이상 기다리기 싫어졌다고, 이쯤에서 그만 인연을 끊자고……. 그러면서 약혼반지도 함께 돌려보냈다. 그러나 쉽게 단념하고 돌아설 현호가 아니었다. 수연은 남자가 보내오는 편지와 메

불행은 피할 수 없을지라도
사랑은 더 깊어질 수 있다.

일, 날마다 울려대는 전화벨 소리 앞에서 하염없이 눈물만 흘릴 뿐이었다.

수연의 부모님은 괴로워하는 딸아이를 더 이상 두고 지켜볼 수가 없었다. 그래서 급하게 수소문하여 이사하기로 결정했다. 딸아이가 모든 것을 털어버리고 조금이라도 밝게 살아가기를 바라는 마음에서였다.

환경이 달라지자 수연도 심적 충격에서 벗어나는 듯했다. 차츰 수화를 배우기도 하고 새로운 삶에 적응해나가기 시작했다. 그리고 마음속으로도 현호를 잊었다고 다짐했다.

그러던 어느 날, 대학 시절 같은 과 친구가 그녀를 찾아왔다. 현호가 귀국해서 그녀를 애타게 찾고 있다고 알려주었다. 수연이 그 친구에게 신신당부했다. 절대 현호에게 자신에 대해 말해줘서는 안 된다고. 그저 하루빨리 자기를 잊는 것이 좋을 거라고……. 다행인지 불행인지, 그날 이후로 수연은 더 이상 현호의 소식을 듣지 못했다. 그리고 1년쯤 지났을 때, 그 과 친구가 또다시 수연을 찾아왔다. 현호가 결혼을 한다면서 청첩장을 전해달라는 부탁을 받았다는 것이었다.

수연이 조심스럽게 청첩장을 펼쳐보았다. 그러자 거기에는 신랑 현호의 이름과 함께 '엄수연'이라는 이름이 또렷이 찍혀 있었다!

"……?"

대체 어떻게 된 일이냐고 친구를 추궁하려 할 때, 그녀의 뒤에서 현호가 모습을 드러냈다. 못 본 사이에 한결 성숙해지고 어른스러워진 현호가 서툰 수화로 천천히 수연에게 말했다.

'지난 1년 동안 내가 수화를 배운 건 오직 너한테 우리의 약속을 저버리지 않았다는 걸 말해주기 위해서였어. 널 사, 랑, 해…….'

현호의 느린 손동작과 돌려준 약혼반지를 들여다보면서, 수연은 끝내 행복한 웃음을 지었다.

가은의
어린왕자

　가은이 산동네의 가파른 언덕길을 걷고 있었다. 어스름이 깔릴 즈음 출근하는 여자. 립스틱을 짙게 바르고, 까만 스타킹에 아슬아슬한 미니스커트를 입은 그녀의 입에서 한숨이 흘러나왔다.

　'제길, 언제까지 이런 생활을 해야 하는 건지…….'

　아직도 익숙지 않은 굽 높은 구두, 새벽 거리를 비틀거리며 귀가하다 삐끗한 것이 아직도 시큰거렸다.

　"휴!"

　땅이 꺼져라 또 한 번 한숨을 내쉬고 있는데, 골목 저쪽 끝에서 꼬마 하나가 멀뚱멀뚱 이쪽을 보고 있었다.

　'짜식, 어린 게 벌써부터 보는 눈은 있어 가지고…….!'

　가은은 피식 한번 웃어주고 나서 다시 발걸음을 재촉했다.

　술집 일을 마친 가은이 택시를 잡아타고 동네 입구에서 내린 시각은 자정을 훨씬 넘긴 새벽 2시였다. 별들도 숨어버린 흐릿한 밤하늘에 덩그러니 떠 있는 달이 더없이 처량해 보였다. 비틀비틀 걷는 가은의 흐릿한 시야에 문득 골목에 서 있는 꼬마가 들어왔다.

'어라? 근데 저거 어디서 본 것 같은 아인데……? 아하! 저녁에 본 그 꼬맹이로군. 안녕, 꼬마 늑대님. 너도 조금만 더 크면 그놈들과 똑같아지겠지? 근데, 속이 왜 이래……?'

갑자기 속이 울렁거렸고, 가은은 길가의 전봇대를 붙잡고 주저앉았다. 그러고는 어찌할 겨를도 없이 토사물을 마구 게워냈다. 술손님들이 권하는 대로 넙죽넙죽 받아먹은 것이 문제였다.

"히힉! 우욱…… 웩……!"

바로 그때 토닥, 토닥…… 작은 손길이 그녀의 등을 두드려주고 있었다. 간신히 고개를 들어 돌아보니 환한 달빛을 등진 꼬마가 서 있었다.

"넌 누구니……?"

아이는 말없이 웃기만 했다.

'에구, 이놈의 원수 같은 술……!'

이튿날, 속이 쓰리고 머리가 깨질 듯이 아팠다.

'뭐라도 먹어줘야 할 텐데…….'

가은은 부스스한 얼굴로 슬리퍼를 질질 끌고 골목 슈퍼로 향했다. 콩나물과 두부를 사고 눈에 띄는 대로 이것저것 주섬주섬 챙겨들다가 문득 어젯밤 골목에서 마주친 꼬마를 떠올렸다.

'근데, 그 녀석…… 그 새벽에 거기서 뭘 하고 있었던 거지?'

가은은 혹시나 하고 그 또래 아이들이 좋아하는 과자 한 봉지를 골랐고, 골목에서 한참 동안 기다려보았다. 하지만 녀석은 보이지 않았다.

그렇게 며칠이 훌쩍 지나갔다. 모처럼 쉬는 날이라 목욕탕에 가려고 집을 나서는데 저 멀리 그 꼬마가 보였다. 왠지 무척 야위어 보이고, 수줍은 듯 멀리서 쳐다보기만 할 뿐 다가오지 않는 아이에게 손짓하여 초콜릿을 쥐어주었다. 녀석은 한사코 받지 않겠다는 듯이 손을 뒤로 숨겼다.

"집이 어디야?"

아이는 대답 대신 손가락으로 언덕 위를 가리켰는데, 거기에는 작은 성당의 종탑이 서 있었다.

'고아인가……?'

가은이 장난삼아 물어보았다.

"누나 목욕 가는 길인데, 같이 갈래?"

그 말에 놀랐는지 아이가 눈을 동그랗게 뜨며 고개를 절레절레 흔들었는데, 그 모습이 어찌나 앙증맞은지!

"그래! 그럼, 안녕! 담에 또 보자."

아이와 헤어져 돌아서는데, 왠지 그 아이가 오래도록 자기를 지켜보는 것만 같았다. 알 수 없는 서글픈 눈빛으로…….

이튿날 저녁 무렵, 골목에서 그 아이가 가은을 기다리고 있었다. 오늘은 할 말이 있는지 자꾸만 우물쭈물했다.

"음, 너 누나한테 할 말 있니? 나 지금 조금 바쁜데…… 빨리 말해 줄래?"

아이가 뭔가를 결심한 듯 잠시 다부진 표정을 짓고는 알 수 없는 손짓을 해댔다. 어디선가 많이 본 듯한 저 손짓들…….

"그게 뭐야? 누난 모르겠다, 얘. 뭐니……?"

열심히 노력해 보인 자신의 의사 표현이 전달되지 않은 사실이 분해서인지 아이가 울먹이기 시작했다. 그러다가 만난 뒤 처음으로 입을 열었다.

"어버버버…… 으버…… 어버버 으……!"

'아, 이 아인……!'

아이는 끝내 울음을 터뜨렸고, 가은은 말없이 아이를 와락 안아주었다. 그뿐이었다. 그 어떤 말도 해줄 수가 없었다.

며칠째 밤하늘을 짓누르던 먹구름이 빗줄기로 변하면서 장마가 시작되었다. 장맛비가 내리는 내내 가은은 아이를 만나지 못했다. 당연한 일이었다. 우산 하나 없을 아이가 괜히 골목에 나와 비를 맞을 필요는 없는 것이다.

장마가 그치고 뙤약볕이 내리쬐기 시작한 지 벌써 5일째, 가은은

은근히 그 아이를 기다리고 있었다. 날마다 무의미하게 소모하고 있는 시간을 왠지 그 아이가 채워주고 있는 것 같은 느낌…… 가은은 '이런 게 바로 그리움일까?' 하고 생각해보았다.

가은이 그 아이를 다시 만난 건 꼭 보름이 지나서였다. 예전처럼 골목 끝에 그 아이가 서 있었다. 순간 가은은 자기 내면에서 뜨거운 무엇인가가 쏟아져 나오는 듯한 충격을 받았다. 자신도 모르게 살짝 흘러내리는 눈물을 닦으며 겨우 말을 건넸다.

"아, 안녕……?"

묻고 싶은 게 많았지만 말문이 막혔다. 아이가 말을 못하고, 왠지 평범한 아이가 아니라는 편견 때문일까? 그나저나 아이의 얼굴이 너무나 핼쑥해져 있었다.

"너, 어디 아프니? 이 시간에 여긴 왜 나와 있는 거야?"

하지만 아이는 그저 웃기만 했다. 아니, 대답하고 싶어도 할 수 없을 테니까.

"얼른 가자. 누나가 바래다줄게. 근데 혼자 여기 있으면서 무섭진 않았어?"

가은의 말에 아이는 고개만 좌우로 흔들 뿐이었다. 그러면서도 이상하게 아까부터 두 손을 뒤로 숨긴 채 움직이려 하지 않았다.

"자, 어서 집에 가야지. 다들 걱정하실 거야."

아이가 가은이 내민 손을 물끄러미 올려다보았다. 그러더니 갑자

우연히 마주친 너,
너에게 나는 어떤 존재일까?

기 그녀의 손바닥에 뭔가를 올려놓고는 뒤 한번 돌아보지 않고 냅다 뛰어가는 것이었다.

'훗! 아픈 건 아니구나.'

살짝 안도하며 아이가 쥐어준 종이를 펼쳐보았다. 작은 도화지에 크레용으로 그려진 예쁜 여자애가 웃고 있었다. 그리고 그 아래에 꼬불거리는 글씨로 '누나는 꼭 공주님 같아요'라고 쓰여 있었다.

그날 밤 가은은 달빛 아래서 울고 또 울었다. 왜 그랬는지는 정확히 알 수 없지만, 어린 꼬마의 따스한 마음이 그녀를 울리고 있었다.

언덕 위 성당의 종소리가 울려 퍼졌다. 그러고 보면 참 오랜만에 들어보는 종소리였다. 평소 그 소리에 놀라 잠에서 깨면 짜증만 부렸는데, 지금은 너무나 평화롭고 아름다웠다. 그런데, 정말 이상한 일이었다…….

'평일에도 종소리가 났나……?'

평소 종교에는 관심도 없는 가은이었다. 그런데 왜 갑자기 그런 생각이 들었는지, 한번 가봐야겠다는 생각이 그녀의 발걸음을 성당 쪽으로 잡아끌었다.

지척에 있으면서도 처음 가보는 성당 안으로 들어서자 삼삼오오 모여 있는 아이들이 눈에 들어왔다.

'저 애들 중에 그 아이도 있겠지? 아마도 날 보면 무척 놀랄 거야. 근데 왜 다들 손에 하얀 국화꽃을 들고 있는 거지……?'

그녀가 쭈뼛거리며 서 있는데, 나이가 조금 들어 보이는 수녀님이 다가왔다.

"무슨 도와드릴 일이라도?"

"아, 예. 전 이 동네에 살아서 그냥 구경 삼아…… 근데 무슨 일이 있나 보죠?"

"예, 오늘 작은 생명 하나가 주님 곁으로 떠났지요."

순간 가은은 머리를 한 대 얻어맞은 듯한 충격을 받았다. 그녀는 얼른 성당 안에 있는 아이들을 둘러보았다. 그 아이가 보이지 않았다.

'어, 어……? 이게 뭐야……?'

가은이 입안이 타는 듯한 목소리로 겨우 물어보았다.

"저, 혹시…… 말을 잘 못하는 그 아이, 아니겠죠……?"

"어떻게 아시죠? 혹시 민호가 말하던 그분인가요?"

"민호…… 그 아이 이름이 민호인가요?"

수녀님이 그녀를 한쪽으로 이끌더니 나지막한 목소리로 말해주었다.

"예, 정말 가엾은 아이죠. 태어난 지 보름 만에 부모로부터 버림받고…… 지금까지 살아온 게 기적이라고밖에 말할 수 없을 정도였어요. 그 아인 선천적으로 심한 병을 앓고 있었거든요……."

'오……!'

가은은 갑자기 다리에서 힘이 쭉 빠져서 털썩 주저앉았고, 어느새 그녀의 얼굴에는 눈물이 그렁그렁했다.

"다행히 이렇게 오셨으니, 민호 마지막 가는 길에 인사나 해주시지요."

그녀는 수녀님의 안내를 받아 성당 앞쪽으로 걸어 나갔다. 나무 관 속에 작은 몸뚱이 하나가 누워 있고, 그 위로 또래 친구들이 놓아준 흰 국화꽃들이 '안녕'을 속삭이고 있었다. 가은의 눈에서는 마구 눈물이 흘러내렸다. 마치 마지막 눈물 한 방울조차 남기지 않겠다는 듯이.

민호를 뒤로하고 돌아 나오는 가은에게 수녀님이 말해주었다.

"하루는 민호가 그러더군요. 동화책에 나온 공주님을 보았다고. 꿈 속에서 본 공주님을 보았다고 말이에요. 우울해하기만 하던 애가 그날 이후로 활짝 웃고 활기를 되찾더군요. 가엾게도 불과 며칠뿐이었지만요⋯⋯. 아마도 민호는 행복한 꿈을 꾸면서 잠들었을 거예요."

성당에 다녀온 그날 이후로 가은은 화장을 하지 않았고, 짧은 치마도 입지 않았다. 또 남들 퇴근하는 늦저녁에 출근하는 일도 없었다. 더 이상 추하게 살고 싶지 않았다. 밤하늘의 어린왕자 민호가 고요한 달빛이 되어 어디서든 자신을 지켜볼 것이기에⋯⋯.

만일 우리가 천국에서 다시 만난다면 당신이 절 알아보시겠죠?
만일 천국에서 다시 만났을 때 당신은 예전의 그 모습 그대로일까요?
보다 굳건해져야겠지만, 전 그러질 못해요.
전 여기가 아닌 당신에게 속하는 걸요.
만일 우리가 천국에서 다시 만나면 당신은 제 손을 꼭 잡아줄 수 있나요?
만일 천국에서 다시 만나면 당신이 절 강인하게 해주실 거죠?
어둠에서 광명에 이르는 길을 찾고 있어요, 당신을 찾아가야겠기에.
절 여기 버려두지 마세요.
부디 절 데려가주세요, 제가 믿는 천국의 그 아늑함 속으로…….
제발 절 데려가주세요, 눈물 없는 그 천국으로……!

나 죽으면 재혼할 거야?

"당신, 나 죽으면 재혼할 거예요?"

결혼 1주년 기념일에 혜옥이 뜬금없이 남편에게 던진 말이었다. 모처럼 부부가 레스토랑에서 식사를 하고 돌아온 늦저녁, 남편 동규는 거실에서 마감뉴스를 보고 있었다.

"어? 음…… 아마 그럴 수도 있겠지! 근데, 그건 계집애 네가 정말 죽고 나서야 알 일이지!"

남편은 혜옥을 꼭 '계집애'라고 했는데, 그건 욕이 아니라 세상 사람들 중 오직 그만이 쓸 수 있게 허락된 사랑스런 애칭이었다.

"뭐라고요!"

혜옥은 짐짓 화를 내며 소파 뒤에서 남편의 목을 그러안았다.

"내가 그렇게 싫은 거야?"

동규가 몸을 돌려 혜옥을 껴안으며 말했다.

"계집애, 너한텐 거짓말 안 한다고 했잖아! 만일 내가 안 한다고 했다가 재혼하면 널 속인 게 되잖아?"

혜옥이 활짝 웃으며 동규의 품으로 파고들었다.

"좋아요! 나 죽어서 재혼하는 정도야 까짓것 통 크게 허락할게요. 하지만 누구든 저 예쁜 인형들을 함부로 다루면 안 돼요."

동규가 텔레비전 옆 유리 달린 장식장에 가득 들어 있는 인형들을 힐끔 쳐다보고 물었다.

"그건 왜?"

"왜냐면 저 인형들은 당신이 나한테 준 사랑의 징표니까. 나 죽으면 저 인형들 속에서 당신을 똑똑히 지켜볼 거예요!"

"와! 정말 소름 끼치는 걸!"

동규가 과장된 웃음을 터뜨리며 혜옥을 끌어안았다.

"계집애, 이 바보야! 넌 명이 무진장 길어서 벽에 똥칠할 때까지 살 거라고!"

하지만, 그 말이 씨가 됐던가……. 혜옥은 지금 바로 그 장식장 안의 인형들 속에서 살고 있다! 첫 결혼기념일이 지난 지 채 열흘도 안되어 그녀는 정말 끔찍한 죽음을 맞았던 것이다. 모두가 꿈만 같았다. 도무지 믿기지가 않았다. 악몽 같은 한순간의 교통사고가 그녀의 목숨을 앗아가버렸다……!

그때 혜옥은 집 앞 도로를 서성이며 '이번 주말엔 어딜 가면 좋을까?' 하고 한창 행복한 고민을 하는 중이었다. 그런데 순식간에, 정말 아무런 예고도 없이, 어떻게 해볼 겨를도 없이 집채만 한 트럭이 그녀를 덮쳐왔다. 실로 끔찍하고 엄청난 사고였지만, 너무나 급작스러운 나머지 큰 고통은 없었다. 그녀가 깨어났을 때, 잔뜩 몰려 있는 사람들이 그녀를 구급차에 실어 올리느라 법석이었다. 웃음밖에 나오지 않았다. 그래봐야 무슨 소용인가…… 난 이미 이렇게 죽어버렸는데……!

자신이 죽어버렸다는 사실을 깨닫고도 혜옥은 조금도 슬퍼하지 않았다. 천애고아나 다름없는 그녀에게는 세상에 남겨진 혈육이 없었다. 그저 남편 동규를 곁에서 지켜볼 수만 있다면 다행이라고 생각했다. 그녀는 곧장 자신이 살던 집으로 향했다.

대문 앞에서 그녀는 잠시 재미있는 말을 떠올렸다.

'혼령은 벽을 자유자재로 넘나든다는데, 정말일까?'

혜옥은 한번 시험해보기로 했다.

그런데, 정말 되었다!

'이야, 이거 대단하다! 정말이네!'

그녀는 흥분하여 몇 번을 더 시험해보았다.

'뭐, 혼령이 되는 것도 나쁠 거 없네. 열쇠 같은 것도 필요 없잖아?'

집 안으로 들어선 혜옥은 우선 한 바퀴 둘러보았다. 동규는 아직 돌아오지 않았다. 그래서 아무 생각 없이 집 안 이곳저곳을 들쑤셔보고 그의 서재에도 들어가보았다. 모든 것이 그녀가 꾸며놓은 그대로였다. 자기가 죽었다고 달라진 것은 아무것도 없었다. 그 집은 그녀에게 더없이 익숙하고 친숙한 장소였다. 왜냐하면 그녀가 일생에서 가장 행복한 375일을 살았던 곳이니까……!

문득 그녀는 결혼식 날 동규가 집 대문 앞에서 자기를 향해 짓던 표정과 말을 떠올렸다.

"계집애야, 이제부터 여기가 우리 집이야. 우리 집!"

그랬다, 그녀와 남편의 집.

그날부터 혜옥은 집 안을 닦고 꾸미느라 정신없이 몸을 움직였다. 오늘 뜻밖의 변수가 생겨서 더 이상 어찌할 수 없게 되기 직전까지도. 집 안의 분홍색 커튼과 인형 그림이 그려진 주단, 거실의 장식장을 가득 메운 인형들을 바라보자 혜옥은 남편 동규가 사랑스런 눈빛으로 자기 머리카락을 매만지면서 했던 말이 생각났다.

"계집애, 정말 개구쟁이구나……. 넌 정말 어린애야."

'하긴, 집을 통째로 완구점으로 만들어놨으니 어린애가 아니고 뭐겠어……?'

다만 동규가 그 말을 할 때의 애정 넘치는 표정을 다시 볼 수 없다는 것이 아쉬울 따름이었다. 혜옥은 한숨을 내쉬고 나서 인형들 속으로 들어갔다. 그러고는 자신도 모르게 스르르 잠이 들었다.

혜옥이 깨어났을 때는 한밤중이었다. 오싹하니 한기가 몰려왔다. 그녀는 자기를 따뜻한 침대로 안아다 눕히지 않은 남편을 원망하려다가, 문득 자신이 죽었다는 사실을 깨달았다.

그녀는 몸을 일으켜 이 방 저 방으로 남편을 찾아 돌아다니다가 화장실 욕조 안에 엎어져 있는 동규를 발견했다. 욕조 옆에는 술병이 놓여 있고, 타일 바닥에는 토한 흔적이 역력했다. 혜옥이 인상을 찌푸리며 쪼그리고 앉아 남편을 보았다. 그의 얼굴이 온통 눈물로 얼룩져 있었다.

'맙소사! 이 사람한테 눈물이 있었나? 그렇게나 강인한 사람이 울다니……!'

혜옥이 그를 일으켜보려고 손을 내밀었다. 하지만 허망하게도 손은 그의 몸을 뚫고 지나갔다! 다시 시도해보았지만 마찬가지였다. 불가능한 일이었다. 포기해야만 했다. 비로소 자신의 무기력함을 확실히 실감했다. 지척에 있는 사람을 일으켜 세울 힘조차 없다니……!

혜옥은 남편의 입술에 살짝 키스를 해주고 나서 그 곁에 주저앉았다. 그렇게 하는 것 말고는 별달리 할 수 있는 일이 없었다.

"혜옥아, 가지 마. 가면 안 돼!"

그가 취중에 그녀의 이름을 부르고 있었다.

혜옥이 웃으며 대꾸했다.

'바보! 당신을 이토록 사랑하는 내가 어떻게 당신 곁을 떠날 수 있겠어……?'

그로부터 한 달 후, 동규도 이제 어느 정도 평온한 일상을 되찾은 듯싶었다. 웃음기가 적어졌을 뿐 제시간에 출퇴근을 했고, 혜옥도 여전히 유쾌한 가정주부로서 집 안의 인형들과 같이 놀며 지냈다. 물론 남편 눈에는 띄지 않았지만. 두 사람은 여전히 둘만의 보금자리에 살고 있었고 집 안의 모든 것도 그대로였다. 그 집에 갑자기 선이라는 계집애가 나타나기 전까지는!

초인종이 울렸을 때 동규는 컴퓨터 앞에서 회사 잔무를 하고 있었고, 혜옥은 하릴없이 그 옆에 앉아 있었다. 아무리 생각해도 이 밤중에 찾아올 만한 사람이 없었다. 거실로 따라 나가서야 젊은 여자와 멍한 표정으로 서 있는 동규의 모습을 볼 수 있었다. 초면인 여자였다. 긴 곱슬머리에 검은색 투피스 차림이었는데 무척 섹시해 보였다. 화장도 진했다. 집 안이 그녀가 풍기는 짙은 향수 냄새로 가득 찼다. 혜옥은 무심코 자신이 입고 있는 인형 치마와 토끼 인형 모양의 끌신을 내려다보았다.

여자가 동규를 빤히 처다보며 말했다.

"나 이사 왔어요."

그 말을 듣고서야 혜옥은 여자가 들고 온 트렁크를 발견했다.

미안해하지 마.

난 네 곁에 있을 거니까.

'이사를 왔다고? 어디……? 우리 집에서 살겠다고……? 뭐야, 이거……?'

혜옥이 기가 막힌 눈빛으로 그녀를 노려보았다.

동규가 매우 딱딱한 어조로 말했다.

"선이, 이러지 마. 돌아가라고!"

동규는 정말 화가 많이 난 것 같았다. 혜옥은 남편이 그렇게 화내는 모습을 처음 보았다. 꽤 무서워 보였다.

"뭣 때문이죠? 이제 마누라도 죽고 없는데, 우린 왜 떳떳할 수 없는 거죠?"

그렇게 말하는 여자의 모습은 당차고 활력 있었다. 그러나 혜옥은 추워서 몸을 움츠렸다.

"당신 마누라, 참 때맞춰 잘 죽어줬어요. 이혼할 걱정도 덜어줬잖아……?"

동규의 손이 여자의 뺨을 후려친 것은 바로 그때였다. 찰싹!

혜옥은 도무지 믿기지가 않았다. 남편이 어떻게 손찌검을 다 한단 말인가? 평소 욕 한마디 할 줄 모르는 사람이, 그렇게 온순하기만 한 사람이 어떻게……! 그건 그렇고, 이 남자에 대해 난 아직 얼마나 많은 걸 모르고 있는 걸까……?

"흥! 이젠 손찌검까지 해요? 내 침대에 누워 달콤한 말을 속삭일 때 언제고! 마누라와 이혼하고 나랑 결혼하겠다던 그 말 벌써 잊은 거예요!"

'이혼……? 이 남자가 나와 이혼하려 했다고? 이 여자랑 살려고 했다고? 그런데 왜 난 전혀 모르고 있었지……?'

여자는 계속해서 뭐라고 따지는 듯했지만, 혜옥은 더 이상 알아들을 수 없었다. 비틀거리며 자기 보금자리인 인형들 속으로 들어가자 콧등이 시큰해지면서 두 눈에서 뜨거운 액체가 흘러나왔다.

'아, 혼령도 눈물은 흘리는구나……!'

선이는 그렇게 일방적으로 혜옥과 동규의 보금자리로 쳐들어왔다. 그녀가 혜옥 부부의 침실을 차지하고 여주인 행세를 했으며, 동규는 거실로 옮겨가버렸다.

선이는 인형이 수놓아진 혜옥의 주단과 분홍색 커튼을 치웠고, 옷장 속의 인형 치마와 토끼 인형 모양의 실내화도 모두 쓰레기통에 처박아버렸다. 그러자 동규가 묵묵히 그것들을 도로 꺼내다가 깨끗이 씻어 혜옥의 귀여운 인형들 속에 갖다놓았다. 그러고는 인형들 속에 있는 혜옥을 향해 혼잣말로 중얼거렸다.

"미안하구나, 계집애. 정말 미안해……!"

혜옥은 그런 동규의 모습에 가슴이 아팠지만 결코 용서해주고 싶은 마음은 없었다. 그와 자기 사이에 난데없이 선이라는 계집애가 끼어든 것도 도저히 용납할 수 없는 일이었다.

선이는 부부의 방에서 마치 여왕이라도 된 듯이 제멋대로 굴며 조금씩 혜옥의 그림자를 밀어냈다. 혜옥이 그토록 정성 들여 꾸며놓은 방을 자기 방으로 만들어갔다.

혜옥이 무엇보다도 참을 수 없었던 것은 남편이 자신을 속인 일이었다. 동규는 그동안 정부인 선이의 존재를 숨겨온 것이었다. 비록 농담인 줄은 알았지만, 혜옥 앞에서는 절대 거짓말을 하지 않겠다던 그가 어떻게 이렇게 뻔뻔할 수가……! 그와 함께했던 지난 순간들이 무척이나 허망하게 느껴졌다.

"이 쓰레기들, 당장 내다 버려요!"

선이가 혜옥의 코끝에 대고 삿대질을 하며 동규에게 소리쳤다. 그녀가 손가락질한 것은 혜옥이 가장 사랑하는 인형들로, 모두 동규가 선물한 것이었다. 둘만의 아름다웠던 순간 - 첫 데이트, 첫 외식, 첫 키스 - 을 기념하는 소중한 추억거리였다. 두 사람은 그것들을 장차 태어날 아이들에게 보여주면서 자신들이 얼마나 행복했는지 이야기해주고 싶었다. 그런데 지금은……!

혜옥은 흐트러진 인형들을 차곡차곡 상자에 담는 남편을 지켜보았다.

'이이가 정말 인형들을 내다 버리려는 걸까? 내가 이 속에 살고 있다는 걸 정말 모르는 걸까? 날 내다 버릴 참인가……!'

분한 마음에 죽어라 몸부림을 쳐보았으나 남편의 손놀림을 제지

할 수는 없었다.

동규가 인형들을 모두 담자 선이가 만족스런 웃음을 지으며 말했다.

"그래요, 어서 내다 버려요. 우리 이제 과거는 잊고 새 출발 해요."

동규는 아무런 대꾸도 하지 않았다. 대신에 인형 하나하나마다 키스를 해주었다. 마치 전에 혜옥에게 그랬던 것처럼. 그러고 나서 동규가 선이에게 말했다.

"선이, 이제 그만 돌아가줘! 제발 이 집에서 나가줘! 나와 계집애의 집에서 나가달란 말이야! 난 이것들을 안 버려. 아니, 못 버려! 우리 계집애가 여기 살고 있으니까. 계집애가 날 지켜보고 있단 말이야!"

선이가 성을 내며 쏘아붙였다.

"하지만 당신, 분명히 날 사랑한다고 했잖아요? 당신은 내 거란 말이야!"

"아니, 그게 아니었어! 미안해, 거짓말해서……. 죽은 계집애한테도 미안하고…… 나 자신을 속인 게 더더욱……!"

동규가 울부짖었다.

"난 계집애만, 계집애 하나만 사랑한단 말이야! 그 누구도 계집애를 대신할 순 없어! 하지만 난 그걸 너무 늦게 깨달은 거고……!"

혜옥이 그를 향해 뛰어갔고 이전처럼 뒤에서 와락 껴안아주었다. 눈물이 걷잡을 수 없이 솟구쳤다. 그녀는 이제 그를 용서해야만 했다……!

며칠 후, 선이가 떠나갔다. 올 때처럼 갑자기, 동규에게 안녕이라는 인사 한마디 없이 가버렸다. 선이는 적잖이 마음이 아팠을 것이다. 그녀의 우울한 뒷모습을 바라보면서 혜옥은 위로의 말이라도 한마디 해주고 싶었지만 마음뿐이었다. 그녀는 선이를 미워하지 않았다. 어디선가 잘 살기만을 바랐다. 그녀는 잘 알고 있었다, 일단 사랑이 골수 깊숙이 스며들면 미움이 들어설 자리가 없다는 것을······.

선이가 떠난 집 안은 또다시 조용하면서도 어딘가 썰렁한 모습으로 변했다. 동규는 침실을 원래대로 돌려놓았다. 그리고 틈날 때마다 멍하니 혜옥의 사진을 들여다보았고, 밤낮으로 자기 일에 몰두하면서 스스로를 가둬버렸다. 나날이 수척해지는 그의 얼굴을 바라보면서 혜옥은 가슴이 찢어지는 듯했다. 그런데, 이때 나타난 여자가 바로 옥이였다.

옥이와 동규의 만남은 지극히 평범했다. 옥이는 그날 옆집에 이사를 왔는데, 전기 퓨즈가 나가서 빌리러 왔다. 그녀를 처음 본 순간 동규는 정신이 나간 사람처럼 멍하니 서 있었다. 무슨 일인가 하고 내다본 혜옥도 멍해졌다. 옥이는 신기할 정도로 혜옥 자신과 쏙 빼닮았던 것이다! 조금 다르다면 자신보다 훨씬 더 성숙해 보인다고나 할까?

동규가 갑자기 옥이를 부둥켜안고 '계집애'라고 불렀을 때 그녀의 당황하고 상기된 표정에 혜옥은 폭소를 터뜨리고 말았다. 남편에게도 저렇게 아둔한 구석이 있다니……!

그날부터 동규와 옥이는 사귀기 시작했다. 옥이는 온화하고 부드러운 여자였다. 매사에 창의적이고 유치한 구석이 많았던 혜옥과는 크게 달랐다. 그녀는 동규의 집에 자주 들락거리면서 청소도 해주고 맛있는 요리도 했지만 자고 가는 일은 없었다. 인형들 속에 숨어 있는 혜옥은 그녀가 혜옥의 사진이 들어 있는 액자와 인형들에 쌓인 먼지를 닦아주고 털어주는 모습을 지켜보았고, 죽은 아내에 대해 이야기하는 동규의 말에 다소곳이 귀 기울이는 모습을 볼 수 있었다……. 혜옥이 긴 하품을 하면서 생각했다.

'이젠 내가 이 집을 떠날 때가 되었나……?'

그들의 관계는 자연스럽게 깊어갔고, 마침내 결혼에 골인했다. 그들을 내내 지켜보면서 혜옥은 질투심을 조금도 느끼지 못했다. 결혼한 뒤에도 옥이는 방 안을 바꾸려 하지 않았다.

하루하루를 열심히 살아가는 옥이를 지켜보면서 혜옥의 마음은 한 폭의 풍경화를 감상하는 것처럼 지극히 평온했다. 문득 자기가 필요 없는 존재라는 사실을 인식할 수 있었다. 하지만 혜옥은 아직 동규의 곁을 떠나고 싶지 않았다.

옥이가 아이를 가졌다. 그 사실을 안 동규는 어린아이처럼 펄쩍펄쩍 뛰며 좋아했다. 자신이 아빠가 된다는 기쁨을 감추지 못했다. 그는 혜옥에게 그랬듯이, 아니 과분하다고 느껴질 정도로 옥이를 극진히 아끼고 사랑해주었다.

혜옥은 생각했다.

'큰일 났다. 난 이제 어떡하지……?'

동규가 외출한 사이에, 옥이가 혜옥의 인형들 앞으로 다가왔다. 그러고는 불룩한 배를 어루만지며 이렇게 중얼거렸다.

"아가야, 행복하지? 널 사랑하는 엄마가 둘이나 되니까 말이야."

그런 다음에 한 인형의 얼굴을 부드러이 어루만지면서 속삭이는 것이었다.

"계집애, 너도 우리 아가를 사랑하는 거지, 그렇지?"

그제야 혜옥은 옥이가 혼잣말을 하는 것이 아니라 바로 자기를 향해 말하고 있다는 사실을 알았다.

혜옥이 인형들 사이에서 일어나 허리를 쭉 펴보았다. 창문을 뚫고 들어오는 눈부신 햇살이 포근하게 느껴졌다. 그녀는 이미 잘 알고 있었다, 아기에게 엄마는 오직 하나뿐이라는 사실을.

그녀는 자기가 그토록 아끼고 사랑하는 인형들과 일일이 뽀뽀하며 작별인사를 나누고 집을 나섰다. 머잖아 다시 만나게 될 거라는 예감 때문인지 그다지 슬프지는 않았다.

몇 달 후 옥이는 예쁜 공주님을 낳았는데, 부부는 그 아이의 태명으로 '계집애'라고 불렀다.

만일 우리가
천국에서
다시 만난다면

7층짜리 그 낡은 건물이 무너질 때, 시아는 5층 사무실에서 야근을 하다가 도시락을 먹고 있었다.

시아와 정석은 결혼한 지 반년밖에 되지 않은 신혼부부였다. 여덟 살이나 많은 정석은 3년 전 둘이 교제할 때부터 시아를 끔찍이도 아끼고 사랑했다.

두 사람은 처음에 생활권이 달랐다. 데이트를 한번 하려면 세 시간 넘게 기차를 타야 얼굴을 볼 수 있었다. 서로의 사랑을 확인하고 나서 어떻게든 함께하기로 약속했고, 결국 정석이 직장에 사직서를 내고 시아가 살고 있는 도시로 옮겨왔다.

그날 시아는 이튿날에 결재 받을 장부를 정리하고 있었는데, 자꾸만 통계상 오차가 생겨 마감을 짓지 못하고 있었다. 부득불 잔업을 해야 했는데, 10시 30분이 되도록 도무지 실마리를 찾을 수가 없었다. 시아는 대뜸 남편 정석에게 전화해 떼를 썼다.

"배고파 죽겠어! 다른 일도 많은데, 짜증나게 통계는 안 맞고……."

"어, 그래?"

얼마 후 정석은 시아가 좋아하는 유부초밥을 사들고 뛰어왔고, 아내를 달래며 같이 장부의 오류를 찾아주려고 했다. 남편을 바라보는 시아의 마음속에 행복감이 몰려왔다.

그녀에게 남편 정석은 기둥 같은 존재였다. 직장 동료나 다른 사람들의 눈에는 독립심 강한 커리어 우먼 같았지만, 정석 앞에서만큼은 한없이 어린 소녀일 뿐이었다. 남편의 얼굴을 바라보는 그녀의 두 눈이 밤하늘의 별처럼 반짝거렸다.

정석이 시아의 머리카락을 어루만져주면서 말했다.

"밥이나 먹어. 내가 찾아줄게."

"알았어, 자기야."

시아는 정석의 맞은편에 앉아 식사를 하면서 무척 뿌듯해했다. 잘생긴 얼굴에 믿음직한 어깨, 아무리 뜯어봐도 싫은 구석이 없었다. 남편만 있으면 세상 무엇도 두렵지 않았다. 정말 그랬다! 컴퓨터 모니터로 장부를 들여다본 지 채 10분도 지나지 않아 잘못 기입된 숫자를 찾아낸 정석이 시아를 놀렸다.

"바보야, 여기 이 숫자가 잘못 입력됐잖아! 그러니까 다른 것들도 맞질 않지!"

"어머, 정말······?"

낡은 건물이 우지끈 무너진 건 바로 그때였다. 3년 전부터 재건축한다는 소문이 돌고 있는 그 건물이, 아무런 전조도 없이 우르르 쾅, 꿍음과 함께 한순간에 무너져 내렸다. 단란한 한때를 보내고 있던 두 사람은 순식간에 그 아수라장 속에 파묻혀버렸다······!

시간이 얼마나 지났을까. 시아가 간신히 정신을 차리고 눈을 뜨자 앞은 온통 캄캄한 어둠뿐이었다. 자신이 어디에 있는지조차 알 수 없었다.

그녀는 천장에서 무너진 콘크리트 덩이에 깔려 있었다. 다행히 콘크리트 덩이 한쪽이 다른 콘크리트 덩이와 붙어서 약간의 틈새가 있었다. 짓눌려 몸을 움직이지 못할 뿐 크게 다친 것 같지는 않았다. 방금 전 정신을 잃은 것은 뭔가에 뒤통수를 얻어맞은 탓이었다. 한쪽 다리가 접질리고 피가 나는 것 같았다. 몸이 짓눌려 있어서 손을 뻗어도 다리에 닿지 않았다. 어깨를 만져보니 거기서도 피가 나고 있었다. 그녀가 소리쳐 남편을 불러보았다.

"정석 씨! 정석 씨, 어딨어?"

그러나 아무런 대꾸가 없었다. 그녀는 덜컥 겁이 나 엉엉 울기 시작했다. 통증 같은 걸 느낄 겨를이 없었다. 어둠 속에서 남편의 목소리가 들리지 않는다는 것 자체가 바로 공포였다. 가느다랗게나마 정석의 목소리가 들려온 것은 시아가 한바탕 통곡하고 난 뒤였다.

"자기야, 나 여깄어……."

"정석 씨, 어딨어? 괜찮은 거야?"

"응……. 넌 어때? 다치지 않았어……?"

천장이 무너지는 순간 정석은 본능적으로 시아를 보호하려고 몸을 던졌다. 그러나 지금은 이렇게 간신히 손을 뻗어야 닿을 정도로 떨어져 있었다. 정석의 힘없는 목소리에 놀란 시아가 두려움에 떨며 물었다.

"자기, 정말 괜찮아?"

"응, 괜찮아……. 몸이 눌려서 움직일 수 없을 뿐이야……."

정석의 목소리에 한결 힘이 실려 있었다.

"겁먹을 거 없어. 내가 여기 있잖아!"

바로 그때 시아는 자기 어깨에 와 닿는 남편의 손길이 느껴졌다. 그녀는 얼른 남편의 손을 움켜잡았다. 그의 손은 마구 떨리고 있었지만 힘이 있었고, 그녀를 공포의 불구덩이에서 끌어내고 있었다.

시아가 겁먹은 목소리로 말했다.

"다리에서 피가 나나 봐. 콘크리트 더미에 깔렸어. 우리 여기서 그냥 죽는 건 아닐까?"

"그럴 리 없어! 조금만 참고 기다리면 사람들이 우릴 구하러 올 거야."

정석이 맞잡은 손에 힘을 주며 말을 이었다.

"내 넥타이로 피가 나는 다리를 묶어."

잠시 빠져나갔던 그의 손이 넥타이를 건넸다.

"손이 닿질 않아."

"안 되면 허벅지 쪽이라도 묶어."

시아는 남편이 시키는 대로 자신의 허벅지를 묶었다. 하지만 워낙 손힘이 없다 보니 제대로 지혈할 수가 없었다. 문득 공포감이 몰려왔다.

'구조대가 오더라도 피를 너무 많이 흘려서 죽게 되는 건 아닐까?'

시아는 다시 남편의 손을 꼭 붙들고 나서야 조금이나마 공포심에서 풀려날 수 있었다.

바로 그때 어디선가 찍찍거리는 쥐 소리가 들려왔다.

"어맛!"

시아가 자지러지게 비명을 내질렀다. 그녀가 가장 무서워하는 것이 바로 쥐였다. 하지만 지금 상황에서는 쥐가 머리 꼭대기로 기어오른다 해도 별도리가 없었다. 정석이 목청을 돋워 말했다.

"겁먹을 거 없어! 내가 있잖아? 쥐란 놈 오기만 해봐라. 내가 아주 아작을 내주지! 젠장, 하늘이 우릴 시험하려고 일부러 이러시나 봐!"

정석의 장난기 어린 말투에 시아의 마음이 한결 가벼워졌다.

"흥! 죽을 테면 죽으라지 뭐, 자기랑 같이 있는데 뭐가 무서워!"

그녀는 문득 3년 전 정석을 처음 만났을 때를 떠올려보았다. 그녀는 졸업을 1년 앞두고 정석이 사는 도시의 회사로 현장 실습을 나갔다. 그들이 처음 만난 건 그 회사의 엘리베이터에서였다.

우연히 마주친 정석은 잘생겼지만 어눌했고 세련미라곤 찾아보기 힘들었다. 하지만 시아는 그날 처음 마주친 그 얼굴에서 지혜로움을 보았다. 그녀의 판단은 확실히 옳았다. 정석은 미남에다 매우 명민한 남자였다. 단지 그녀 앞에서만 우물쭈물하느라 바보 같고 우스꽝스러웠던 것이다. 여기까지 생각한 시아의 얼굴에는 금세 웃음기가 번졌다.

한번은 시아가 갑작스런 복통에 쓰러진 적이 있었다. 침대 머리에 앉은 정석의 얼굴은 근심 걱정으로 시아의 얼굴보다도 창백했다. 정석은 외투를 벗고 시아 곁에 나란히 누워 그녀를 꼭 껴안아주었다. 시아는 따스하게 전해지는 체온을 느끼며 고통을 참아낼 수 있었다. 세상의 어떤 약보다도 강렬한 둘만의 사랑이 서로에게 힘이 되고 위로가 되어주었다.

두 사람은 조용했다. 가만히 기다리는 수밖에 없었다. 시아는 정석의 손길을 느끼면서 계속 상념에 빠졌다.

엄밀히 말해 시아가 먼저 정석을 선택했다고 말하는 편이 옳았다. 시아는 첫 만남 이후 선택을 주저하지 않았고, 평생 후회하지 않을

우리 언제 다시 만날 수 있을까?
딱 한 번만 더 보고 싶어.

자신도 있었다. 그렇지만 정석은 지금도 자기가 힘들게 그녀의 사랑을 쟁취한 것으로 믿고 있다. 아마도 자기 나이가 시아보다 여덟 살이나 더 많았기 때문일 것이다. 시아가 혼자 생각에 피식 웃음을 흘렸다.

'바보, 내가 기회를 주지 않았다면 무슨 수로 날 차지한다고?'

힘들게 장거리 연애를 해야 했고 양가 부모님도 썩 달가워하는 눈치가 아니었지만, 둘은 이미 평생토록 서로를 그리워하고 사랑할 수밖에 없는 운명임을 알았다.

폐허의 어둠 속에서 잠시나마 추억에 잠겨 있던 시아가 속삭였다.

"정석 씨, 사랑해……."

그 말을 들은 정석이 그녀의 손을 꼭 잡아주는 것으로 화답해주었다.

시아는 계속해서 지난 추억을 떠올렸고, 정석은 몇 분 간격으로 계속 한마디씩 하면서 그녀의 두려움을 달래주었다.

"자기야, 나 피곤해. 조금만 잘래……."

"안 돼!"

정석의 강렬한 반응에 시아가 조금 놀랐다.

그가 손에 힘을 주면서 말했다.

"내 말 잘 들어. 절대 잠들면 안 돼. 넌 지금 피곤해서가 아니라 피를 많이 흘려서 졸린 거야. 잠들면 다시는 깨어날 수 없어. 알아들어? 자면 안 돼. 계속해서 나랑 얘기해!"

그러나 시아는 정말 딱 한잠만 자고 싶었다. 몰려오는 졸음이 눈꺼풀을 무겁게 짓눌렀다. 정석은 계속해서 그녀와의 대화를 시도하면서 이런저런 이야기를 들려주었지만 그녀는 정말 잠들어버리고 싶었다. 정석에게 조용히 하라고 말하고 싶었다. 그렇지만 입을 열 힘이 없어 가만히 듣고만 있었다.

비몽사몽간에 시간이 얼마나 지났을까. 밖에서 둔탁한 쇳소리가 어렴풋이 들려왔다. 마침내 구조대가 도착한 것이다! 시아가 흥분한 나머지 남편의 손을 꼭 잡으며 소리쳤다.

"자기야, 들려? 왔어! 우릴 구하러 왔단 말이야!"

그러나……! 힘 있게 맞잡아줘야 할 정석의 손이 스르르 맥없이 풀려버렸다. 귓가에 들려오는 소리는 탄식과도 같은 긴 신음뿐이었고, 그녀 역시 정신을 잃고 말았다.

사고 당시는 밤이었기에 건물 안에 매몰자가 있으리라곤 누구도 생각지 못했다. 그런데 새벽이 되어 현장에 출동한 사고조사반은 주민들로부터 건물 내 사무실 하나에 전등이 켜져 있었다는 말을 들었다. 뒤이어 부랴부랴 경비원들을 수소문해 물어본 끝에 건물이 무너질 때 야간 근무자가 있었다는 사실을 확인할 수 있었다. 구급차를 부르고 구조대를 편성해 수습에 나선 것은 이때부터였다.

작업은 순조롭게 진행되었다. 구조대는 무너진 콘크리트 판을 들어내어 복잡하게 뒤엉킨 철근을 자른 뒤 먼저 정석을 발견했다. 그때까지도 정석은 의식을 잃지 않고 있었다.

그런데 그는 한사코 구조대원들의 손길을 뿌리치면서 앰뷸런스에 오르려 하지 않았다. 가늘고 마른 목소리로 계속해서 "아내를 구해주세요…… 아내를……!" 하고 중얼거렸다.

구조대와 함께 나온 의사는 정석의 몸 상태를 보고 이미 늦었다고 직감했다. 그래서 구급차에 탑승하지 않으려는 그에게 굳이 강요하지 않았다. 자칫하다간 조금만 움직여도 치명적일 수 있었다. 의사가 긴급 수혈 조치를 했지만 혈관에 주삿바늘을 꽂아도 피가 흘러들지 않았다.

정석의 입과 귀에서는 피가 계속 흘러나왔다. 내장이 심하게 파열되었음을 보여주는 증상으로, 아마도 갈비뼈가 부러지면서 장기를 손상시킨 모양이었다. 한쪽 팔은 이미 떨어져 있고, 끊긴 자리는 이미 피가 멎어 있었다. 두 다리도 분쇄 골절되어 있었다. 백짓장 같은 안색에서 알 수 있듯, 몸 안의 피가 거의 다 빠져나간 상태였다. 의사가 이해하기 힘든 점은, 이런 상태로 어떻게 지금까지 살아 있었는가 하는 것이었다.

정석은 눈 한번 깜빡거리지 않고 구조대원들의 움직임을 지켜보았고, 얼마 후 구조대원들이 바로 옆 콘크리트 더미 속에서 혼수상태인 시아를 구해냈다.

의사를 향한 정석의 눈빛이 간절히 애원하고 있었다. 이미 입으로는 더 이상 말을 할 수 없었던 것이다. 그제야 의사는 그가 지금껏 버텨낸 까닭을 알 것 같았다. 의사는 그에게 말없이 위안의 눈길을 보낸 뒤 시아의 상태를 살펴보고 응급조치를 취하게 했다. 그러고는 정석 곁에 쪼그리고 앉아 그 간절한 눈빛을 향해 화답해주었다.

"걱정 말아요. 생명엔 지장이 없으니까. 내상도 크지 않고, 단지 피를 좀 많이 흘렸을 뿐입니다."

그러자 정석의 얼굴에 비로소 안도의 빛이 감돌았다.

의사는 들것에 실려 가는 시아를 향한 정석의 절절한 눈빛을 외면하기 힘들었다. 그래서 들것을 멈추게 한 다음, 잠시 정석의 곁으로 불러 둘을 나란히 눕게 했다. 뜻밖의 상황에 그곳에 몰려 있는 사람들의 시선이 일제히 집중되었다.

사람들이 모두 숨을 죽이고 지켜보는 가운데 정석이 마지막 힘을 모아 그녀를 바라보았다. 사랑과 미련, 아쉬움이 가득한 눈빛으로 그가 사랑하는 아내 시아를 응시했다. 마치 그녀의 마지막 모습을 영원히 뇌리에 새겨두기라도 할 듯이.

정석은 있는 힘을 다해 부상이 덜한 한쪽 손을 들어 올리려 했지만, 간신히 손가락만 떨릴 뿐이었다. 보다 못한 의사가 그 손을 그녀의 손등에 얹어주었다.

정석이 입술을 움찔거리며 뭔가를 말하려 할 때, 그의 눈 위로 눈물 한 방울이 맺혔다. 그는 사랑하는 아내를 보고 싶었지만 눈물방울이 시야를 가렸다. 그 마음을 알아챈 의사가 떨리는 손으로 눈물방울을 닦아주었다. 그러나 정석은 눈을 크게 치뜨고만 있을 뿐, 이미 아내의 얼굴을 볼 수가 없었다…….

의사는 짐작할 수 있었다. 정석이 아내에게 힘을 주고자, 사랑하는 아내가 과다출혈로 사망하지 않도록 그때까지 이를 악물고 살아있었다는 사실을……! 그는 생의 마지막 건널목에서 저승사자와 격렬한 사투를 벌였다. 그것은 죽기보다 힘든 고통을 수 시간 동안 감내해야 하는, 상상을 초월한 투쟁이었다.

시아의 가족들은 그녀가 완쾌된 뒤에야 정석의 사망 소식을 알려주었다.

치료 기간 동안 대충 짐작하고 있었지만, 그것이 사실임을 확인한 시아는 오빠에게 정석의 사망신고서 한 통을 떼어달라고 부탁했다.

한 글자, 한 글자 사망신고서를 읽어가는 그녀의 표정은 의외로 담담해 보였다. 가족들은 비로소 안도의 한숨을 내쉬었다.

오빠가 말해주었다.

"네 남편이 죽기 전에 너한테 뭐라고 했다던데, 의사 선생님만 들었다는구나."

"……."

시아가 조용히 몸을 일으키더니 병실 문을 나섰다. 뒤따라 나선 그녀의 어머니는 딸이 의사의 사무실로 들어가 맞은편에 앉는 모습을 가만히 지켜보았다.

의사가 미소를 지으며 그녀에게 말했다.

"이제 거의 다 나은 모양이군요. 그렇지만 아직까지는 완전히 회복된 게 아닙니다. 그러니 무리해서 다니시면 안 되고……."

"남편이 저한테 뭐라고 했죠?"

의사를 똑바로 응시하는 그녀의 목소리가 조금 거칠었다. 그녀에게 당장 절실한 것은 남편의 마지막 유언이지 예의 따위가 아니었다. 의사는 이해한다는 듯이 온화한 목소리로 말했다.

"그 당시 남편 분은 입이 말라 말을 할 수가 없었습니다. 그래서 그의 입 모양을 보고 추측해야 했죠……."

시아는 의사를 뚫어져라 쳐다보았고 긴 한숨을 내쉬고 난 의사는 그날로 되돌아간 듯 처연한 표정을 지으며 말했다.

"내가 잘못 본 게 아니라면, 그때 남편 분이 당신을 바라보며 한 말은 '사랑해'였소. 그 한마디를 남기고……."

시아는 차갑게 얼어붙은 얼굴로 침묵을 지켰다.

그런데 단 몇 초가 흐르기도 전에, 그녀의 얼굴이 새하얗게 질려버렸다.

"……?"

의사가 뭐라 위로의 말을 덧붙일까 망설이고 있을 때, 그녀가 갑자기 입을 벌리더니 붉은 피 한 덩이를 왈칵 쏟아냈다……!

그로부터 반년이 흘렀다. 시아는 친정집으로 돌아가 있었다. 그녀는 지난 6개월 동안 말 한마디 없었고, 누구든 낯선 사람처럼 대했다. 물을 주면 마시고 밥을 주면 먹고, 온종일 그녀가 하는 일이라곤 빈방에 멍하니 앉아 망연한 눈빛으로 벽에 걸린 정석의 사진을 보며 혼자 중얼거릴 뿐이었다. 그런 딸의 모습을 보는 부모님은 10년은 더 늙어 보였다. 의사들도 속수무책이었다. 정신과 의사들이 뭐라고 하건 그녀는 들은 척도 하지 않았다.

그렇게 다시 6개월이 지났다.

하루는 시아의 오빠네 딸, 조카가 놀러왔다.

여섯 살배기 꼬마가 몰라보게 변한 고모의 손을 잡고 칭얼댔지만 아무런 반응이 없자 대뜸 짜증을 부렸다.

"나 데리고 놀이공원 간다면서 왜 안 가? 고몬 거짓말쟁이!"

"너 그럼 못 써!"

올케가 말려보았지만 꼬마는 막무가내였다.

"그리고 고모부도 거짓말쟁이야!"

고모부라는 말에 시아의 얼굴이 갑자기 움찔했다.

시아가 천천히 입을 열었다.

"고모부가…… 가자고 했어? 그래, 그랬구나……. 그럼 지금 얼른 가보자……."

어쩌다 겨우 입을 연 딸 앞에서 어머니는 울음을 터뜨렸다. 하지만 곁에서 지켜보고 있던 아버지는 일말의 희망에 찬 목소리로 말했다.

"그래, 시아야. 공원에 나가보자!"

공원 앞 광장에 이르자 시아의 손을 잡은 조카가 물었다.

"고모부는 어디 갔어? 아빠가 그러는데 멀리 떠났다면서? 엄마 말씀이, 다음 주가 고모부 제삿날이라는데, 죽은 거야?"

"글쎄다…… 어딜 갔을까……?"

어린 조카가 찾아와 함께 지내는 며칠 동안 시아는 눈에 띄게 나아진 것 같았다.

그런데 정석의 제삿날이 되었는데 점심 무렵부터 시아가 보이지 않았다. 다들 안절부절못하고 있는데, 밖에서 시아의 오빠가 전화를 걸어왔다. 정석의 무덤 앞에서 시아를 찾았다고. 그녀의 부모님이 도착했을 때, 시아는 결혼식 때 입었던 흰 드레스 차림으로 정석의 무덤 앞에 주저앉아 있었다.

시아의 치마폭에 내려진 가지런한 두 손에는 편지지 한 장이 들려 있었다. 길지는 않아도 오랜 시간을 들여 써내려갔을 글이었다. 살짝 빼내어 그 편지를 읽는 오빠와 올케의 눈이 퉁퉁 불었고, 어머니는 그 자리에 털썩 주저앉았다. 아버지는 몇 번이고 사위의 묘비를 어루만져주었다. 조용히 눈을 내리감고 있는 시아의 입가에는 어느 덧 안온한 미소가 서려 있었다…….

만일 우리가 천국에서 다시 만난다면 당신이 절 알아보시겠죠?

만일 천국에서 다시 만났을 때 당신은 예전의 그 모습 그대로일 까요?

보다 굳건해져야겠지만, 전 그러질 못해요.

전 여기가 아닌 당신에게 속하는 걸요.

만일 우리가 천국에서 다시 만나면 당신은 제 손을 꼭 잡아줄 수 있나요?

만일 천국에서 다시 만나면 당신이 절 강인하게 해주실 거죠?

어둠에서 광명에 이르는 길을 찾고 있어요, 당신을 찾아가야겠 기에.

절 여기 버려두지 마세요.

부디 절 데려가주세요, 제가 믿는 천국의 그 아늑함 속으로…….

제발 절 데려가주세요, 눈물 없는 그 천국으로……!

백 번째
미안

그날따라 퇴근이 빨랐던 소령이 자기 애인을 호출했다.

"오늘 좀 일찍 끝나는데, 오토바이로 집까지 태워다줄 수 있어?"

"그래? 알았어. 10분만 기다려."

"10분씩이나?"

"옷이라도 갈아입고 나가야 할 거 아냐."

"알았어, 얼른 와."

오후 2시, 작열하는 여름 태양이 정수리 위에서 지글지글 끓었다. 소령은 가로수 그늘로 들어가 연신 손부채질을 해댔다.

그런데 10분이 지나도록 준수는 나타나지 않았다. 20분이 되어도 마찬가지였다.

'설마 오다가 무슨 일이……? 아니지. 내가 지금 무슨 생뚱맞은 생각을……!'

준수는 30분이 다 되어서야 모습을 드러냈다.

소령이 짜증 섞인 투로 물었다.

"왜 이렇게 늦었어?"

"으응, 미안. 텔레비전 좀 보느라고."

'뭐? 텔레비전? 왜 낮잠도 한숨 자고 샤워하고 밥까지 먹고 오지 그랬어?'

소령은 속으로 마구 힐난했지만, 겉으로는 아무 말 없이 그를 노려보기만 했다.

"……미안해."

준수가 소령에게 미안하다고 말한 건 이번이 처음이었다. 그는 남자로서의 체면을 무척 중시하는 남자였다. 그래서 좀처럼 미안하다고 말해본 적이 없었다.

'그래 뭐, 이 정도 가지고 너무 빡빡하게 굴 필요는 없지!'

소령은 준수가 건네는 헬멧을 받아 머리에 쓰고 오토바이 뒷자리에 올라탔다.

그때부터 준수는 늘 그런 식으로 소령을 대했다. 좀처럼 변명 같은 걸 할 줄 몰랐고 언쟁을 벌이지도 않았으며, 다투는 일은 더더욱 없었다. 그냥 미안하다는 말 한마디면 끝이었다. 어떤 일은 단순히 미안하다는 말로 끝날 수 없는데도 말이다. 그러나 그가 미안하다고 사과하는데 구질구질하게 따지고 들 필요는 없다고 생각했다. 그의

말대로라면, 그가 미안하다는 말을 건넨 여자는 소령이 처음이라는
데 약간의 위안을 삼을 뿐이었다.

자신의 잘못을 인정하는 데는 많은 용기가 필요하다. 그러나 그는
좀처럼 자신의 잘못을 뉘우치려는 기색이 엿보이지 않았다. 미안하
다는 말이 오히려 상대방을 무시하는 듯 들렸다.

준수가 59번째로 미안하다고 말했을 때 소령은 눈물 한 방울을
떨어뜨리며 소리쳤다.

"그 미안하단 말 좀 작작해. 정 고칠 수 없다면 날더러 고칠 희망
이나 갖게 하지 말던가!"

준수가 가볍게 소령을 끌어안더니 60번째로 미안하다고 말했다.

그 이후로도 준수는 달라진 게 없었고 어떤 변명도 하지 않았다.
소령은 차츰 준수가 자신을 속이고 있다는 의구심이 들었다.

"너 요즘 왜 그래?"

"아무것도 아냐."

"근데 왜 그렇게 울적해 보여?"

"아무것도 아니라니까."

"아무것도 아니라고? 그딴 말 말고는 할 말이 없어? 내가 얼마나
걱정하는지 알아? 도대체 날 뭐로 취급하는 거야? 나 네 여자친구
맞아?"

"……미안하다."

그가 던진 99번째 미안하다는 말이었다.

"미안하다, 미안하다, 이젠 진저리가 나!"

소령은 그렇게 쏟아내고 일방적으로 전화를 끊어버렸다. 준수도 전화를 하지 않았다. 아마도 그다지 대수롭게 생각하는 것 같지 않았다. 그만 끝낼 때가 되었나 보다…….

그날부터 소령은 그를 찾지 않았고, 준수 역시 연락해오지 않았다. 가끔씩 걸려오는 전화에 소령이 '여보세요' 하면 그냥 끊어버리곤 했다. 그때마다 직감적으로 준수의 전화가 아닐까 짐작했지만, 왜 아무 말도 하지 않는지 도무지 알 수가 없었다.

그렇게 한 달이 훌쩍 지나갔다. 소령은 궁금하고 보고 싶은 마음을 더 이상 참지 못해 학교로 그를 찾아갔다. 강의실 밖에서 한참을 서성거렸지만 그의 모습은 보이지 않았다. 그래서 지나가는 학생에게 물어보았다.

"저기요, 준수 오늘 안 나왔어요?"

"준수 그 애 휴학 중인데요."

"예에……? 왜요? 언제부터요?"

"벌써 한 달째 되어가는데요."

'한 달씩이나? 이럴 수가……!'

소령은 다리를 휘청거리며 간신히 집으로 돌아와 그의 휴대전화 번호를 눌렀다. 신호음이 계속 울렸지만 음성 메시지로 넘어간다는

멀리 있어도 널 생각할 수 있게 해줘서 고마워.
가끔 미안하다고 말해줘서 고마워.

멘트가 나올 때까지도 받지 않았다. 다시 그의 집 전화번호를 눌렀다. 한참이 지나도록 역시나 받는 사람이 없었다.

'어떻게 된 거지? 온 집안 식구가 이민이라도 갔나?'

그는 마치 어느 날 갑자기 지상에서 증발된 것처럼 아무런 흔적도 찾아볼 수 없었다. 이런저런 잡생각이 머릿속을 어지럽히는데, 때마침 소령의 친구이자 준수의 고등학교 동창인 강희가 전화를 걸어왔다.

"너 뭐하고 있는 거야?"

"뭘 하고 있다니?"

"준수가 입원한 거 몰라?"

"뭐라고? ……왜?"

"나 참, 얘가 정말 어이가 없어서……. 됐고, 네가 직접 확인해봐. 사거리에 있는 병원이야. 지난번에 네가 입원했던 그 병원."

"알았어……."

소령은 그 즉시 병원으로 달려갔고, 복도에서 준수의 아버지와 어머니를 대면한 뒤 곧장 병실로 뛰어들었다.

준수는 병상에 누운 채 소령을 바라보며 아무 말도 하지 않았다. 몸을 일으키지도 못하는지 꼼짝도 않고 누워 있었다.

"너 이게 어떻게 된 일이야? 왜 나한텐 말도 안 했어?"

그는 아무런 대답도 없이 변함없는 눈길로 소령을 바라보기만 했다.

"말 좀 하란 말이야, 왜 말 안 하는데?"

그의 눈가로 눈물 한 방울이 주르륵 흘러내렸다. 그러고는 사력을 다하는 듯 간신히 입 언저리를 실룩거렸다.

"……미안하다…….."

그가 백 번째로 던진 미안하다는 말이었다. 그러고 나서 준수는 조용히 눈을 감았다.

"장난 좀 그만해. 왜 미안하다는 건데? 미안하단 말 다신 하지 말라고 그랬지! 어서 일어나 대답 좀 해보란 말이야!"

소령은 침대에 얼굴을 묻은 채 그의 옷깃을 잡아당기며 울음보를 터뜨렸다.

"왜 미안한데? 날 설득할 힘도 없어? 용서할 수 없어. 어서 일어나. 말로만 미안하다면 다야? 당장 일어나지 않으면 평생 널 용서하지 않을 거야. 준수야, 제발…… 내가 잘못했어……. 이렇게 빌게…… 어서 눈 좀 떠봐, 응……?"

소령을 밀어내고 의사와 간호사들이 응급조치를 취했지만 소용이 없었다.

소령은 일어설 힘조차 없는데다 머릿속이 백짓장처럼 하얘져서 아무것도 생각할 수 없었다. 눈앞이 캄캄하기만 했다.

준수는 이 세상을 떠난 것이 아니었다. 단지 손으로 그를 만져볼 수 없을 뿐이다. 그는 여전히 그녀의 꿈속에 나타나 안부를 묻곤 했다. 그녀의 마음속에서 그는 여전히 그녀를 보살펴주고 있었다. 변함없는 미소를 지으며 그녀의 이름을 불러주었다. 단지 더 이상 미안하다는 말을 하지 않을 뿐이었다.

몇 달 후, 준수의 어머니가 소령을 찾아와 작은 종이 상자를 건네주었다. 그 안에 사진 100장이 들어 있었는데, 사진 뒷면에는 한결같이 그가 소령을 화나게 굴었던 일들이 적혀 있었다.

첫 번째 미안 - 소령아, 나 오늘 일부러 늦은 건 아냐. 너무 황당한 핑계를 대긴 했지만, 정말 너한테는 사실대로 말할 수가 없었어. 그날 문을 나설 때 갑자기 심장이 터질 듯이 아팠지만, 그래도 빨리 도착하려고 무진장 애썼어. 용서해주라, 응?

두 번째 미안 - 소령아, 나 오늘도 너를 무척 화나게 했는데…….

세 번째 미안 - 소령아, 나…….

……

백 번째 미안 - 소령아, 내가 독해서 널 혼자 남겨두고 가는 거 절대 아니야. 아마 하느님이 나에게 평생 널 사랑하고 결혼반지를 끼워줄 기회를 주지 않으시려나 봐. 넌 내가 처음으로 미안하다는 말을 하게 한 여자이고, 또 처음으로 한평생 같이 살고 싶은 여자였어. 행복하게 해주지 못해서 정말 미안해. 나 천사가 되어 널 지켜주고 네가 행복해하는 모습을 지켜줄 거야. 울지 않겠다고 대답해줘. 나 때문에 초췌해지고 우는 모습 보기 싫어. 사랑한다…….

'날더러 울지 말라고? 어떻게 나한테 그렇게 심한 요구를 할 수 있는 거지……?'

마지막 사진은 병원에서 찍은 것이었다. 얼굴은 무척 야위었지만 그는 찬란한 웃음을 짓고 있었다. 그렇게 환한 모습을 남겨주려고 무척이나 애썼을 것이다. 그것이 백 번째가 되는 마지막 미안한 모습이었으니까.

가장 고통스럽고 외로울 때 곁을 지켜주지 못했다. 미안하다……!

웃음 찬란한 그 마지막 사진을 꼭 끌어안은 소령의 가슴은 금방이라도 무너져 내릴 것만 같았다.

모닝콜
사랑

둘은 대학 동창이었다. 큰 키에 잘생긴 외모, 성격도 밝아 얼굴에 웃음기 가득한 석우는 농구를 좋아했다. 매사에 열정적이고, 그만큼 늦잠꾸러기였으며, 밤늦도록 또래 여자애들과 어울려 놀기를 좋아했다. 그리고 수수한 얼굴에 꿈이 많은 미란은 멀리서 석우가 농구하는 모습을 지켜보곤 했다.

두 사람은 길에서 마주치면 눈인사 정도만 나누는 사이였다. 그런데 눈인사를 주고받을 때마다 미란은 가슴이 두근거렸고 얼굴이 빨갛게 상기되곤 했다.

'내가 저 사람을 좋아하는 걸까? 설마······!'

미란은 한사코 인정하고 싶지 않았고 내심 자신의 속내를 감추려고만 했다. 평범해 보이는 자신에 비해 남자가 너무 잘생겼고, 그즈음 이미 예쁜 여자친구가 있어서 미란에게 관심을 가질 리가 없었다.

졸업식 전날 밤, 학생들 모두 미친 듯이 술을 마시고 고래고래 노래를 불러댔다. 석우에게는 희비가 엇갈리는 시간이었다. 여자친구를 떠나보내야 했기 때문이다. 외동딸인 그녀는 지방으로 내려가 가업을 이어야 했고, 어쩔 수 없이 헤어져 각자의 인생을 개척해야 했다. 석우는 학창 시절을 돌이켜보고 여자친구와의 이별을 아쉬워하며 부지런히 술잔을 기울였다.

한편 미란은 구석진 자리에 앉아 술을 몇 잔 마셨다. 그러다가 얼마 후 술기운에 용기를 얻어 석우에게 다가갔다.

"자, 우리의 희망찬 미래를 위하여!"

하지만 석우는 미란을 알아보지 못할 정도가 취해 있었다. 건배한 잔을 들어 단숨에 입에 털어 넣더니 갑자기 미란을 와락 끌어안았다.

"우리 공주 왔구나?"

취한 석우는 미란을 자기 여자친구로 착각하고 있는 것이 분명했다. 하지만 미란은 석우를 밀어내지 않고 고스란히 몸을 내맡긴 채 눈물 한 방울을 살짝 떨어뜨렸다. 난생처음 이성의 품에 안긴 그녀는 그 잘못된 포옹조차도 더없이 소중하게 느껴졌다.

미란과 석우는 똑같이 서울에 살면서도 좀처럼 만날 기회가 없었다. 석우는 IT기업에서 일했고, 미란도 잘나가는 통신회사에 취직했다.

졸업 1년 만의 동창모임에 나가보니 취업한 친구가 절반쯤 되었고, 대부분 독신이었다. 석우가 직장 생활이 참 고달프다면서 자본주의를 비판했다.

"이쪽 업계가 노동 착취가 엄청나다고. 잔업과 특근을 밥 먹듯 하는데 글쎄, 지각 두 번 했다고 월차수당을 빼앗는다는 게 말이 되냐고!"

"이 자식, 배부른 소리 하고 자빠졌네! 야, 그게 취직도 못한 우리 앞에서 할 소리냐?"

아직까지 취직하지 못한 몇몇이 비난하자 석우가 머쓱해했다.

"어, 내 말은 그러려고 그런 게 아니고……. 알았다, 짜슥들…… 2차는 내가 쏜다!"

"하긴, 너 같은 잠꾸러기한텐 알람시계도 무용지물이겠지!"

"맞아! 이 자식 한번 잠들면 누가 업어 가도 모르는데, 알람이란 게 고작 손가락이나 까딱하게 만들지 머릿속까지 깨워주지는 못하잖아?"

석우가 말했다.

"유일한 해결책이 있긴 한데……!"

"그게 뭔데?"

"하루빨리 인간을 닮은 알람을 개발하는 거지!"

석우의 말은 IT 공학도답게, 생활공간을 시스템화하고 인공지능을 받아들여 일상화해야 한다는 말이었을 것이다. 그런데 그때까지 옆에서 조용히 듣고만 있던 미란은 조금 달리 해석해서 말했다.

"그럼 그게 개발되기 전까지 누가 그 알람이 돼주면 되는 거 아냐? 그 알람, 내가 해줄게."

"뭐?"

석우가 놀란 눈으로 쳐다보았고, 미란은 웃으며 별일 아니라는 듯이 말했다.

"뭐, 회사 전화니까 전화요금 같은 건 걱정 안 해도 돼."

"어, 그래? 그래주면 나야 고맙고……."

그다음 날부터 아침 7시 정각이 되면 어김없이 석우의 휴대전화가 울리기 시작했다. 처음에는 간단한 메시지였다.

"좋은 아침, 일어날 시간이야."

그렇게 여름이 가고 가을, 겨울을 지나 봄이 다시 찾아오는 동안 두 사람의 모닝콜 통화 시간은 점점 길어져 10분까지 늘어났다. 회사 이야기도 하고, 날씨 이야기도 나누었다. 통화가 끝나갈 즈음이면 석우는 항상 고맙다는 인사를 잊지 않았고, 언제 시간 되면 식사나 하자고 했다. 하지만 미란은 그럴 때마다 이런저런 구실을 대며 사양했다. 자신의 속내를 들켜버릴까봐서. 또 남자의 사랑을 독차지한다는 건 불가능하다고 여겼기 때문에 어떤 기대감도 갖지 않았다. 그저 매일 아침 6시 40분이면 몸 안에 심어놓은 알람처럼 꼬박꼬박 깨어나 석우를 모닝콜해주는 것을 낙으로 삼았다.

다시 한 해가 지났다. 연락이 닿는 동창의 수는 크게 줄어들었지만, 모닝콜을 매개로 한 둘의 통화는 계속 이어졌다. 하지만 그건 어디까지나 아침 인사를 나누는 정도의 지극히 평범한 대화일 뿐 서로에 대해 아는 것은 극히 적었다.

미란은 이따금 두통을 앓았는데, 한번은 통증이 너무 심해 까무러쳤고 병원에 실려 가서야 뇌에 종양이 있다는 사실을 알았다. 검진을 마친 의사는 극히 희귀한 경우라면서, 1만 분의 1 정도의 치유 가능성밖에 없다고 말해주었다.

미란은 병원에 입원해 있는 동안에도 아침마다 석우를 깨워주었다. 전화기 너머로 잠이 덜 깬 그의 목소리를 확인해야 마음이 놓였고, 앞으로 모닝콜을 해줄 날이 얼마 남지 않았다는 사실이 안타까웠다.

날이 갈수록 병세는 악화되었고 미란은 거의 날마다 까무러쳤다. 그녀는 의사에게 혼수상태에서도 깨어날 정도의 주사를 매일 아침 7시 전에 놓아달라고 부탁했다. 의사는 마지못해 고개를 끄덕였다. 죽어가는 사람의 요구를 들어주지 못할 이유가 없었다. 미란은 그렇게 약의 힘을 빌려서라도 날마다 밝은 목소리를 들려주었고, 아무것도 모르는 석우는 그 목소리에 깨어나 출근했다.

석우는 IT 분야에서 두각을 나타내기 시작했다. 그는 벤처업계의 기린아로 통했으며, 자기 일을 사랑하는 시간 모범생이라는 평판이 자자했다. 자연스레 주변에서 유혹도 많아지고 재력 있는 집안과 다리를 놓겠다는 제안도 있었지만, 어물쩍 둘러대기만 할 뿐 진정으로 누군가와 교제하지는 않았다.

사실 그는 매일 아침마다 반복되는 전화 덕분에 기상 습관이 굳어져 모닝콜이 더 이상 필요하지 않았다. 하지만 아침이면 자신도 모르게 그 전화가 기다려졌다. 그러면서 그는 여러 생각을 하게 되었다.

'내가 혹시 미란이를…… 그 애와 결혼이라도……?'

그때마다 그는 고개를 가로저었다. 너무 평범하고 남다른 데라곤 정말 찾아보기 힘든 학교 동창일 뿐이었다. 그럼에도 그녀가 이미 오래전부터 자기 일상의 일부가 되어 있음은 부인할 수 없었다.

이제 미란이 석우를 깨워줄 날이 얼마 남지 않았다. 혼미해져 있는 시간이 점점 늘어나면서 모닝콜 약속을 지키지 못하는 날도 잦아졌다. 석우는 조금 이상한 느낌이 들었지만 굳이 물어보지는 않았다. 괜히 미란의 사생활에 끼어들어 어떤 빌미를 남기고 싶지 않았다.

얼마 후 미란이 생사의 기로에서 고통을 겪고 있다는 소식이 알려졌고, 동창들도 하나둘 병문안을 오기 시작했다. 그리고 얼마 후에는 석우도 그 소식을 접했다. 정말 상상도 할 수 없었던 충격적인 소식이었다! 불과 며칠 전까지 꼬박꼬박 모닝콜을 해준 미란이 사실은 오래전부터 투병 중이었다는 말을 어떻게 믿으란 말인가……?

석우는 노란 장미를 한 아름 사들고 미란이 입원한 병원으로 향했다. 그때만 해도 석우에게 미란은 약속을 잘 지키는 친구로, 의리 있는 동창으로 여겨졌기에 우정을 상징하는 노란 장미를 골랐다.

갑자기 휴대전화가 진동했고, 확인해보니 업무상 알고 지내는 여자가 보낸 하트 무늬 메시지였다. 그는 지난 2년간 수많은 이성으로부터 이런 메시지를 받아왔다. 하지만 미란에게서 받은 하트는 하나도 없었다. 미란은 사랑이라는 단어를 모르는 여자 같았다.

석우가 갑자기 발걸음을 멈추었다. 갑자기 미란의 전화번호가 떠올랐기 때문이다.

'010 - ×××× - 3535……!'

날마다 한 번씩 찍히는 휴대전화 번호를 되뇌던 그는 갑자기 한 대 얻어맞은 듯이 멍해졌다. 통신회사에 근무하는 미란은 자기가 좋아하는 번호를 끝번호로 골랐을 것이다. 3535……! 미란은 그동안 매일같이 자기를 사모하고 있다고 고백해오고 있었던 게 아닌가!

"이제 그만 일어나시죠? 또 지각하겠어!"

"좀 더 잘 거야? 10분 뒤에 다시 깨울까?"

"오늘은 날씨가 제법 쌀쌀하네. 목도리랑 장갑 챙기고, 감기 안 걸리게 조심해."

"아침부터 부슬비가 내리는데, 이 비가 저녁까지 이어진다네. 오

너무 가까이 있어서, 너무 마음 편해서
그 소중함마저 까맣게 잊어버리는 건 아닐까?

늘 같은 날엔 여자친구나 옛 친구랑 포장마차에서 소주 한잔 하면 딱인데, 뭐 그렇다고 내가 시간을 내주겠단 건 아니고……. 말이 그렇다는 거지!"

그랬다, 언젠간 용기를 냈는지 한번 만나지 않겠냐는 듯이 떠보기까지 했다. 장난조였지만 필시 진심이 담긴 것이었다.

'……세상에! 내가 이렇게 바보 멍청이였다니……!'

이제 석우의 머릿속에는 미란이 없으면 안 되겠다는 생각이 확고해졌다. 그녀가 갑자기 사라져버리면 안 된다는 생각, 그녀를 잃을까봐 두려워지는 마음…… 바로 사랑이었음을 비로소 절감할 수 있었다. 그는 프로그램으로 못 뚫을 사이트가 없고, 그 어떤 시스템도 구축 가능하고 간단하게 무력화시킬 수 있지만 한 여자의 마음 하나 읽어내지 못한 자신이 한없이 부끄러웠다.

'……왜지? 미란이가 너무 평범해 보여서? 아니야. 그 앤 결코 평범하지 않아. 내겐 꼭 필요한 존재였어……!'

급하게 차를 몰던 석우는 길가 꽃집 앞에다 차를 세웠다. 그러고는 옆 좌석에 놓인 노란 장미를 버리고 꽃가게 점원을 불러 재촉했다.

"빨간 장미 천 송이 주십시오. 빨리요!"

하지만 작은 꽃집에 그렇게 많은 장미가 있을 리 없었다. 어쩔 수 없이 백 송이로 꽃다발을 만들었다.

석우가 병실에 도착했을 때 미란은 혼수상태에 빠져 있었다. 몸에 연결된 의료장비에서 신호음과 전자파가 미란의 상태를 알려주고 있었다. 석우는 병실 밖에서 그녀가 깨어나기만을 애타게 기다렸다.

'너무 늦게 와서 미안해. 나도 널 사랑하고 있어. 꼭 깨어나야 해. 반드시 살아야 한다고……!'

미란이 눈을 떴다. 한 손에 꽃다발을 든 석우가 간호사들의 만류도 뿌리치고 안으로 밀고 들어갔다. 그리고 매일 아침 그녀가 석우에게 말해주었던 것처럼 미란의 귓가에 대고 또박또박 말했다.

"너를 사랑해. 어서 일어나야지?"

미란의 모습은 예전 같지 않았다. 이제 평범하다는 말은 그녀에게 어울리지 않았다. 그 말은 딱히 예쁘지 않고 덜 밉게 생긴 여자를 배려하는 정도의 표현이지만, 지금 석우에게 필요한 사람은 결코 빼어난 미인이 아니라는 걸 알았다. 그가 필요로 하는 건 자신을 진심으로 사랑해주는 마음뿐이라는 사실을……!

"누구……? 석우니? 너, 온 거야……?"

"응, 나야. 나 이제 왔어……."

종양이 시신경을 압박하고 있어서 미란은 아무것도 볼 수 없었다. 석우가 미란의 손을 꼭 그러잡고 속삭였다.

"나 지금 장미 백 송이를 들고 너한테 청혼하러 온 거야. 너처럼 평범하지 않은 애가 장미꽃 따윌 좋아할지 모르겠지만, 네가 뭘 좋아하는지 몰라서 말이야……. 그러니 내 진심으로 알고 받아줬으면 고맙겠어.”

미란이 석우의 손을 끌어다가 자기 볼에 대며 말했다.

“바보 멍청아, 세상에 장미꽃 싫어할 여자가 어딨다고? 근데, 겨우 백 송이? 이담에 결혼식을 올릴 땐 천 송이, 아니 만 송이를 사도록 해…….”

미란은 말끝을 흐리다가 다시 혼수상태로 빠져들었다.

그로부터 며칠 동안 석우는 줄곧 미란의 곁을 지켰다. 수없이 걸려오는 전화는 무시해버렸다. 그가 기다리고 있는 건 미란이 걸어오는 모닝콜뿐이었다…….

미란은 정신이 들다가도 다시 혼수상태에 빠지기를 되풀이했다. 그녀는 가끔씩 정신이 들 때면 석우에게 한마디만 되풀이했다. 날마다 깨워주겠다는 약속을 지키지 못해서 미안하다고. 그러면 석우는 그녀의 가냘픈 손을 꼭 잡아주며 속삭였다. 사랑한다고. 그러니까 이제 너만 일어나면 된다고. 지금 이 순간이 자기에게 가장 행복한 시간이라고. 이 세상에 네가 있어서 정말 행복하다고…….

석우는 지금이 미란에게 마지막 순간이라는 사실을 받아들일 수 없었다. 어떻게든 미란을 깨워서 자기와의 약속을 지켜달라고 애원하고 다짐받고 싶었다. 그날 미란은 여느 때보다 오래 깨어 있었고, 미세한 숨결을 이어가면서 애써 석우에게 미소를 지어 보였다. 그러나 뒤이어 극심한 통증과 함께 구토가 시작되었고, 의료장비의 그래프가 요동치기 시작했다. 마지막 순간이 임박한 것이다. 의사는 가벼운 한숨과 함께 고개를 가로저었다.

병실 안은 창밖의 나뭇잎 떨어지는 소리가 들릴 정도로 고요했다. 가을은 두 사람이 처음 만난 계절이었다. 미란은 석우를 응시하면서 교정에서의 가슴 떨리던 추억과 졸업식 전날 밤에 있었던 우연한 포옹, 그리고 이제는 아무런 의미도 없는 결혼 약속, 아침마다 전화로 주고받던 이야기들을 떠올렸다.

미란이 베갯머리를 눈짓하자 석우가 베개 밑에 있는 휴대전화를 꺼냈다. 석우는 날마다 자신을 깨우던 휴대전화를 처음 보았다. 자신의 것과 똑같은 모델에 색깔만 핑크빛이었다.

석우가 자신의 휴대전화를 꺼내 하트 무늬를 입력한 뒤 미란의 휴대전화로 전송했다. 미란으로선 처음 받아보는 하트 메시지였다. 메시지를 확인한 미란은 석우에게 전화기를 건넨 뒤 조용히 눈을 감았고, 석우는 두 사람의 휴대전화 액정화면을 마주 포개어 두 개의 하트를 붙여놓았다.

제3장
꽃길만 밟고
오세요

사랑이란 깊은 한숨과 함께 솟는 연기가 되고,
맑아져서는 연인의 눈동자에 반짝이는 불이 되고,
흐트러져서는 연인의 눈물에 넘치는 큰 바다가 된다.
아무리 아픈 사랑일지라도 헛된 사랑이었노라 비탄하지 마라.
사랑은 결코 낭비되지 않는다.

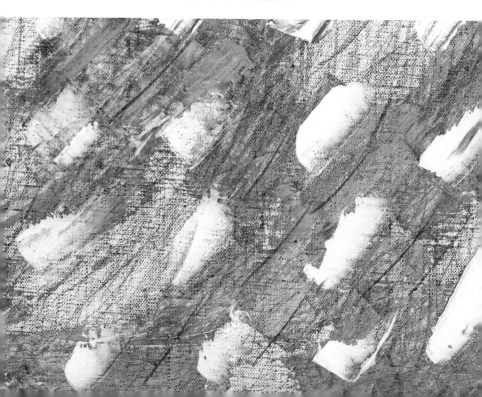

오누이

선희는 어린 시절 궁벽한 시골 동네에서 살았다. 부모님은 가난한 농사꾼이었고, 선희에겐 세 살 아래 남동생 용식이 있었다.

한번은 선희가 그 당시 대부분의 여자아이들이 갖고 있던 손수건을 사려고 아버지의 서랍에서 50원을 몰래 훔쳤다. 그날로 돈이 없어진 사실을 안 아버지는 선희와 용식을 무릎 꿇리고 회초리를 들이대면서, 누구 짓인지 실토하지 않으면 둘 다 회초리를 맞아야 한다고 했다. 덜컥 겁이 난 선희는 선뜻 자기가 그랬다고 나서지 못했다.

"그럼 어디 두 놈 다 혼쭐나보거라."

바로 그때였다. 동생 용식이 아버지 팔에 매달리며 말했다.

"아버지, 제가 훔쳤어요. 그러니 절 때리세요!"

뒤이어 회초리가 용식의 등과 어깨를 사정없이 후려쳤다.

"어린놈이 벌써부터 도둑질을 하다니! 네놈은 커서 뭐가 되려고

이 모양이냐? 내 이놈의 버르장머리를 고쳐놓고야 말지!"

그날 저녁 선희와 어머니는 상처투성이가 된 용식을 끌어안고 눈물을 흘렸지만, 용식은 끝내 눈물 한 방울 보이지 않았다. 그리고 한밤중에 몰래 흐느끼는 선희의 입을 막으며 속삭였다.

"울지 마, 누나. 어차피 매도 이미 다 맞았잖아."

선희는 지금까지도 그때 자신의 잘못을 털어놓지 못한 것이 후회되고 또 후회되었다. 오랜 시간이 지났지만 동생이 자기 대신 회초리를 맞던 모습이 눈앞에 선했다. 그해 용식은 여덟 살, 선희는 열한 살이었다.

용식은 중학교를 졸업한 뒤 읍내 고등학교에 합격했고, 선희도 인근 시내의 대학 합격통지서를 받았다. 그날 저녁 아버지는 마당에 쪼그리고 앉아 애꿎은 담배만 태우면서 중얼거렸다.

"두 놈 다 장해. 정말 장하구나!"

어머니가 손등으로 눈물을 훔치며 대꾸했다.

"장하면 뭐합니까, 뭐로 뒷바라지를 한단 말이에요!"

그때 용식이 아버지 앞으로 나서며 말했다.

"아버지, 나 공부 그만둘래요. 공부라면 이제 지긋지긋해요."

아버지가 용식의 뺨을 철썩 때리며 말했다.

"못난 놈, 왜 그리 못난 게냐? 이 애비가 솥을 깨서 쇠뭉치로 파는 한이 있더라도 너희 오누이 뒷바라지는 해줄 거다!"

말을 마친 아버지는 곧장 집을 나갔다. 남의 집으로 돈을 꾸러 나간 것이다.

선희가 벌겋게 달아오른 동생의 얼굴을 어루만지며 말했다.

"넌 공부를 계속해야 돼. 남자가 공부를 안 하고는 평생 이 촌구석에서 벗어날 수 없어."

용식이 누나의 얼굴을 쳐다보다가 말없이 고개를 끄덕였다. 그때 선희는 이미 마음속으로 대학 진학의 꿈을 접고 있었다.

그런데 이튿날 새벽녘에 용식은 헌 옷가지 몇 벌만 달랑 싸들고 집을 나갔다. 선희의 머리맡에는 쪽지 한 장이 놓여 있었다.

'누나, 걱정 말고 대학에 가. 대학생이 된다는 게 어디 쉬운 일이야? 내가 날품이라도 팔아서 누나를 뒷바라지할 테니 아무 걱정 말고.'

선희는 그 쪽지를 움켜쥔 채 엎드려 눈물만 줄줄 흘렸다. 그해 용식의 나이 열일곱, 선희는 스무 살이었다. 선희는 아버지가 온 동네를 돌아다니면서 꿔온 돈과, 동생이 공사판을 전전하며 번 돈으로 대학 4년을 무사히 마칠 수 있었다.

하루는 선희가 기숙사에서 책을 읽고 있는데, 친구가 뛰어 들어오며 고향 사람이 찾아왔다고 알려주었다.

"고향 사람 누구?"

나가보니 동생 용식이 시멘트 가루가 잔뜩 묻은 작업복 차림으로 멀찌감치 서 있었다.

"용식아!"

선희가 반갑게 뛰어가 와락 두 손을 잡아주며 책망하는 얼굴로 말했다.

"고향 사람이 뭐야, 누나 찾아왔다면 누가 뭐래?"

용식이 씩 웃으며 대꾸했다.

"이 꼴로 동생이라고 하면 누나 친구들이 뭐라고 하겠어? 헤헤!"

선희는 콧등이 시큰해졌다.

선희가 동생의 옷에 묻은 시멘트 가루를 털어주며 울먹이듯 말했다.

"누가 뭐래도 넌 내 동생이야. 차림새가 어떻건, 누가 뭐래도 넌 자랑스러운 내 동생이란 말이야."

용식이 호주머니에서 손수건에 싼 나비 모양의 머리핀을 꺼내 선희의 머리에 갖다 대면서 말했다.

"요즘 여자들은 다 이걸 하고 다니던데…… 누나한테도 잘 어울리겠다 싶어서 하나 샀어."

순간 북받치는 감정을 참지 못한 선희는 동생을 그러안고 엉엉 울어버렸다. 그해 용식의 나이 스물, 선희는 스물세 살이었다.

선희가 처음 집으로 남자친구를 데려갔을 때 수년째 깨져 있던 거실 유리창이 새것으로 바뀌어 있고, 집 안도 윤기가 반들반들했다.

남자친구를 돌려보내고 나서 선희가 응석을 부리듯 어머니에게 물었다.

아주 작아 보이는 행동이 마음을 옭맬 때
영원히 놓지 못하는 사랑으로 변한다.

"엄마, 집을 어쩜 이렇게 말끔하게 정리해놓은 거야?"

"우리가 무슨 힘으로 이걸 다 정돈했겠냐? 용식이가 미리 와서 해 놨구나. 네 동생 손에 난 상처 못 봤니? 유리창을 갈다가 베었대."

동생의 방으로 건너간 선희는 왠지 지쳐 보이는 용식의 얼굴을 바라보며 알 수 없는 슬픔에 사로잡혔다. 용식이 그런 누나의 마음을 위로하려는 듯 씩 웃으며 말했다.

"누나가 남자친구를 처음 집에 데려오는데 얼굴 찌푸리게 할 순 없잖아."

선희가 동생의 손에 약을 발라주며 물었다.

"아프진 않아?"

"공사장에선 발을 다쳐 신발을 못 신을 때도 있었는걸 뭐……."

그 말에 선희는 고개를 외로 돌린 채 눈물을 삼켜야 했다. 그해 용식은 스물세 살, 선희는 스물여섯 살이었다.

결혼하고 나서 남편과 합의한 선희가 몇 번이고 부모님을 도시로 모셔오려 했지만, 부모님은 요지부동이었다. 한사코 시골을 떠나서는 할 일이 없다며 버텼고, 용식의 생각도 마찬가지였다.

"누난 시부모님이나 잘 모셔. 우리 부모님한텐 내가 있잖아!"

선희의 남편이 회사에서 승진하여 공장장이 되었다. 부부는 손재주 좋은 용식을 공장의 수리 부서 관리자로 데려오려 했다. 그런데 동생은 한사코 마다하고 말단 수리공을 고집했다.

한번은 용식이 사다리에 올라가 전기 배선을 손보다가 쇼크를 입는 바람에 추락하여 병원에 실려 가게 되었다. 깜짝 놀라 병원으로 뛰어간 선희가 깁스를 한 동생의 다리를 어루만지며 속상해했다.

"그냥 매형이 시키는 대로 관리직에 갔으면 이런 일도 없었을 거 아냐!"

그러자 용식은 이렇게 되받았다.

"누난 매형 생각은 안 해? 공장장이 된 지 얼마나 됐다고……. 나도 기껏해야 기능공 정도밖에 안 되는데, 책임자가 돼봐. 매형 얼굴에 먹칠하는 꼴이 되잖아!"

옆에서 그 말을 들은 남편이 시선을 멀리 던지며 눈시울을 붉혔고, 선희도 울먹이며 말했다.

"이 바보 같은 녀석아, 네가 지금껏 기능공밖에 못 된 건 다 이 못난 누나 탓이야……."

용식이 누나의 손을 잡아주며 말했다.

"다 지나간 일인데 뭐. 다신 그런 소리 하지 마."

그해 용식의 나이 스물여섯, 선희는 스물아홉 살이었다.

용식은 서른 살 때 순박한 시골 처녀를 만나 결혼식을 올렸다.

결혼식장에서 주례가 신랑 용식에게 물었다.

"신랑이 세상에서 가장 아끼고 사랑하는 사람이 누굽니까?"

당연히 주례를 비롯한 사람들이 기다리는 대답은 '신부'였다. 하지만 용식은 주저 없이 이렇게 말했다.

"네, 우리 누납니다!"

그 엉뚱한 대답에 주례와 신부는 눈을 동그랗게 떴고, 사람들은 재미있다는 듯이 와하하 웃음을 터뜨렸다.

그러고는 주례와 신부에게 눈짓으로 양해를 구한 뒤 선희도 잘 기억하지 못하는 이야기 하나를 들려주었다.

"……제가 막 초등학교에 입학했을 때였어요. 학교는 옆 동네에 있었는데, 저와 누난 매일 한 시간씩 걸어서 등하교를 했죠. 한번은 제가 장갑 한 짝을 잃어버렸는데, 누나가 자기 거 한 짝을 벗어서 저한테 줬어요. 누난 장갑 한 짝만 끼고 그 먼 거리를 걸었던 거죠. 집에 돌아왔을 때, 장갑을 끼지 않은 누나의 한쪽 손은 동상에 걸려 젓가락도 못 쥘 정도였어요. 그때부터 전 누나를 위해 내 모든 걸 바쳐도 좋다고 결심했습니다……."

여기저기서 박수 소리가 터져 나왔고, 하객들의 시선이 일제히 선희에게로 쏠렸다.

"용식아……!"

용식의 말은 정말 가당치도 않은 소리였다. 일생을 통해 고마워해야 할 사람은 오히려 선희 자신이었다. 선희는 사랑스런 동생의 결혼식 날, 가장 기뻐해야 할 그 순간에 솟구쳐 오르는 눈물을 그칠 수 없었다.

꽃길만 밟고 오세요

그림처럼 아름다운 바닷가 마을에서 소영이 바닷물에 꽃잎을 띄우고 있었다.

올해 여섯 살인 소영은 얼마 전에 부모님을 모두 잃었다. 뱃일을 나갔다가 풍랑을 만나는 바람에 하나뿐인 딸의 곁으로 영영 돌아오지 못한 것이다.

잔잔한 물살에 한 잎, 또 한 잎 꽃잎을 띄워 보내며 소영은 마음속으로 빌고 또 빌었다.

'하느님, 거기 하늘나라에 엄마 아빠가 있다는 거 다 알아요. 제발 엄마 아빠를 돌려보내주세요, 예……?'

동네 조무래기들은 그런 소영을 바보 멍청이라며 놀려댔다.

"바보야, 말도 안 되는 짓 좀 그만해."

"죽은 사람이 어떻게 다시 돌아오냐!"

그날도 혼자 해변에 나앉은 소영은 빨간 해당화 꽃잎으로 백사장을 꽃단장하고 있었다. 꽃잎들을 한 잎, 한 잎 수놓듯이 길게 늘어뜨리는 중이었다. 그때 저만치 고등학생쯤 되어 보이는 누군가가 다가왔다.

"너 지금 뭘 하고 있니?"

소영이 동작을 멈추지 않으며 대답했다.

"꽃길을 만들어요."

"꽃길을 만든다고?"

"예. 엄마 아빠가 하늘나라에 있다고 할머니가 그랬거든요. 그래서…… 이 길을 따라 날 만나러 오라고요."

소영의 말에 한동안 물끄러미 바라보고 있던 학생이 이윽고 말했다.

"그래, 참 예쁜 꽃길이구나. 엄마 아빠가 보면 아주 좋아하시겠는걸?"

그 말을 듣는 순간 소영의 얼굴이 환해졌다.

"정말요? 그렇죠? 좋아하시겠죠? 오빠 내 말 믿죠?"

"그럼! 틀림없이 하늘나라에 있는 엄마 아빠가 좋아하실 거야."

그 학생은 어린 소영의 말을 믿어준 맨 처음이자 마지막 사람이었다.

세월이 흘러 그 바닷가의 꼬마가 고등학교 3학년이 되었다. 서울로 상경해 학교에 다니는 소영은 어느덧 어엿한 숙녀 티가 났다. 3학년 반 배정이 끝난 뒤 담임 선생님이 들어왔다. 새로 부임한 선생님은 키도 크고 잘생긴 미남이라 여학생들에게 선망의 대상이 되었다.

그날부터 선생님은 반 아이들과 개별 면담을 진행했다.

"음, 소영인 할머니와 단둘이 사는구나?"

"예. 부모님은 제가 어릴 적에 돌아가셨어요."

"저런……. 음, 고생이 많았을 텐데 참 대견하구나. 밝고 예쁘게 자란 널 보면 돌아가신 부모님도 아주 기뻐하실 거야."

그 선생님은 소영을 믿어준 두 번째 남자였다.

담임 선생님은 그 후로도 항상 소영을 믿고 아껴주었다. 소영은 혼자 생각했다, 앞으로 누구든 선생님처럼 날 믿어주는 사람이 있다면 그를 사랑하겠다고.

다른 여학생들도 마찬가지였지만, 소영 역시 담임 선생님을 흠모하고 있었다. 그런데 다행히도, 전혀 뜻밖에도 선생님 역시 소영을 좋아하는 것 같았다. 스승과 제자, 금단의 사랑이 싹트고 있었던 것이다.

"넌 소원이 뭐니?"

"저요? 후훗, 전 아주 어릴 때부터 꽃으로 만든 길을 갖고 싶어 했죠."

"꽃길?"

"예, 꽃길을 만들면 하늘나라에 계신 부모님이 절 보러 와줄 거라고 믿었거든요……."

"음…… 예쁘겠다…… 꽃길……."

선생님은 역시나 소영의 꽃길을 무시하지 않고 아름답다고 인정해주었다.

두 사람의 사랑은 날이 갈수록 깊어졌고, 소영이 학교를 졸업하자마자 두 사람은 당당하게 결혼식을 올렸다.

두 사람의 결혼 생활은 꿈만 같았다. 남편은 항상 소영을 먼저 배려해주었다. 그래서 아내는 왕궁의 어느 공주도 부럽지 않았다.

그런 남편에게도 꿈이 있었는데, 바로 대학교수가 되는 것이었다.

어느 날 그가 소영에게 말했다.

"딱 1년만 나갔다 오면 안 될까? 당신이 정 반대하면 어쩔 수 없지만……. 나한텐 뭐니 뭐니 해도 당신이 전부고 최우선이니까……."

"당신 그 말, 기다려달란 말보다 더 무서운 걸? 후훗! 아무 걱정 말고 나갔다 오세요. 1년이 아니라 평생을 기다리래도 난 기다릴 수 있어요."

남편이 사랑스런 아내의 이마에 입을 맞추고 나서 말했다.

"딱 1년만 채우고 돌아올게. 매일매일 전화도 할 거고……."

그렇게 그는 외국 유학길에 올랐다.

비록 지금은 내 곁을 떠났지만

나를 믿어주는 사람이 있었기에…….

남편이 떠나고 얼마 지나지 않아 소영은 혼자 아이를 출산했다. 그녀는 아기가 그렇게 사랑스러울 수가 없었다. 그와의 사랑의 결실이었으므로.

그러던 어느 날, 편지 한 통이 날아들었다. 그가 거류하는 지역에 폭동이 일어났는데, 그 와중에 남편이 사망했다는 비보였다.

"믿을 수 없어……. 아닐 거야…… 세상에 어떻게……!"

소영은 죽어버리고 싶었다. 그토록 착하고 마음씨 고운 사람이 무슨 죄가 있다고 하느님이 그를 데려간단 말인가! 하느님이 원망스럽고 또 원망스러웠다.

한 달 후 그의 유품이 도착했다. 그의 옷가지와 소영의 사진들, 그리고 차마 부치지 못한 편지들까지…….

그런데 유독 눈에 띄는 유품 하나가 있었다. 빨간 캔버스지가 여러 장 이어져 붙어 있는데, 그 위에 수천 장이나 되는 빨간 꽃잎이 뿌려져 있었다. 꽃잎이 캔버스지를 전부 덮어버릴 정도였고, 꽃잎이 마르지 않도록 스프레이까지 뿌려져 있었다. 그리고 그 꽃잎 위에 부치지 못한 편지 한 통이 놓여 있었다.

내 인생의 가장 소중한 그대에게.

아주 오래전 내가 대학 입학시험에 떨어져 비관한 나머지 자살하려고 어느 바닷가를 찾은 적이 있었어. 때마침 그곳에는 한 작은 소녀가 해당화 꽃잎으로 꽃길을 만들고 있었지. 그 아이는 하늘나라에 계신 부모님을 위해 그렇게 아름다운 꽃길을 만들고 있었던 거야. 그때 그 순수하고 해맑은 아이를 바라보며, 자살을 하려고 했던 나 자신이 얼마나 부끄럽던지…….

그 후 서울로 올라온 나는 그 소녀를 생각하며 열심히 공부해 꿈꾸던 인생을 향해 한 발, 한 발 다가설 수 있었지. 하지만 날 도와준 그 아이에게 아무것도 해줄 수 없는 날 원망해야 했지.

그런데 기적처럼 그 소녀를 다시 만나게 된 거야. 그 아인 내 기대에 조금도 어긋나지 않게 잘 성장해주었어. 어릴 때의 순수한 눈망울을 고스란히 지닌 채 내 눈앞에 나타나주었던 거지. 하느님, 감사합니다. 감사합니다! 난 정말 너무너무 고마웠어. 이제야 그녀를 위해 뭔가를 해줄 수 있을 테니까. 그래서 내가 사랑하는 그녀를 위해 그녀가 그토록 갖고 싶어 했던 꽃길을 만들게 된 거야. 이렇게……. 비록 하늘나라에 가닿을 정도는 못 되지만, 그녀가 만족할 정도로 커다란 꽃길은 아니어도 이 꽃길을 보고 행복해하기를 바라면서…….

당신을 사랑해, 영원히…….

세 가지
비밀

 재욱은 남해의 가난한 섬 출신이었다. 고향 사람들과 마찬가지로 그의 어머니도 거친 파도와 씨름하며 생활하는 어민이었으므로 교육이나 문화 수준이 뒤떨어진 건 사실이었다. 그러나 지고지순한 자식 사랑만큼은 도회지의 어머니들 못지않았다. 우매하고 비과학적인 탓에 간혹 그 사랑이 독특한 방식으로 표출되긴 했지만…….

 고등학교 3학년 때의 일이다. 재욱의 어머니는 읍내에 일을 보러 가는 마을 이장의 차를 얻어 타고 난생처음 아들의 학교를 찾아갔는데, 손에 영양제 한 박스를 들고 있었다.

 "듣자 하니 이 영양제가 머리를 좋게 한다는구나. 이걸 마시면 대학 합격도 문제없다니까 뒀다가 너 혼자 먹거라."

 아들이 투덜거렸다.

 "이거 또 어디서 돈 꿔서 산 거지?"

어머니가 웃으면서 말했다.

"아냐! 갖고 있던 은팔찌랑 맞바꿨다."

그 예쁜 은팔찌는 외할머니의 하나뿐인 유품으로, 어머니에게는 유일한 보석이었다.

어머니가 돌아가고 난 뒤 재욱은 박스에서 한 병을 꺼내 마셨다. 그런데 그날 저녁 병원에 실려 가게 될 줄이야.

나중에 알고 보니 어머니가 가져온 영양제는 뜨내기 약장수들이 비수기마다 농어촌을 돌아다니며 팔아먹는 가짜 약이었다. 재욱은 남은 영양제를 모조리 내다 버렸다.

재욱이 대학 합격통지서를 받은 날 어머니가 무척 기뻐하며 말했다.

"내가 말 안 했니? 그 영양제가 큰 힘이 된 거야. 네 아버지는 사기 당한다고 말렸지만 내가 옳았지!"

재욱이 힘껏 고개를 끄덕여주었다.

"그럼!"

무더위가 기승을 부릴 무렵, 재욱은 고향 섬에서 부쳐온 우체국 소포 상자를 받았다. 그런데 상자를 열기도 전에 악취가 코를 찔렀다. 숨을 멈추고 겨우 상자를 열어보니 삶은 달걀 다섯 개가 들어 있었다. 사흘이나 걸려 도착하는 바람에 모두 상해버린 것이다.

며칠 후 어머니가 마을 사람의 손을 빌려 쓴 편지가 도착했다. 얼마 전 고향에서는 달걀 다섯 개를 삶아서 먹이면 그 자식들이 무사태평해진다는 말이 나돌았다는 것이다. 어머니는 아들에게 그 달걀 다섯 개를 꼭 한꺼번에 다 먹어야 영험하다고 재삼 당부했다. 편지를 읽으면서 재욱은 바로 눈앞에서 어머니가 달걀 다섯 개를 까먹는 아들을 지켜보는 것처럼 가슴이 뭉클해졌다.

여름방학을 맞아 고향에 내려갔을 때, 달걀이 상하지 않았느냐고 어머니가 묻자 재욱은 이렇게 대답했다.

"아니, 한꺼번에 다 까먹었는걸!"

졸업을 앞두고 재욱은 편지로 어머니에게 여자친구를 사귀고 있다고 알렸다. 그러자 1주일쯤 후 어머니가 빨강 목도리를 부쳐왔다. 재욱이 그 목도리를 여자친구에게 선물하자 그녀가 앵돌아지며 말했다.

"이 촌스러운 걸 누가 두르고 다녀?"

그 여자친구와 헤어지는 날, 재욱이 물어보았다.

"저번에 준 빨강 목도리는 어떻게 했어?"

"그거 벌써 버렸지. 필요하다면 말해. 지금이라도 똑같은 걸로 한 보따리 사드리지 뭐."

재욱은 그 죄 없는 목도리 때문에 내내 마음이 아팠다.

훗날 지금의 아내와 연애를 시작할 때, 그녀에게 준 첫 번째 선물도 그때 어머니가 보내준 것과 똑같은 빨강 목도리였다. 시골 어머니가 선물한 거라고 했더니 무척 기뻐하며 소중하게 간직했다. 지금도 어머니는 사람들을 만날 때마다 자랑스럽게 말했다.

"글쎄, 그 빨강 목도리가 우리 아들을 도와 도회지 신붓감을 꼭 붙잡아두게 했지 뭐유!"

뿌듯해하는 어머니에게 재욱은 물론 그의 아내도 사실이 아니라고 차마 말해줄 수 없었다. 이제 와 그런 것들이 무슨 상관이랴. 어머니의 자식 사랑이 그렇게 끔찍했다는 진실이 중요하지! 그 어머니에게 줄 수 있는 가장 큰 위안이자 선물은 당신의 정성과 사랑이 아들의 행복한 인생을 꽃피웠음을 확인시키는 일뿐이다. 그래서 재욱에게 이 세 가지 지난 일은 어머니에게 영원히 실토할 수 없는 비밀이 되었다.

병수
이야기

교육대학을 나온 은채의 첫 발령지는 읍내에 있는 한 초등학교였다. 1학년 담임을 맡게 되었는데, 아이들의 천진난만한 얼굴을 대할 때면 무척이나 행복했다.

하지만 아무리 예뻐도 아이들이 말을 안 듣고 애를 먹일 때는 미울 수밖에 없었다. 마냥 사랑스럽다가도 한 대 쥐어박고 싶을 정도로 얄미운 녀석이 모두 24명이었다. 이따금 실망스럽기도 하고 왜 교사가 되었을까 후회되기도 했지만, 나름 자신이 선택한 직업에 자부심을 갖고 있었다.

은채가 유독 교사라는 직업에 한계를 느끼게 된 것은 병수라는 아이 때문이었다. 숙제도 해오지 않고, 성적도 학급에서 꼴찌를 도맡아 하는 아이. 학부모 인적사항 난도 비어 있고, 부모님 사인을 받아오라는 통지서도 감감무소식이었다. 평소 말수가 적고 다른 아이들과 잘 어울리지도 못하는 병수는 과목별 시험에서 20점을 넘겨본 적이 없었다. 은채에게는 정말 큰 골칫거리가 아닐 수 없었다.

은채는 초등학교 교사라면 아이들에게 미래의 꿈을 심어주는 막중한 역할을 수행해야 한다는 책임감을 느끼고 있었다. 하지만 아무리 벌을 주고 타일러도 병수는 한결같이 '옛! 선생님' 하는 거짓말뿐이었다. 대답은 대답대로 하고, 숙제는 여전히 해오지 않았다. 준비물도 가져오지 않고, 시험 준비도 말뿐이었다. 한마디로 대책 없는 아이였다.

"여러분, 오늘은 집에 가서 글쓰기 숙제를 해오세요. 제목은 '우리 집'으로 하고요. 자, 이상!"

"선생님, 안녕히 계세요!"

"안녕! ……아 참, 그리고 병수 어린이는 나 좀 봐요!"

은채가 책가방을 둘러메는 병수를 불러세웠다.

"선생님, 왜요?"

병수가 천연덕스런 눈길로 올려다보자 은채는 다짐을 주듯 똑 부러진 목소리로 말했다.

"내일은 꼭 글쓰기 숙제를 해와야 돼요. 게다가 병수 넌 지난번 미술 숙제도 아직 내지 않았고! 빨리 제출하도록 해요!"

"옛! 선생님."

또 그런 식이었다. 단 한 번도 약속을 지킨 적이 없었다. 티 없이

맑고 순수한 아이, 대답도 시원시원하고 표정도 마냥 진지해 보였지
만 병수가 약속을 지킬 확률은 제로였다.

"선생님, 안녕히 계세요!"

꾸벅 인사를 한 병수가 쪼끄마한 손을 흔들면서 교실 문을 나섰
다. 그 아이의 뒷모습을 바라보며 은채는 자신도 모르게 한숨을 내
쉬었다.

'저처럼 예의 바른 아이가 어쩌면…… 이번엔 제발 약속을 지켜
주면 좋으련만……!'

이튿날 아침, 은채는 각 분단장에게 글쓰기 숙제를 거둬오게 했
다. 그런데 아니나 다를까, 병수 혼자 숙제를 제출하지 않았다. 어제
의 약속 역시 헛말에 불과했다.

"병수 어린이!"

"옛!"

병수가 자리에서 일어나며 힘차게 대답했다.

"선생님이 어제 그렇게 주의를 줬는데, 또 숙제를 해오지 않았어
요?"

병수는 아무런 대답도 하지 않고 고개를 떨어뜨렸다.

"저 뒷줄에 가 서요. 한 시간 동안 벌서면서 반성하도록 해요."

"옛! 선생님."

은채가 벌을 주건 윽박지르건 병수는 단 한 번도 싫다거나 눈을

흘기지 않았다. 늘 예의 바르게 '옛! 선생님'이었다.

"자, 그럼 수업 시작하겠어요. 오늘은 교과서 23페이지를……."

그날 수업이 끝나갈 무렵 갑자기 비가 내렸다. 예보도 없이 퍼붓기 시작한 비였기에 우산을 챙겨오지 못한 아이들이 집에 전화를 걸기 위해 복도에 줄을 서서 차례를 기다렸고, 그 줄에 병수도 끼어 있었다.

얼마 후 차례가 된 병수가 수화기를 들고 동전을 집어넣었다. 그런데 갑자기 무슨 생각에선지 버튼도 눌러보지 않고 수화기를 내려놓더니 쌩하니 몸을 돌려 빗속으로 뛰어가는 것이었다. 그 모습을 본 은채가 황급히 우산을 펼쳐 쓰고 뒤따라갔다.

우산을 받쳐 든 은채가 몸을 굽혀 키 작은 병수에게 물어보았다.

"병수야, 엄마 아빠한테 와달라고 전화하지 그러니?"

"괜찮아요, 선생님. 저 혼자 갈 수 있어요."

"그래도 비가 많이 내리는데, 그러다가 감기 들면 어쩌려고? 선생님이 태워다줄까?"

"아니에요, 선생님. 우리 집은 학교 앞이라서 금방 가요!"

"그래? 그럼 이걸 갖고 가. 선생님은 차가 있으니까 우산은 없어도 돼. 곧장 집으로 가야 해요!"

"옛! 감사합니다, 선생님!"

병수가 해맑은 웃음을 지어 보이며 은채가 건네는 우산을 받아들었다.

"그래, 조심해서 가!"

얼마 후, 차를 몰고 교문을 나선 은채는 뒤늦게야 휴대전화를 교무실에 두고 온 사실을 깨닫고 황급히 핸들을 꺾었다. 요즘 들어 부쩍 건망증이 심해진 것 같은 자신을 책망하며 학교로 돌아가 휴대전화를 챙기고 나서 다시 도로 위로 나섰다. 그사이에도 비는 그칠 줄 모르고 계속 퍼부어댔다.

작은 사거리에서 신호등이 바뀌기를 기다리는데, 홀연 낯익은 그림자가 눈에 들어왔다. 병수였다! 병수가 허름한 건물 앞의 출입문을 열고 안으로 들어가는 것이었다.

'병수가 이런 데 사는구나! 근데 왜 집이 학교 앞이라고 했지⋯⋯?'

그곳은 학교에서 3킬로미터도 넘게 떨어져 있었다. 은채는 여덟 살짜리 아이가 혼자서 그 먼 거리를 왕복하는 것이 속으로 적잖이 안쓰러웠다.

'대체 왜 나한테 거짓말을 했을까? 내가 두려워서? 제 딴에 자존심 때문에⋯⋯?'

이튿날 아침, 병수가 교무실로 은채를 찾아왔다.

"우산을 돌려드리려고요. 어제는 고마웠습니다."

은채는 우산을 돌려받으면서 한 가지 의문점이 들었다.

'남의 우산은 돌려줄 줄 아는 아이가 왜 숙제는 기를 쓰고 안 해오는 거지?'

그렇지만 병수의 기특한 행동은 은채에게 잠시나마 어떤 위안을 안겨주었다.

"병수 어린이?"

"예, 선생님."

"선생님이 묻는 말에 솔직하게 대답해요. 병수네 집이 정말 학교 근처인가요?"

병수는 아무 말 없이 한동안 서 있기만 했다. 아이의 표정에서 은채는 충분히 짐작하고도 남았다.

"괜찮아. 선생님이 벌주려는 게 아니니까 솔직하게 대답해봐요."

병수가 고개를 푹 떨어뜨렸다.

"선생님, 죄송해요! 어젠 거짓말을 했어요."

"그럼 왜 거짓말을 했는지 선생님한테 말해줄래?"

"그냥, 선생님께 부담 드리고 싶지 않아서요. 저 혼자서도 집에 갈 수 있으니까요."

여덟 살짜리 아이 입에서 그렇게 어른스런 말이 흘러나올 거라곤 미처 예상치도 못했다. 은채는 당혹스러웠다.

"그랬구나! 사실 선생님이 병수를 집까지 태워다주는 건 별로 부담스런 일이 아니야. 이담에 다시 그런 일 있으면 꼭 선생님한테 태워다달라고 말해. 알겠죠?"

"예, 선생님."

"이담부터는 선생님한테 거짓말하면 안 돼요!"

"예! 그럴게욧!"

"그래요, 그럼 어서 교실로 돌아가도록 해. 참, 숙제해오는 거 잊지 말고!"

"예, 그럼!"

병수가 꾸벅 고개를 숙이고는 교무실을 나갔다. 몇 가지 결점만 고칠 수 있다면 얼마나 귀엽고 착한 아이일까. 병수의 뒷모습을 바라보며 은채는 한동안 생각에 잠겼다.

"선생님! 선생님!"

병수가 뒤따라오며 적잖이 흥분된 목소리로 은채를 불러세웠다.

"선생님, 저 글쓰기 숙제 해왔어요!"

병수가 상기된 얼굴로 은채를 올려다보며 몇 겹으로 접은 종이 한 장을 내밀었다.

"병수 어린이, 참 장하네요! 숙제를 해왔어! 음……."

마침 호주머니에서 사탕 한 알이 만져졌다. 은채가 그걸 병수 손에 쥐어주며 말했다.

왜 몰랐을까,
내 곁에서 이렇게나 예쁜 꽃이 피어나고 있다는 걸.

"자, 이건 병수 어린이가 잘했다고 주는 거예요. 이제부턴 계속 숙제를 해오도록 해요."

"옛! 알겠습니다, 선생님."

병수는 사탕을 받아 아주 조심스레 호주머니에 집어넣으며 달콤하게 웃어 보였다.

사실 병수보다 더 흐뭇한 건 은채 자신이었다. 병수가 마침내 숙제를 제출했으니까. 이 정도만 해도 엄청난 변화였다. 병수로 인해 오늘 하루 일과가 즐거워질 것만 같았다.

은채는 교무실로 향하면서 병수가 해온 숙제를 펼쳐보았다. 삐뚤빼뚤한 글씨로 몇 번이고 지웠다 다시 쓴 듯한 종이에 짤막하면서도 너무나 깜찍한 내용이 담겨 있었다.

〈우리 집〉

우리 집에는 세 식구가 살고 있다. 하나는 나, 하나는 아빠, 그리고 또 하나는 울 엄마. 우리 아빠는 참 멋있게 생겼다. 그리고 엄마는 너무 예쁘게 생겼다. 아빠는 매일 고생스럽게 일하시고, 나도 매일 고생스레 학교에 다닌다. 엄마가 제일 행복하다. 매일 집에만 있으면서 나하고 아빠가 돌아오기를 기다리기만 하면 되니까. 어떨 땐 정말 엄마가 부럽다! 어떤 반 아이 말을 들어보면, 그 애 아빠 엄마는 가끔씩 싸울 때도 있다고 한다. 하지만 우리 아빠와 엄마는 정말 다정하다. 한 번도 싸움 같은 걸 해본 적이 없다. 그래서 우리 집은 언제나 화목하고 즐겁다. 방학 때면, 나는 아빠 엄마랑 텔레비전 보는 시간이 제일 즐겁다. 비록 아빠가 너무 바빠서 나를 데리고 나가 놀아줄 시간이 별로 없지만 그래도 괜찮다. 우리 집은 항상 즐거우니까. 나는 아빠 엄마를 사랑한다.

병수의 글을 읽고 난 은채는 자신도 모르게 미소를 지었다.

얼마나 천진하고 귀여운 아이인가. 자기는 고생스레 학교를 다니는데, 엄마는 집에서 너무 한가하기만 하다니 말이다. 언제 기회가 되면 이 녀석에게 가정주부의 역할도 결코 만만치 않다는 걸 충고해 줘야겠어!

짤막한 글에는 녀석의 순진함이 배어 있고, 화목한 가정의 분위기가 잘 묘사되어 있었다. 병수네 엄마 아빠도 병수를 극진히 사랑하는 게 틀림없었다!

그러나 그 즐거움도 잠시뿐, 반장이 헐레벌떡 교무실로 뛰어 들어와 은채를 찾았다.

"선생님, 싸움 났어요!"

세상에! 싸움이라니? 은채가 가장 두려워하는 것이 아이들 간에 벌어지는 싸움이었다. 서로 뒤엉켜 싸우다가 상처라도 생기면 전적으로 담임인 은채의 책임으로, 학부모들 앞에서 구구절절 사과의 말을 늘어놓아야 한다.

은채가 교실로 들어섰을 때, 병수와 진규가 한창 엉겨 붙어 교실 바닥을 나뒹굴고 있었다.

"병수, 진규! 지금 뭐하는 거예요?"

은채가 빽 소리를 지르자 기가 죽은 둘은 슬그머니 떨어져 서로를 노려보기만 했다.

"말해봐요. 왜 싸운 거죠?"

진규가 병수를 가리키며 말했다.

"쟤가 먼저 때렸어요!"

"병수, 왜 친구를 때린 거죠?"

병수가 또박또박, 천천히 말을 내뱉었다.

"쟤가…… 쟤가 선생님이 준 사탕을 뺏어갔어요. 아무리 돌려달라고 해도 돌려주지 않아서요…….."

"아무리 그래도 그렇지! 친구한테 손찌검을 하면 어떡해요! 그리고 진규 어린이, 다른 사람의 물건을 함부로 뺏으면 되겠어요?"

"아니요."

"두 사람 모두 잘못했으니까 서로 사과하고 화해하세요!"

은채는 내심 당혹감을 숨기지 못했다. 평소 말수가 적고 누구와 다투지도 않던 아이가 겨우 사탕 하나 때문에 손찌검까지 한 걸 보면, 병수는 그 사탕을 아주 소중한 선물로 여겼다는 것을 알 수 있었다.

"미안하다."

"나도 미안해."

두 아이의 목소리에는 아직 화가 가시지 않았지만 서로 악수하고 화해했다.

방과 후, 은채는 복도 끝에 혼자 서 있는 병수를 발견했다.

"병수야, 누굴 기다리니?"

"아빠가 오늘 시간이 되면 절 데리러 온다고 해서요."

"그랬구나! 참, 며칠 전에 선생님이 학부모회의에 관한 사항을 적어준 통지표에 사인 받아오라고 했는데 병수 혼자 안 가져왔어. 내일 사인을 받아오면 칭찬으로 사탕 한 봉지 줄게!"

아까 사탕 하나 때문에 벌어진 사건을 떠올리며 은채는 병수와 협상을 시도했다. 그리고 그 시도는 적중했다!

"정말요?"

"그럼! 자, 우리 약속!"

은채는 병수의 고사리 같은 약지에 손가락을 걸어주었다.

그러나 병수는 그 약속을 지키지 못했다.

"선생님은 약속대로 사탕을 사왔는데, 병수는 통지표 가져왔나요?"

병수가 의기소침해하며 말했다.

"죄송해요, 선생님. 그만 집에 두고 왔어요."

"그럼 오늘은 사탕을 줄 수가 없네요."

"……."

사탕을 받지 못해서 시무룩해진 아이의 표정이 마음에 걸린 은채가 새로운 제안을 했다.

"하지만 내일부터 밀린 숙제를 보충해오면 그때마다 사탕을 줄게요. 알겠죠?"

그 말에 병수가 금세 생기를 되찾으며 은채를 올려다보았다.

"정말로 숙제를 보충해올 때마다 사탕을 주실 거예요?"

"그럼! 밀린 숙제를 보충한 다음부턴 그날그날 숙제를 해와야 돼요!"

교무실로 돌아온 은채는 이제 학부모회의에 참석할 인원을 점검할 때가 되었다는 생각이 들었다. 아까 병수에게도 부모님이 참석할 수 있는지 물어볼 걸 그랬다. 작문 내용으로 봐서는 병수 엄마도 올 수 있을 것 같았다.

은채가 병수에 대해 이야기도 나눌 겸 해서 병수네 집으로 전화를 걸었다. 그런데 신호음이 한참 울렸는데도 전화를 받지 않았다.

'어디 나가셨나? 나중에 병수에게 물어보지 뭐…….'

그날부터 은채는 병수가 숙제를 해오느라 열심히 노력하는 모습을 엿볼 수 있었다. 사탕 공세 효과도 있을 테지만 칭찬을 해준 것이

위력을 발휘하는 것 같았다. 은채가 칭찬이라도 몇 마디 해주려고 하면 병수의 얼굴은 금세 발개지곤 했다.

한번은 반 아이들과 이야기꽃을 피우고 있는데, 한 여자애가 아주 신비한 비밀이라도 발견한 듯 목소리를 낮추고 말했다.

"선생님! 병수 말인데요, 참 이상해요!"

"이상하다니? 그게 무슨 말이지?"

은채가 어리둥절해하자 아이가 계속 말했다.

"정말이에요. 저번에 복도에서 병수가 자기 엄마한테 전화하는 걸 봤다니까요."

"근데 그게 뭐가 이상한데?"

"통화 내용이 참 이상했어요. 병수가 전화기에 대고 '엄마, 나 오늘도 숙제를 했는데 선생님이 약속대로 사탕을 주셨어요' 하고 말하는 거 있죠. 그런 말은 집에 가서 하면 되는데, 전화로 말하니까 이상하잖아요!"

"정말? 전화로 그런 말을 하다니, 이상하긴 하구나?"

"응! 맞아, 나도 한 번 본 적 있어!"

다른 아이들도 앞다퉈 병수의 행동이 이상하다는 데 동조했다.

"이상하게 생각할 것 없어요. 그럴 수도 있죠! 아마 너무 기쁜 마음에 엄마한테 조금이라도 빨리 알려드리고 싶어서 그랬을 거야. 그리고 병수는 성적이 좀 안 좋아서 그렇지 예의 바르고 잘하는 것도 많은 착한 학생이에요. 다들 병수의 좋은 점을 칭찬해주고 나쁜 점이 있으면 극복할 수 있게 도와줘야 해요, 알겠죠?"

은채는 반 아이들이 대수롭지 않은 일로 병수를 이상한 아이로 취급하는 게 못마땅했다. 안 그래도 너무 내성적이라 잘 어울리지 못하는데, 또 담임인 자신의 세심한 보살핌으로 이제 겨우 나아지기 시작하는데 또 다른 말썽으로 문제가 생기는 건 정말 싫었다.

그 이틀 후는 스승의 날이었다. 교사가 되어 처음 맞는 스승의 날이라서인지 은채는 왠지 기분이 들떴다.

"선생님, 축하드립니다!"

반 아이들이 약속이나 한 듯 우르르 몰려나와 저마다 준비해온 선물을 내놓았다.

"선생님, 이거 받으세요."

"선생님, 제 것도요……."

"와, 이건 네가 직접 그린 그림이구나! 오, 이건 너무 예쁜 걸! 고마워요. 정말 좋은 선물이에요……!"

그렇게 자신을 둘러쌌던 아이들이 하나둘 운동장으로 달려 나갔다. 교실 문을 나선 은채는 한 아름이나 되는 아이들의 선물 꾸러미를 안고 천천히 교무실로 들어섰다. 그 순진한 동심으로 만들어진 선물을 하나하나 뜯어보니 미소가 절로 피어올랐고, 이내 눈시울이 뜨거워졌다. 평소 아이들 때문에 속상하고 힘들었던 순간들이 잠시나마 녹아내리는 기분이었다.

아이들의 선물을 놓아두고 운동장으로 나가려는데 갑자기 떠들썩한 소리가 들려왔다. 깜짝 놀라 뛰어가보니 모두 은채네 반 아이들이었다. 그 한가운데에 또 두 아이가 뒤엉켜 있었다.

지난번에는 병수와 진규였는데, 이번에는 병수와 동진이었다. 그런데 언뜻 보기에도 병수가 더 독이 올라 있었다. 지난번에는 은채가 나타나자마자 싸움이 중단되었지만 이번에는 은채가 아무리 소리를 질러도 소용없었다. 어쩔 수 없이 은채가 달려들어 둘 사이를 떼어놓아야 했다.

"누가 먼저 때렸니?"

동진이가 병수를 가리켰다.

"쟤가요!"

"또 병수였어? 너 왜 툭하면 손찌검을 하는 거야?"

병수는 묵묵부답 고개만 떨어뜨릴 뿐이었다. 은채는 그런 병수가 너무나도 실망스러웠다.

"말해봐. 왜 자꾸 친구를 때리는 거니?"

하지만 병수는 은채를 쳐다보지도 않았다.

"병수 어린이, 고개 들고 날 봐요! 왜 친구를 때린 거야?"

병수가 어깨를 흔들며 울먹이다가 갑자기 빽 소리쳤다.

"쟤가 엄마랑 통화하는 걸 엿들었단 말이에요!"

병수가 우는 모습을 보는 건 처음이었다. 은채가 아무리 벌주고 질책하고, 심지어 체벌까지 해도 울지 않은 아이였다. 병수의 갑작스런 반응에 은채는 주춤했고, 고개를 든 병수의 두 볼 위로 눈물 줄기가 흘러내렸다.

"전화하는 걸 엿들었다고 친구를 때릴 필요까진 없잖니? 그리고 복도에서 전화를 하면 오가는 사람들한테 들리게 마련인데, 그걸 어떻게 엿들었다고 하지?"

정말 그 정도로는 주먹다짐할 핑계가 되지 못했다. 은채는 병수와 더 이야기해봐야겠다고 판단했다. 그래서 동진이에게 말했다.

"동진이 너도 다른 사람의 통화를 엿들은 건 잘못한 일이야. 병수에게 잘못했다고 사과하고 먼저 돌아가도록 해!"

"미안하다!"

동진이가 병수에게 먼저 사과하고 나서 바닥에 널브러진 책과 옷을 챙겨들었다.

병수와 단둘이 남은 은채는 부드러운 분위기로 대화하고 싶었다. 그래서 차분히 말문을 열려고 하는데, 병수가 돌돌 말아 고무줄로 묶은 종이를 은채 앞으로 내밀면서 울먹울먹 말했다.

"선생님, 그, 그림…… 숙제입니다……."

병수가 숙제를 제출한다는 건 분명 기쁜 일이지만, 지금은 칭찬을 해줄 때가 아니었다.

"그래요, 병수 어린이가 오늘 숙제를 해온 건 참 기쁜 일이에요. 그리고 선생님도 병수를 사랑하거든요. 그런데 가끔씩 병수는 선생님을 너무 실망시켜요. 오늘도 사소한 일로 친구와 주먹다짐을 하고……."

"날 놀렸단 말이에요!"

은채의 말이 끝나기도 전에 병수가 소매로 눈물을 훔치며 소리쳤다.

"놀렸다고? 동진이가 뭘 어떻게 놀렸는데?"

"내가 엄마랑 한 말이 우습다고 놀렸어요!"

"엄마랑 무슨 얘길 했죠? 선생님에게 얘기해줄 수 있어요?"

은채는 병수가 자기 엄마와 나눈 얘기가 대체 어떻기에 우습게 들릴 수 있는지 궁금했다. 하지만 병수는 또다시 고개를 떨어뜨렸다. 말하고 싶지 않은 모양이었다.

"괜찮아. 선생님은 절대 웃지도 놀리지도 않을 테니까, 걱정 말고 얘기해봐요."

이윽고 병수가 메모리 전화를 되감듯이 엄마와 나눈 통화 내용을 말해주었다.

"여보세요, 엄마! 나 엄마한테 할 말이 있어요. 요즘 나 계속 숙제를 해서 제출하고 있어요. 그러면 선생님은 그때마다 기특하다고 칭찬해주거든요! 그리고 상으로 사탕까지 줘요. 오늘은 미술 숙제를 선생님께 제출하려고요. 근데 이 숙제는 너무 오랫동안 밀렸던 거예요! 엄마가 어떻게 생겼는지 알아야 말이죠! 그래요! 제목이 '우리 어머니'거든요. 정말 그리기 어려웠어요! 이게 다 엄마 탓이잖아요! 그리고 엄마! 엄마가 정말 보고 싶어요! 정말 보고 싶어 죽겠단 말이에요! 도대체 언제까지 그러고 있을 건데요? 언제 눈을 뜨고 병수를 볼 거냐고요!"

"……!"

"그리고 오늘은 스승의 날이에요. 아빠가 날마다 엄마 사진 앞에 있는 꽃병에다 장미꽃을 두 송이씩 갈아 꽂는 걸 보고, 선생님도 엄마랑 같은 여자니까 꽃을 좋아하시겠지 생각했어요! 그래서 아빠더러 선생님께 드릴 꽃 두 송이를 더 사달라고 해서 오늘 갖고 왔어요. 엄마, 화내지 마세요. 안녕!"

"……!"

말을 마친 병수는 책가방에서 짓눌려 약간 찌부러진 장미꽃을 꺼내 은채 앞에 내밀었다.

"선생님, 스승의 날 축하드립니다!"

순간, 은채는 아무 말도 할 수 없었다. 그저 가엾은 병수를 와락 그러안고 겨우 숨을 삼켜가며 속으로 엉엉 울기만 했다.

"선생님, 동진이가 저더러 미친놈이라고 했어요. 죽은 엄마랑 통화하는 것처럼 연극을 한다고요. 선생님, 죄송해요. 다시는 싸우지 않을게요."

은채는 가슴이 미어지는 것 같았다. 아이가 엄마의 따듯한 보살핌도 없이 자라고 있었다. 생활고에 바빠 제대로 돌볼 겨를도 없는 아버지와 힘들게 살아가는 아이가 이렇게 꾸밈없고 속 깊은 것이 더 아프고 눈을 시리게 했다. 하늘나라로 간 엄마가 바로 옆에 살아 있다고 여기면서 날마다 통화하는 아이의 심정이 오죽했을까. 글쓰기 숙제에서 엄마를 묘사한 부분을 떠올리자 더욱 눈물이 솟구쳤다. 친구가 미친놈이라고 욕한 건 또 얼마나 잔인한가. 어린 마음에 얼마나 큰 상처를 남겼을까.

"미안하구나, 얘야……!"

가엾은 병수에게 은채는 겨우 그 한마디를 건넬 뿐이었다. 담임 선생님으로서 너무 미안하고 면목이 없었다.

저녁에, 병수의 그림 숙제를 펼쳐본 은채는 또 한 번 걷잡을 수 없는 눈물을 흘려야 했다.

아이의 그림은 탁자 위의 풍경이었다. 탁자에 한 여인의 영정사진이 있고, 그 앞에 작은 꽃병 두 개가 나란히 놓여 있는데 꽃병에는 빨간 장미꽃이 한 송이씩 꽂혀 있었다……. 은채는 떨리는 손으로 그림 아랫부분에다 100점 만점을 매겼다……!

코스모스
남매

열차는 고향에서 추석을 보내고 귀경하는 사람들로 만원이었다. 열차가 역에 닿을 때마다 타는 사람들뿐이었다. 그래서 영산포, 송정리를 거쳐 정읍을 지날 때는 객실 통로까지 발 디딜 틈이 없었다.

그 아이가 젊은 부부의 눈길을 잡아끈 것은 손에 들고 있는 코스모스 한 움큼 때문이었다. 아이는 승객들 사이에서 꽃을 망가뜨리지 않으려고 버둥대고 있었다. 덩치 큰 어른들에게 이리저리 치이는 아이를 보다 못한 젊은 부부가 그 아이를 불러 둘 사이에 앉혔다.

"어디까지 가니?"

부인이 먹고 있던 땅콩을 나눠 주면서 물어보았다.

"서울요."

혼자 가느냐고 물어보려는데, 아이가 먼저 남자에게 물었다.

"아저씨, 콜라병 제가 써도 돼요?"

남자가 빈병을 아이에게 건네주었다. 그러자 아이는 병을 들고 일어나 사람들을 헤치고 화장실로 갔다. 그러고는 곧 물을 가득 채워 돌아오더니 코스모스를 꽂아 창가에 세워두었다. 그런 아이의 모습에 젊은 부부는 마주 보며 미소 지었다.

부인이 물어보았다.

"그 꽃, 누구 줄 거니? 엄마?"

아이가 고개를 가로저었다.

"아버지?"

"선생님?"

자꾸 엉뚱한 사람만 얘기하는 게 속상한지 아이가 말했다.

"스웨덴에서 온 제 동생한테 줄 거예요."

남자가 눈을 동그랗게 뜨고 물었다.

"스웨덴에서 왔다고?"

"예, 자기 엄마랑 같이 왔대요."

"자기 엄마라니? 그럼 너흰 엄마가 다르다는 거니?"

그러자 자그마한 아이의 입에서 생각지도 못했던 이야기가 술술 풀려나왔다.

"우린 판잣집이 많은 동네에 살았어요. 집 뒤에 나무 하나 없는 돌산이 있었고요. 지금은 뭐 그 동네 이름도, 산 이름도 까먹었지만……. 아버지가 날마다 술을 마시고 들어와서 엄마랑 싸우던 것

지금 우리는 달라졌지만
함께한 순간은 마음속에 고스란히 남아 있다.

만 생각나요. 아버지에게 맞은 엄마가 우릴 끌어안고 울었어요. 영
희랑 난 엄마가 도망갈까봐 치맛자락을 붙들고 울었고요……. 근
데…… 엄만 끝내…….”

아이는 금방이라도 울음을 터뜨릴 듯했고, 여자가 아이의 등을 어
루만져주었다. 차창 밖 밤하늘에 별이 하나둘 보이기 시작했다.

“그날도 아버지가 엄마를 마구 때렸어요. 근데 이상하게도 그날
은 엄마가 울지 않았어요. 영희와 난 엄마 팔을 하나씩 나눠 베고 잠
들었고요. 근데 아침에 일어나보니 엄마가 안 보이는 거예요. 일찌
감치 일을 나갔나 보다 하고 기다려도 돌아오지 않았어요. 저녁밥
먹을 때가 지나서도요. 영희를 업고 버스정류장에 나가서 막차가 올
때까지 기다렸어요. 그래도 엄만 안 돌아왔어요……. 그때부터 영희
별명은 울보가 됐어요…….”

차창 밖으로 널찍한 강줄기 하나가 달빛 속에 떠올랐다가 사라졌
다. 산굽이를 도는지 열차가 또 한 번 기적 소리를 울렸다.

“하루는 아버지가 시장에 가자고 했어요. 우린 신나서 따라나섰
고요. 버스를 타고 내려서 한참을 걸었어요. 또 버스를 탔어요. 처음
가보는 굉장히 큰 시장이었어요. 아버지는 우리가 사달라는 대로 다
사줬어요. 영희한텐 주름치마도 사줬는걸요. 시장 한쪽에서 약장수
들이 원숭이랑 쇼를 하고 있었어요. 원숭이가 재주넘는 걸 구경하다
보니 아버지가 안 보이는 거예요. 울면서 아버지를 찾아다니느라 영

희와 난 목이 다 쉬어버렸어요……."

앞자리에 앉은 아주머니가 혀를 쯧쯧 찼고, 그 옆 아저씨는 먼 산을 바라보면서도 이쪽으로 쫑긋 귀를 기울였다. 남자가 아이 손에 초콜릿을 쥐어주자 아이의 표정이 한결 밝아졌다.

"영희가 이 초콜릿을 굉장히 좋아했어요. 고아원에서 초콜릿을 준다고 하면 울다가도 금방 그쳤죠. 그치만 이런 건 어쩌다 먹는 거예요. 가끔 외국 손님이 찾아오면 과자가 상자째 들어왔죠. 난 언제나 초콜릿을 먹지 않고 숨겨뒀다가 영희한테 줬어요. 그래도 영희는 자주 엄마를 찾으며 울었어요……. 하루는 원장 선생님이 절 불렀어요. 영희가 먼 나라로 입양을 간다는 거예요. 전 처음에 싫다고 했어요. 우리 둘이 함께 있으면 틀림없이 아빠가 찾으러 올 거라고 우겼어요. 그때 보모님이 말씀하셨어요. 외국에 가면 잘 먹고 공부도 많이 할 수 있어, 영희가 좋아하는 초콜릿도 실컷 먹을 수 있고……. 그 말에 기가 팍 죽었어요. 하는 수 없이 따르겠다고 했어요. 잘 먹고 잘 살고 대학까지 보내준다고 해서요……."

여자가 손수건을 꺼내 눈 밑을 눌렀다. 차창 밖으로 별똥 하나가 흘렀다.

"영희가 떠나기 전날, 전 잠을 못 잤어요. 속도 모르는 영희는 침을 질질 흘리며 잤고요. 영희가 발로 차내는 이불을 덮어주다 보니 날이 샜어요. 아침 일찍 영희를 깨워 개울가로 데려가 얼굴과 목을 깨끗이 씻겨줬어요. 머리도 감겨 빗겨주고, 예쁜 머리핀도 꽂아주고……. 하지만 막상 헤어질 때가 되니까 영희한테 줄 게 아무것도 없는 거예요. 생각다 못해 뒷마당에서 코스모스를 한 아름 꺾었어요. 떠나가는 영희의 가슴에 코스모스를 안겨놓고 냅다 도망쳐버렸어요……. 멀어져가는 차 소리를 들으며 창고 안에서 엄청 울었어요…….”

들먹이는 아이의 어깨를 부인이 가만히 안아주었다.

열차는 어느덧 대전을 지나고 있었다. 한참 후에 고개를 든 아이의 얼굴은 다행히도 말끔히 개어 있었다.

“그래도 용케 동생을 다시 만나게 됐네?”

“저쪽에서 우리 고아원으로 연락을 해왔어요. 영희 새엄마 새아빠가 우리나라에 관광을 왔나 봐요. 영희도 같이 왔대요. 영희네 엄마 아빠가 우리 둘을 한번 만나게 해주고 싶다고 편지를 보내왔어요. 그런데 같이 보내온 사진을 보는데 도저히 영희를 못 알아보겠는 거예요. 키도 얼굴도 너무 달라졌어요. 내 동생이 아닌 것 같다고 하니까 원장님이 웃으셨어요. 헤어진 지 6년이나 됐으니 못 알아보는 것도 당연하다고요. 또 생각해보니까 영희가 절 못 알아볼 것 같은 거예요. 그때 영희는 다섯 살밖에 안 됐거든요. 그래서 코스모스를 가져가는 거예요. 우리가 커서 얼굴이랑 몸도 변했지만, 영희가 떠날 때 안겨준 이 꽃은 해마다 같은 얼굴로 피거든요.”

젊은 부부도, 이야기를 듣고 있던 주위 사람들도 모두 콜라병에 꽂힌 코스모스를 바라보았다. 전에 없이 꽃이 예뻐 보이면서도 가는 줄기가 무척이나 서글퍼 보였다.

열차가 서울역에 들어섰을 때는 어둠이 완전히 물러나 있었다. 푸른 새벽빛이 걸쳐 있는 육교를 지나 출구 쪽으로 향하는 아이의 뒤로 젊은 부부와 여럿이 뒤따르고 있었다. 마치 한 소년을 호위하듯이.

아이가 막 출구를 빠져나가는 순간이었다. 마중 나온 사람들 사이에서 쏜살같이 달려오는 아이가 있었다.

"오빠……!"

단숨에 자기 오빠를 알아보고 양팔을 흔들며 뛰어오는 소녀…….깃발처럼 펄럭이는 아이의 손……! 서로 얼싸안은 두 아이의 얼굴은 한 움큼 코스모스에 가려져 잘 보이지 않았다.

두부장수 아버지의 사랑

중국 랴오닝 성 북부에 톄링이라는 작은 도시가 있다.

그 도시의 어느 거리에서 저녁 무렵이면 두부를 실은 리어카를 끌고 있는 노인을 만날 수 있다. 리어카에 달린 확성기에서는 "두부 사요, 유수두부입니다! 두부 사세요!" 하는 여자 목소리가 흘러나오는데, 바로 그 노인의 딸 리칭이 녹음해준 것이다.

리칭의 아버지는 벙어리였다. 리칭의 나이 스물이 훌쩍 넘은 최근에야 겨우 아버지를 위해 목소리를 녹음해주고 지난 수십 년간 흔들고 다닌 동종을 대체하게 했다.

아버지가 다른 아버지들과 달리 벙어리라는 사실을 알게 된 것은 리칭이 세 살 때였다. 리칭에게 그건 엄청난 수치심을 불러일으켰다.

동네의 또래 아이들이 제 엄마 심부름으로 두부를 사러 왔다가 맞바꿀 콩은 주지 않고 두부만 들고 내뺄 때가 있었다. 그럴 때 목만 잔

뚝 빼들고 소리도 못 지르는 아버지를 볼라치면 그렇게 분할 수가 없었다. 힘센 오빠들처럼 쫓아가 패주지 못하는 자신이 미워서 속상한 눈빛으로 아버지를 빤히 쳐다보기만 했다. 그랬다, 뺑소니친 아이들보다 벙어리 아버지가 더 미웠다……

두 오빠가 아침마다 번갈아가며 리칭의 머리를 빗겨줄 때, 리칭은 아파서 이를 뽀득뽀득 갈지언정 아버지에게는 절대 머리에 손도 못대게 했다. 엄마는 갑자기 세상을 뜨는 바람에 변변한 증명사진 한장 남겨놓지 못했다. 그래서 처녀 적 사진으로 영정을 만들어놓았는데, 리칭이 쌀쌀맞게 굴 때마다 아버지는 그 사진을 무릎 위에 올려놓고 한참씩이나 쳐다보다가 일을 나가곤 했다.

제일 괘씸한 것은 동네 아이들이 리칭을 '셋째 벙어리'라고 놀리는 것이었다.

"셋째 벙어리!"

"셋째 벙어리!"

아이들에게 놀림을 받고 돌아온 리칭은 한창 콩을 갈고 있는 아버지 앞에 가서 발끝으로 땅바닥에 동그라미를 그려놓고 그 안에다 침을 탁 뱉었다. 그게 딱히 뭘 의미하는지는 몰라도, 다만 아이들이 자기를 놀릴 때 그랬으므로 그것이 벙어리를 괴롭히는 최고의 욕이려니 짐작할 뿐이었다. 리칭이 맨 처음 그런 행동을 했을 때, 아버지는 한동안 일손을 놓고 퀭한 시선으로 리칭을 바라보다가 조용히 눈물을 흘렸다. 엄마가 돌아가신 날을 빼놓고 아버지가 우는 모습을 본 적이 없는데, 그날은 저녁 내내 두부방에서 흐느끼는 것이었다.

어린 리칭은 그날 아버지의 눈물로 그때까지 자신이 겪은 치욕에서 벗어날 탈출구를 찾았다고 생각했다. 그래서 툭하면 아버지 앞에서 그런 식으로 치욕을 안기고는 뒤도 돌아보지 않았고, 그때마다 아버지는 멍하니 서 있었다. 그러나 아버지는 더 이상 눈물을 보이지 않았다. 겨릅대처럼 바싹 야윈 몸을 웅크리고 맷돌 옆에 서 있을 뿐이었다.

리칭의 유일한 목표는 열심히 공부해 대학에 진학함으로써 '셋째 벙어리'라고 자신을 손가락질하는 그 동네를 떠나는 것이었다. 장성한 오빠들이 어떻게 장가를 가고 가정을 꾸렸는지, 또 두부방 맷돌 손잡이를 몇 개나 갈았는지 따위는 리칭의 관심 밖이었다. 리칭은 악착같이 공부에만 매달렸다.

대학 입학통지서를 받은 날, 아버지는 한껏 기쁨에 들뜬 얼굴로 7년 전 엄마의 임종 때 입었던 남색 재킷을 차려입었다. 그러고는 아주 신중하게 두부 비린내가 채 가시지 않은 돈뭉치를 리칭의 손에 쥐어주면서 알아들을 수 없는 소리로 웅얼거렸다. 리칭은 아버지의 그 다정하고 긍지에 찬 웅얼거림에 갑자기 망연해졌다. 아버지는 딸 대학 입학 잔치라며 친척과 이웃들을 불러 두 해 넘게 키운 돼지를 잡았다. 좋아서 입을 다물지 못하고 돌아다니는 아버지를 보자 리칭은 속에서 무언가가 울컥하고 치밀었다.

손님들이 빙 둘러앉은 자리에서 리칭은 아버지의 밥그릇에 고기 몇 점을 얹어주며 몰래 눈물지었다.

"아버지, 고기 많이 드세요……."

벙어리 아버지는 딸의 말소리를 듣지 못하지만 그 말뜻은 분명히 알아들었다. 애써 눈물을 감추려고 껌뻑거리는 눈빛이 그걸 말해주었다. 아버지는 눈물을 머금은 얼굴로 큰 술잔을 들어 벌컥벌컥 마시더니 리칭이 얹어준 돼지고기를 오래오래 씹었다.

아버지는 정말 취했다. 얼굴이 빨갛게 변하고, 평소 같지 않게 허리를 빳빳이 곧추세우고 빠르게 수화를 나누는 모습이 그렇게 멋있어 보인 적이 없었다. 무려 18년이었다. 아버지는 그동안 단 한 번도 딸 리칭의 입에서 아버지라고 부르는 입 모양을 보지 못했던 것이다……!

리칭은 아버지가 부쳐준 두부 비린내 나는 돈으로 대학을 마치고 고향에서 50킬로미터쯤 떨어진 도시에서 직장 생활을 시작했다.

그렇게 모든 것이 안착되어갈 무렵 리칭은 택시를 타고 고향으로 향했다. 늦게나마 못난 딸이 고향에 홀로 계신 아버지를 찾아가 보살펴드리고 싶었다. 그런데 하필 도중에 교통사고를 당하고 말았다.

그 후, 리칭은 교통사고 이후에 무슨 일이 벌어졌는지 큰언니에게

서 전해들을 수 있었다.

사고 현장으로 몰려든 사람들 중에 리칭을 알아본 고향 사람이 있었다. 그 사람이 급하게 연락을 취했고, 소식을 듣고 달려온 큰오빠네와 작은오빠네는 온몸이 피투성이가 된 리칭을 끌어안고 어찌할 줄 몰라 울기만 했다. 나중에야 도착한 아버지는 사람들을 비집고 들어가 이미 죽은 몸이나 다름없는 리칭을 안고 길가에 서 있는 트럭으로 뛰어갔다. 그러고는 한쪽 다리로 리칭의 등을 받치고, 호주머니에서 두부 판 돈을 모조리 꺼내 트럭 기사의 손에 쥐어주며 손가락으로 연신 십자가를 그어 보였다. 평소 심약해 보이는 아버지에게 어떻게 그토록 결연한 의지가 있었는지……!

리칭의 상태를 살핀 병원 의사는 오빠에게 다른 병원으로 데려가라고, 이미 죽은 목숨이라고 암시해주었다. 그도 그럴 것이 그때 리칭은 맥박이 거의 뛰지 않았고, 으깨진 머리는 구멍 뚫린 조롱박 같았다. 오빠가 자포자기하는 심정으로 상복을 사오자 아버지는 다짜고짜 찢어버리고 엄지손가락으로 자기 눈을 가리키다가 태양혈을 가리키고, 또 리칭을 가리키더니 다시 엄지를 빼들고 손사래를 치는 것이었다. 그것은 '울지 마, 나도 안 우는데 너희가 울면 안 되지. 얘는 안 죽어. 겨우 스물이란 말이다. 꼭 산다. 꼭 살려내야 돼!'라는 뜻이었다.

상황을 지켜보다 못한 의사가 희망이 없다면서, 오빠에게 환자의

모두가 절망하더라도 무릎 꿇지 마라.
곧 희망의 빛이 보일 것이다.

상태를 아버지에게 전달해달라고 했다.

"환자는 이미 회복 불능 상태입니다. 치료를 해본들 돈만 들지 살려낸다고 장담할 수 없습니다."

그 말에 아버지는 의사 앞에 털썩 무릎을 꿇었다. 그러더니 다시 벌떡 일어나 손가락으로 리칭을 가리키고, 두 손을 번쩍 쳐들어 보이고, 농사짓고 돼지 먹이 주고 풀 베고 맷돌 돌리는 동작을 하더니 이미 트럭 기사에게 몽땅 털어주고 빈 호주머니를 까집어 보이고는 두 손바닥을 펼쳐 보였다.

'제발 내 딸 좀 살려주십시오. 내 딸은 꼭 살려야 합니다. 병원비는 어떻게든 벌어서 꼭 갚겠습니다. 농사짓고, 돼지 키우고, 두부 팔아서 꼭 갚겠습니다. 저 돈 많아요. 4,000위안 있다고요.'

의사가 아버지의 손을 잡고 고개를 저으며 4,000위안으론 턱도 없다고 하자, 다급해진 아버지는 오빠와 큰언니를 가리키며 주먹을 불끈 쥐어 보였다.

'저 애들이랑 힘을 합쳐서 꼭 갚을 겁니다.'

의사가 더 이상 대꾸하지 않자 아버지는 또 천장을 가리키고 발을 동동 구르더니 두 손을 모아 쥐고 오른쪽에 버리는 시늉을 하다가 눈을 감았다.

'집을 팔고 맨땅에서 자는 한이 있더라도, 전 재산을 처분해서라도 내 딸만은 살려낼 겁니다.'

그리고 또 손가락으로 의사의 가슴을 가리키며 두 손을 펴 보였다.

'걱정 마십시오. 치료비는 꼭 갚을 겁니다. 어떻게든 꼭 마련할 겁니다.'

오빠가 흐느끼면서 아버지의 수화를 통역해주고 있었다. 그러자 이미 수많은 주검을 주무르면서 무덤덤해졌을 의사도 어느새 눈물 범벅이 되어 있었다. 아버지의 재빠르면서도 정확한 의사 전달을 '들으면서' 마음을 움직이지 않을 사람이 누가 있겠는가!

마침내 결단한 듯 의사가 말했다.

"수술을 하더라도 살려낸다는 보장은 못합니다. 만일 수술 도중에……."

그제야 아버지는 문제없다는 듯 호주머니를 툭 쳐 보이고 손으로 가슴을 쓸어내렸다.

"있는 힘껏 치료만 해주신다면 설령 살려내지 못하더라도 수술비를 낼 것이고, 아무도 원망하지 않을 겁니다."

그 위대한 아버지의 사랑이 리칭을 간신히 수술대에 올려놓았고, 의사에게도 환자를 꼭 살려내고야 말겠다는 신념과 용기를 북돋아 주었다.

수술실 밖에서 왔다 갔다 하느라고 그날 아버지의 운동화 바닥에는 구멍이 났다. 끝까지 눈물 한 방울 떨어뜨리지 않고 있던 아버지는 쉴 새 없이 부처님께 절하는 시늉을 하고 하느님께 기도하느라 입술이 부르트는 줄도 몰랐다.

아버지의 간절함에 하늘도 감동했는지 리칭은 기적처럼 되살아났다. 그러나 수술 후에도 꼬박 보름 동안 리칭은 혼수상태였다. 이미 식물인간이 되어버린 리칭에게 누구 하나 희망을 품지 않았다. 유독 아버지만 처음부터 끝까지 병상을 지키면서 자기 딸이 깨어날 거라고 믿어 의심치 않았다. 그 꺼칠꺼칠한 손으로 리칭의 팔다리를 주물러주고, 소리도 낼 수 없는 목청으로 혼자 웅얼거렸다.

'아가야, 어서 일어나야지. 아가야, 아버지가 뜨끈뜨끈한 콩물 가져왔단다!'

아버지는 병원 의사들과 간호사들에게 잘 보이려고 애를 썼다. 오빠가 병상을 지키는 사이에 뜨거운 콩물을 한 통씩 실어다가 병원의 거의 모든 외과 의사와 간호사에게 '진상'했다. 병원 규정상 환자 보호자에게 어떤 물건이든 사사로이 받으면 안 되지만, 순박하고 정성스런 아버지의 성의를 차마 그들도 무시할 순 없었다. 아버지는 그들에게 수시로 자기 의사를 수화로 전달했다.

'당신들은 훌륭합니다. 당신들은 반드시 내 딸을 살려낼 겁니다!'

아버지는 또 병원 치료비를 마련하기 위해 그동안 두부를 팔러 다닌 동네를 죄다 돌아다녔다. 그 결과 아버지의 후덥고 착한 마음씨는 죽음의 문턱에 걸린 딸을 건져내기에 충분한 지지와 관심을 이끌어냈다. 고향 사람들 모두 외면하지 않고 20위안, 65위안, 100위안…… 마치 두부를 외상으로 가져갈 때처럼 낡은 장부에 사인만 하고 돈을 빌려주었다.

보름 후 마침내 의식을 되찾고 눈을 뜬 리칭은 그동안 거의 알아볼 수 없을 정도로 수척해진 노인을 보았다. 그사이 아버지가 20년은 더 늙어 있었다. 깨어난 딸을 보자 아버지는 입을 떡 벌리고 고함을 질렀다. 소리를 지르느라 어찌나 힘을 썼는지 하얗게 센 머리 밑으로 구슬땀이 흘러내렸다.

빡빡머리였던 리칭의 머리카락이 조금씩 자라났다. 아버지는 까슬까슬한 딸의 머리를 쓰다듬으며 자애로운 웃음을 지었다. 딸의 머리를 이렇게 쓰다듬는 것, 과거에는 그것이 얼마나 부럽고 사치스런 행동이었던가. 6개월이 지나고 머리카락을 겨우 쪽질 수 있게 되자 리칭은 아버지의 손을 잡아끌며 자기 머리를 빗겨달라고 했다. 아버지는 몹시 서툰 손길로 반나절 동안이나 딸의 머리카락을 한 올 한 올 빗겨주었다. 리칭은 그렇게 쪽진 머리로 아버지의 두부 리어카에 앉아 거리로 나갔다.

그런데 아버지가 갑자기 리어카를 세우고 리칭 앞으로 다가와 리칭을 안는 동작을 취하는가 싶더니, 또 훌쩍 내다 버리는 시늉을 하고는 손으로 돈을 세는 동작을 취하는 것이었다. 리칭을 두부처럼 내다 팔겠다는 뜻이었다! 리칭이 얼굴을 감싸고 엉엉 우는 시늉을 하자 아버지는 소리 없이 허허 웃었다. 리칭이 손가락 틈으로 내다보니 아버지는 우스워 죽겠다는 듯이 쭈그린 채 배를 잡고 있었다. 이런 부녀간의 장난은 리칭이 다시 걸음마를 배울 때까지 계속되었다.

지금 리칭은 어쩌다 두통이 찾아오는 것 외에는 건강한 편이다. 그녀가 회복된 것을 제일 기뻐하는 사람은 역시 아버지였다. 가족들의 피나는 노력으로 병원 빚은 모두 갚았고, 아버지도 도시로 나와 리칭과 함께 살고 있다. 그런데 평생 일하는 습관이 몸에 배어 한시도 쉬지 않으려 하는 것이 탈이었다. 그래서 소일거리나 하시라고 집 가까운 곳에다 자그마한 두부방을 차려주었다.

구수한 냄새에 큼직큼직한 아버지의 두부는 잘도 팔려나갔다. 리칭은 아버지를 위해 축전지로 쓰는 확성기를 리어카에 달아주고 나서 '두부 사요' 소리까지 녹음해주었다. 비록 딸의 목소리를 들을 순 없어도 확성기 버튼을 누르면 아버지는 고개를 번쩍 치켜들고 의기양양하게 다닌다. 그 옛날 어린 딸에게서 받은 모욕이나 불쾌감 따위는 그림자도 찾아볼 수 없는 일이 되었다.

두 번씩
울리는
전화벨

1988년 9월 초, 중국 안후이 성의 작은 소학교에 상하이 출신의 차문홍이라는 여자 선생님이 찾아왔다. 그녀 스스로 무급 교생실습을 자청하여 온 것이었다.

교생실습 첫날, 그녀가 교재와 정성껏 준비한 학습지도안을 들고 교실로 들어서는데 그녀를 바라보는 학부모와 학생들의 시선이 묘했다.

"……?"

문홍이 상하이 사람이라는 걸 알고 불신하는 눈치였다. 일시적인 충동과 호기심에 이 시골 학교로 왔을 거라는 눈빛이었다. 학부모 몇몇은 아무 말도 없이 자기 아이를 다른 반으로 데려가는 바람에 여기저기 빈자리가 생겨났다.

문홍이 영문을 몰라 하다가 교장 선생님을 찾아갔다.

"여기서는 모두 사투리로 수업을 합니다. 학부모님과 아이들이 선생님의 표준말을 알아듣지 못할까봐 그러는 거죠."

그녀는 괜히 억울하고 안타까운 마음이 들었지만, 어쨌든 첫 수업은 무사히 마칠 수 있었다.

그런데 수업이 끝나갈 즈음 더벅머리 아이가 물어왔다.

"선생님, '헌헌'에도 와요?"

"……?"

아이의 말을 알아듣지 못한 그녀가 되물었다.

"헌헌이가 누구지?"

그 말에 아이들은 교실이 떠나갈 듯 웃었고, 한 남자애가 익살스레 대답했다.

"헌헌은 그냥 헌헌이에요. 그것도 모르고 우릴 가르쳐요?"

그 말에 또 한 번 까르르 웃음이 터져 나왔다.

그녀는 속으로 적잖이 화가 났지만, 갓 입학한 1학년생들에게 뭐라고 말하기도 멋쩍어서 다시 교장 선생님을 찾아갔다.

"헌헌이 무슨 뜻이죠?"

교장 선생님이 빙그레 웃으며 말해주었다.

"그건 이곳 사투리인데, '오후'라는 말입니다."

첫 수업부터 혼란을 겪은 그녀는 깊은 고민에 사로잡혔다. 자신이 꼬마들로부터 놀림을 당해서가 아니었다. 산골 마을의 낙후하고 폐쇄된 현실을 직접 맞닥뜨려보니 아이들의 장래가 무척이나 염려되었다. 만약 아이들이 어른이 되어도 '헌헌' 같은 사투리밖에 쓸 줄 모른다면 영원히 이 가난한 촌구석에서 벗어나지 못할 테고, 발전하는 대도시 문명과도 교류하지 못할 것이다……!

문홍은 힘들겠지만 자신이 먼저 모범을 보여야겠다며 표준어로 모든 수업을 진행하기로 했다. 아이들이 자신의 표준어를 알아듣게 하려면 그녀가 먼저 그 지역 사투리를 익혀야 했다. 그래서 수업을 할 때는 표준어로 말한 뒤 다시 사투리로 그 뜻을 해석해주었다. 그리고 방과 후 짬이 날 때마다 그 지역 농민들과 어울리며 사투리를 배우고 표준말을 역설하는 그녀의 적극적인 노력 덕분에 어느덧 그 지역에서 표준말이 '유행'하게 되었다.

그녀는 또 한창 지력이 트이기 시작한 아이들이 즐거운 분위기에서 공부하도록 '이야기하기', '단어 잇기' 등 다양한 방식으로 수업을 진행했는데 아이들의 호응도가 대단했다. 그 결과 학기말시험에서 모든 반의 어문 실력이 진(鎭)에서 1등을 차지했다. 소식을 접한 학부모들이 너나없이 폭죽을 사들고 학교 운동장으로 몰려왔다. 그들 중 한 명이 감개무량해하며 말했다.

"이 촌구석에서 1등이라뇨! 정말 기적 같은 일이 벌어졌습니다요. 감사합니다, 선생님!"

"뭘요! 모두 우리 아이들이 열심히 해준 덕분인 걸요!"

문홍은 자신의 노력이 헛되지 않았음을 확신하며 감격의 눈물을 흘렸다.

그날 저녁이었다. 문홍이 학습지도안을 짜고 있을 때 갑자기 정전이 되었다. 시골 동네에 정전이 되면 칠흑같이 어두워져 아무 일도 할 수 없었다. 멀뚱히 침대에 누워 상하이에 있는 남편과 딸을 생각하며 전기가 들어오기만 기다리는 수밖에 없었다. 그런데 문득 창밖에서 부스럭거리는 소리가 들려왔다.

"누구⋯⋯?"

문홍의 물음에 주위는 쥐 죽은 듯이 고요했다. 한참이 지나도 아무런 기척이 없어 다시 누우려 하는데, 이번에는 문을 두드리는 소리가 났다. 그녀는 도둑이 아닐까 싶어 덜컥 겁이 났지만 용기를 내어 몽둥이 하나를 챙겨들고 문 앞으로 다가섰다. 그러고는 문을 벌컥 열어젖혔다.

"아니, 너흰⋯⋯!"

놀랍게도 학교 인근에 살고 있는 세 아이가 문 앞에서 촛불을 한 자루씩 들고 있었다. 널름거리는 빨간 촛불이 순박하고 앳된 아이들의 얼굴을 비춰주고 있었다.

"전기가 나가서 선생님 혼자 무서워하실까봐 집에서 설에 쓸 양초를 가져왔어요. 선생님이 잠드셨는지 몰라서 창문 밑에서 한참을 귀 기울이고 있었던 거예요⋯⋯."

"얘들아……!"

너무나 감동한 문홍은 촛불을 받아들고 아이들을 와락 안아주었다.

"고맙다, 얘들아! 정말 고맙구나……!"

한 해가 저물고 설이 다가오고 있었다. 학교 측에서는 문홍이 일찌감치 상하이로 돌아가 명절을 쇠게 해주려고 남은 수업을 앞당겨 편성해주었다.

그런데 문홍이 떠난다는 소식을 들은 아이들은 혼란스럽고 우울해져서 수업에 집중할 수가 없었다. 그런 아이들의 심정을 헤아리지 못한 문홍이 탁자를 치며 집중시키려고 할 때, 한 아이가 손을 들고 일어났다.

"선생님, 안 가면 안 돼요?"

"그게 무슨 소리니? 선생님도 집에 가서 설을 쇠어야지."

"그냥 우리 집에 와서 설 쇠면 되잖아요?"

문홍은 기가 막혔지만, 때 묻지 않은 아이들의 심성이 이렇구나 싶어 화도 내지 못했다.

"안 돼, 상하이 집에서 언니가 기다리고 있단다!"

그러자 그 아이가 갑자기 울먹이면서 말했다.

"그럼 선생님, 다시 돌아온다고 약속할 수 있어요?"

"그럼! 선생님은 설 쇠고 다시 학교로 돌아올 거야."

"정말 약속할 수 있어요?"

"그렇다니까."

"그럼 그 맹세로 저한테 뽀뽀해주세요."

눈물이 그렁그렁한 아이의 얼굴을 보고 문홍도 가슴이 뭉클해졌다. 아이에게 다가가 이마에 입맞춤을 하는데 눈물이 계속 흘러내렸다. 그러자 약속이나 한 듯이 반 아이들 모두 일어서며 소리쳤다.

"선생님, 저도요!"

"저랑도 약속해요!"

"저도 뽀뽀해주세요!"

문홍은 결국 47명이나 되는 반 아이들 모두에게 일일이 뽀뽀를 해주었다. 처음에는 소리 없이 훌쩍이던 아이들이 점차 엉엉 울어대기 시작했다. 아이들 생각에는 그녀가 다시 돌아오지 않을 것 같은 모양이었다.

그런데 47명의 아이들이 한꺼번에 소리 내어 울어대면 어떤 광경일까? 선생님들과 학생들이 모두 무슨 일인가 하고 몰려왔고, 학교 가까이에 살고 있는 마을 사람들까지 달려왔다. 왜, 무엇 때문에 우는지 딱히 설명해줄 사람도 없었지만, 울음소리는 전염성이 강했다. 삽시간에 전교생이 울고 있었고, 그 광경을 지켜보는 선생님들과 마을 사람들도 눈물을 찍어내고 있었다.

명절을 하루 앞둔 그믐날 저녁, 상하이에 있는 문홍의 집 전화벨

이 쉴 새 없이 울려댔다. 문홍은 그것이 자기 반 아이들이 걸어오는 전화임을 잘 알고 있었다. 상하이로 떠나오기 전에 아이들 모두 선생님 댁으로 전화하겠다고 했지만, 문홍은 가난한 학부모들의 전화 요금이 부담될까봐 번호를 알려주지 않았다. 그러자 반장이 한 가지 아이디어를 냈다.

"우리가 전화해도 선생님이 받지 않으면 요금이 안 들잖아요? 만약 전화벨이 딱 두 번씩만 울리고 끊어지면, 우리가 건 전화라고 생각하시면 되잖아요!"

정확히 두 번씩만 울리다가 끊어지는 그 끊임없는 전화벨 소리를 들으며 문홍의 마음은 어느덧 멀리 있는 산골 학교, 그리운 아이들 곁으로 달려가고 있었다……!

제4장
사랑을
놓치다

별을 좋아하는 사람은 꿈이 많고,
비를 좋아하는 사람은 슬픈 추억이 많고,
눈을 좋아하는 사람은 순수하고,
꽃을 좋아하는 사람은 아름답고,
이 모든 것을 좋아하는 사람은 지금 사랑을 하고 있다.

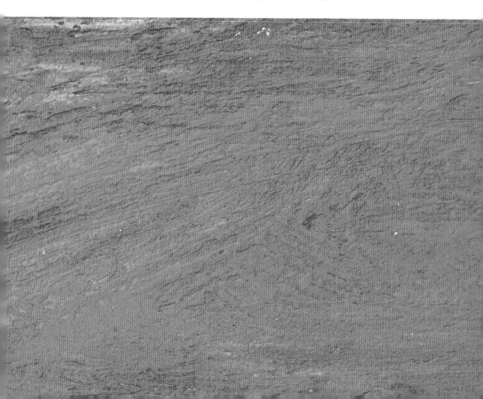

사랑을 놓치다

정우가 윤희를 처음 만난 건 대학교 신입생 환영회에서였다.

윤희는 웃는 얼굴이 봄꽃처럼 화사하고 똑똑했으며 성격도 활달했다. 정우는 그런 윤희에게 첫눈에 반했지만 속내를 드러내고 표현하지는 못했다. 이성에게 자기감정을 표현하는 것만큼은 유독 소심한 정우였다. 그래서 조금 더 기다렸다가 관계가 편해진 다음에 고백해도 늦지 않을 거라고 생각했다.

그 후 1년이라는 시간이 별다른 변화도 없이 흘러갔다. 혼자만의 사랑을 간직해온 정우에게는 정말 가슴 설레고 안타까운 날들이었다. 어느 날 저녁, 분위기 좋은 레스토랑으로 윤희를 초대한 정우가 마침내 용기를 냈다. 오랫동안 가슴에 담아둔 사랑을 고백한 것이다. 그러자 평소의 생기발랄한 모습과 달리 윤희가 시선을 흩뜨리며 말을 더듬었다.

"나, 난······ 널 받아줄 수 없어······."

"······?"

"난 이미 한 달 전에 다른 남자친구의······ 난 정말 몰랐어······ 네가 날 좋아하고 있다는 걸······ 네가······."

윤희는 말도 채 끝맺지 못하고 자리에서 벌떡 일어났다. 그녀는 차마 두 눈 가득 고인 눈물을 정우에게 들키고 싶지 않았던 것이다.

그 후 캠퍼스의 학생들은 '메이퀸'으로 불리는 여학생과 다정하게 붙어 다니는 정우를 보았다. 사람들은 그가 그 여학생의 미모에 반했다고 생각할 뿐, 누구도 그녀가 윤희와 꼭 빼닮은 해맑은 웃음을 갖고 있다는 사실을 알지 못했다.

정우의 상처 입은 마음을 알아주는 사람은 아무도 없었다. 그래서일까, 정우와 그 여학생의 관계도 얼마 지나지 않아 파국을 맞고 말았다. 대학 생활은 그렇게 아프게 흘러갔다.

졸업 후 윤희는 다른 남자의 신부가 되었지만, 정우는 여전히 혼자였다. 그는 다른 여자를 사랑하지 않았고, 더 이상 연애를 꿈꾸지 않았다. 자신이 평생토록 사랑할 사람은 윤희뿐이라는 것을 알고 있었기 때문이다.

정우는 친구들을 통해 별 어려움 없이 윤희의 집 주소와 생일 등을 알아냈다. 그런 다음 매년 그녀의 생일이 되면 튤립 아홉 송이를 보내주었다. 윤희가 어떤 꽃을 좋아하는지는 알 수 없었다. 그냥 자

사랑한다면, 머뭇거리지 마라.
사랑한다면, 지금이 마지막이라고 생각하라.

신이 좋아하는 꽃이 튤립이라서 골랐을 뿐이다. 윤희는 이미 다른 남자의 아내였다. 불필요한 오해가 생기면 곤란할까봐 메모 카드에 이름이나 전화번호도 남기지 않았다. 그렇게 몇 년 동안이나 계속되었다.

어느 해, 그녀의 생일을 며칠 앞둔 날이었다. 우연히 동창모임에 참석한 정우는 지난 몇 년 사이에 윤희가 두 번이나 이혼했으며, 지금은 독신이라는 소식을 들었다. 순간 그는 마음이 아프면서도 한편으로 무척 기뻤다. 어쩌면 자신에게도 그녀의 사랑을 되찾을 기회가 주어지지 않을까 하는 기대감이 생겼다.

며칠 후 윤희의 생일날이 되었다. 마음이 부풀어 오른 정우가 이번에는 자신이 직접 꽃다발을 들고 찾아가 사랑을 고백하겠다고 마음먹었다. 거의 열 곳이 넘는 꽃집을 돌아다닌 끝에 그는 세상에서 가장 아름답고 고귀해 보이는 튤립을 찾아냈다. 점원이 정성껏 꽃다발을 만들어주자 그는 메모장에 이렇게 썼다.

'나는 지금도 여전히 널 사랑하고 있어……'

꽃다발을 든 정우의 잘생긴 얼굴에는 흐뭇함과 설렘이 가득 차 있었다.

저만치 언덕 위에 그녀가 살고 있는 집이 보였고, 정우는 뚜벅뚜벅 그녀를 향해 발걸음을 옮겼다. 그런데 바로 그때, 엄청난 속력을 내며 언덕 아래로 질주하던 트럭이 그를 덮쳐버렸다……!

윤희는 튤립 꽃다발과 정우의 사망 소식을 동시에 받아야 했다. 모든 것을 알게 된 그녀는 방에 틀어박혀 밤새도록 울고 또 울었다. 그녀는 정우가 자신에게 사랑을 고백하던 날 저녁을 떠올렸다. 그녀는 정말 알지 못했다, 자신이 거절했는데도 정우는 포기하지 않았으며 지난 10여 년간 미련스럽게 기다려왔다는 사실을……!

그가 혼자서 얼마나 가슴 아프고 외로웠을까 생각하니 눈물을 더욱더 걷잡을 수 없었다. 그녀가 흘린 눈물이 방울방울 튤립 꽃잎에 떨어져 보석처럼 반짝거렸다. 정우도 끝끝내 알 수 없었던 한 가지는, 윤희가 가장 좋아하는 꽃도 다름 아닌 튤립이었다는 사실이었다. 그녀는 비로소 알 수 있었다, 자신이 세상에서 가장 소중하고 두 번 다시 만날 수 없는 사랑을 놓쳐버렸다는 사실을……!

병 속의
편지

"현재 동해안에는 풍랑이 심하고 바람이 점점 거세지고 있으니 피서객은 각별히 주의해주시기 바랍니다. 이번 태풍은 A급 태풍으로⋯⋯."

버스 운전사가 틀어놓은 라디오에서는 연신 기상특보가 흘러나오고 있었다.

동혁은 자기 어깨에 기댄 채 잠들어 있는 시우를 보았다. 그러자 시우도 졸린 눈을 들어 동혁을 향해 씽긋 한번 웃고는 다시 눈을 감았다.

창밖은 수 미터가 넘게 넘실대는 파도와 유리창을 사선으로 때리는 빗방울로 어지러웠다. 눈부시게 파란 하늘과 쪽빛 바다는 물거품이 되어버린 지 오래였다.

'젠장! 모처럼 큰맘 먹고 떠나온 여행인데 하필이면 태풍이라

니……!'

"다 왔어?"

"아니, 조금만 더 가면 돼."

"그럼 나 좀 더 잘게."

"그래."

다시 고개를 파묻는 시우를 보며 동혁은 빙그레 미소 지었다.

'그래, 어쨌든 이것도 여행은 여행이니까 괜히 우울해하지 말자.'

얼마 후 목적지에 도착한 버스는 거센 바람 속에 동혁과 시우만 남겨놓고 황황히 떠나갔다. 바람이 너무 세어 우산을 받쳐 들기도 힘들었다. 자꾸 뒤집히는 우산은 차라리 포기하는 편이 나았지만, 고집스럽게 부여잡고 20여 분을 걸어 민박집에 도착했다.

"계세요?"

민박집 주인이 문을 열어주며 반겼다.

"아, 예약한 분들이시군. 이 빗속에 고생했우. 얼른 들어와요."

"예."

"태풍으로 다들 예약을 취소했는데 오셨구려. 한동안은 밖에 나가지도 못할 텐데 괜찮겠우?"

"그래도 계획된 여행이라서요."

"에고, 비를 다 맞았구먼! 내 옥수수라도 좀 삶아올 테니 어서 안으로 드슈!"

동혁과 시우는 민박집 아주머니의 친절에 공감하는 눈짓을 주고받으며 방으로 들어섰다.

바닷가 민박집 방은 크지 않았다. 다리를 쭉 뻗으면 네 명쯤 드러누울 만한 공간으로, 방이 크면 오히려 을씨년스러울 수 있어서 둘이 지내기엔 그 정도가 딱 알맞았다.

동혁과 시우는 그날부터 꼬박 3일 동안 그 방에서만 지냈다. 기상특보가 나오는 텔레비전을 보고, 민박집 아주머니가 차려주는 식사를 하고, 화장실에 가고…… 그 정도가 전부였다. 이미 '오래된 연인'인 두 사람에게서 청춘 남녀의 설렘과 쑥스러움은 찾아보기 힘들었다. 편안하고 오붓하게 둘이 함께할 수 있는 공간이 있어 행복한 시간이었다.

동혁의 팔을 베고 있던 시우가 문득 물었다.

"근데, 우리 이렇게 방에만 있다가 가?"

"그럼 어떡해. 바람에 날아갈지도 모르는데. 아니다, 안 날아가겠다. 너 요새 살 많이 쪄서."

"이, 씨!"

시우가 살짝 눈을 흘기며 동혁을 꼬집었다.

"아푸다……!"

시우가 엄살을 떠는 동혁을 무시하고 화제를 돌렸다.

"뉴스 보니까, 태풍의 눈이 내일쯤 동해안을 지나간대. 그럼 파도가 좀 잔잔해지겠지? 우리, 바다 보러 나가자. 여기까지 왔는데 바닷물도 못 만져보고 가면 너무 서글프잖아!"

동혁이 별생각 없이 고개를 끄덕였다.

"그러자, 그럼."

이튿날, 느지막이 잠에서 깬 두 사람은 며칠째 귀신 울음소리처럼 울리던 바람 소리가 멎은 것을 알았다.

"우리, 나가자!"

동혁과 시우는 해변 민박집에 묵은 지 3일 만에 바닷가로 향했다. 파도가 높아지면 얼른 돌아오라는 민박집 아주머니의 충고를 뒤로한 채.

"와, 그 엄청난 파도가 이렇게 잔잔해지다니!"

"떠나기 전에 한번 보고 가라고 하늘이 인심 쓰나 보다."

두 사람은 손을 맞잡고 나란히 백사장을 거닐었다. 끝없이 펼쳐진 해안에는 그들뿐이었다. 하늘은 여전히 잿빛이었지만 확실히 바람도 멎고 비도 그쳐 있었다.

시우는 신이 났다. 그녀는 마치 바닷물을 처음 보는 산골 소녀처럼 저만치 밀려가는 파도를 뒤쫓다가 몰려오는 물보라를 피해 뒷걸음치곤 했다. 깔깔거리는 그녀의 머리카락을 쓸어 올려주며 동혁도 한결 기분이 밝아졌다.

얼마나 지났을까. 다시 바람이 불고 파도가 조금씩 높아졌다. 동혁은 민박집 아주머니의 말이 생각났다.

"이제 돌아가자. 파도가 높아지는 것 같아."

"응. 잠깐만…… 아, 저기 있다!"

시우가 갑자기 앞으로 내달렸다. 말릴 겨를도 없이 어느새 저쪽으로 뛰어가 자리에 주저앉은 그녀는 품에서 뭔가를 꺼내는 것 같았다. 바로 그때 저 멀리서 조금씩 겹쳐오던 파도가 무서운 기세로 돌변하여 해변을 덮쳤고, 시우의 머리 위로 7~8미터는 되어 보이는 물보라가 솟구쳤다.

"시우야, 어, 저기…… 저, 저……!"

동혁은 갑자기 자기 턱이 얼어붙는 것 같았다. 뭐라고 소리쳐야 했지만 입이 벌어지지 않았다. 시우가 동혁을 향해 짧게 미소 짓는 순간 엄청난 해일이 그녀를 뒤집어 삼켰고, 이윽고 그녀가 있던 자리에는 아무것도 보이지 않았다.

해안경비대가 며칠 동안 인근 바다를 수색했지만 시우의 시신은 발견되지 않았다. 태풍 때문에 수색하기가 쉽지 않으리란 건 예상했지만, 막상 수색을 포기하고 행방불명 처리해야 한다는 경비대원의 말을 듣자 동혁의 눈에서는 눈물만 흘러내렸다.

도무지 믿을 수가 없었다. 잠자리에 들면 파도가 밀려오고, 그 파도 뒤에서 그녀가 웃고 있었다. 식은땀으로 이불을 적시고, 한밤중

시간이 지나도 잊히지 않는 것이 있다.
시간이 지날수록 더 간절해지는 것이 있다.

에 벌떡 일어나 냉수를 들이켜도 여전히 시우의 마지막 모습이 머릿속을 맴돌고 있었다.

그 후 1년 동안은 제정신이 아니었다. 시간이 지나면서 친구들과 부모님은 동혁이 조금씩 나아지는 줄 알고 있었지만, 사실 동혁은 속이 썩을 대로 썩어 문드러진 달팽이였다. 시우가 죽고 그녀의 부모님이 오열하며 가슴을 치던 날, 그 역시 죽어버렸다.

그러나 시간이란 또 얼마나 냉정하고 무정하던가. 1년이 지나고, 5년이 지나고, 10년이 지나고…… 20년이 지나면서 기억도 가물가물해졌다.

동혁은 다른 여자를 만나 결혼했고 어엿한 남매를 둔 가장이었다. 이마에 주름살도 생겨났고 머리숱도 하얘졌다. 그러나 그동안에도 화인(火印)처럼 가슴에 찍힌 시우의 그림자는 끝내 지울 수가 없었다. 한밤중에 가위눌려 식은땀을 흘리는 자신을 안쓰럽게 바라보는 아내에게 과거를 고백할 용기도 없었다. 예전에 끔찍이도 사랑한 여자가 있었는데 그녀가 죽었다고, 해일에 휩쓸려 시신도 찾을 수 없었다고 차마 털어놓을 수 없었다.

그러던 어느 봄날, 회사에서 강릉지사를 방문해 지난 분기의 결산 보고를 받아오라는 출장 명령이 떨어졌다. 동혁은 떨리는 가슴을 진정시키기 힘들었다. 그는 태풍이 불던 그날 이후로 단 한 번도 동해안을 찾지 않았고, 다행히 아내가 등산을 좋아해서 산이나 계곡으로 휴가를 떠났다. 이번에도 핑계거리를 만들어 다른 사람을 보낼 수 있었다. 하지만 그는 더 이상 회피하고 싶지 않았다.

그래, 언젠가 한 번은 가봐야 할 곳이다. 이미 20년이 지났다. 지금쯤이라면 거길 다시 찾아가도 그다지 고통스럽진 않을 것이다. 하지만 그건 그의 착각일 뿐이었다…….

강릉지사에 들른 동혁은 한나절 내내 서류를 검토하고 나서 별문제가 없다고 본사에 보고했다. 그런 다음 차를 몰고 예전의 그 민박집이 있던 해변으로 향했다.

20년 전 둘이 함께 버스에서 내린 그 해안에 이번엔 덩그러니 혼자였다. 버스 안에서 머리를 기댄 채 졸린 눈으로 웃던 시우의 얼굴이 잠깐 머리를 스쳤다. 그 옛날 함께 묵었던 민박집이 그대로일 거라는 기대는 하지 않았지만, 그 위치 정도는 알 수 있을 거라고 생각했는데 아무래도 무리였다. 길이 전부 바뀌고 마을도 딴판이라 어디가 어딘지 분간할 수 없었다. 동혁은 민박집 찾기를 포기하고 해변 쪽으로 발걸음을 옮겼다.

그 바다는 20년 전 그대로였다. 기억 속에 그토록 생생하게 살아 넘실대던 파도, 태풍의 눈 속처럼 잔잔하던 그 파도가 지금 다시 눈앞에 있었다. 동혁은 먼 수평선을 바라보며 예전처럼 해변을 따라 걸었다. 그리고 잠시 뒤, 바로 그 사고 장소에 이르렀다.

그곳에 다시 서보니 동혁은 문득 한 가지가 궁금해졌다. 시우는 그때 갑자기 뭔가를 발견한 듯이 반갑게 앞으로 뛰어가 모래밭에 털썩 주저앉았다.

'그때 갑자기 왜 그랬던 거지……?'

동혁은 그녀가 그랬던 것처럼 똑같이, 똑같은 그 자리에 털썩 주저앉아 손을 턱에 괴고 시우가 왜 그런 돌발적인 행동을 했는지 곰곰이 생각해보았다. 그러다가 문득 발 옆으로 삐죽이 튀어나와 있는 무언가를 발견했다. 땅에 묻힌 채로 입구만 겨우 드러나 있는 유리병이었다.

그는 별다른 생각 없이 호기심에 이끌려 모래를 헤집고 그 병을 꺼내보았다. 그 와인 병은 코르크 마개로 단단히 봉해져 있었는데 그 안에 편지가 들어 있었다.

'……!'

동혁은 심장이 멎어버릴 것 같았다. 설마 이게 그날 시우가 모래에 파묻어둔 그 편지……? 그럴 리가 없었다. 지난 20년간 헤아릴 수 없이 많은 파도가 이 병을 움직였을 테고, 그것이 지구를 몇 바퀴쯤 돌아 다시 이곳에 와 있다고? 그것도 우연히 해변을 다시 찾은 자신의 눈앞에……? 도저히 상상할 수 없는 일이었다. 그러나 낡은 유리병을 깨뜨리고 노랗게 변색된 편지를 펼쳐드는 순간, 동혁은 도무지 믿기 힘든 기적이 눈앞에 벌어지고 있음을 알았다.

누가 이 편지를 읽게 될지는 모르지만, 살짝 제 비밀 한 가지를 알려드릴게요. 축하해주세요. 저 임신했어요.

동글동글 굴러가는 글자들, 틀림없는 시우의 손글씨였다.

동혁은 조용히 눈을 감았다. 그녀는 차가운 바닷속에서 누군가가 자기 편지를 읽어주기를 지난 20년 동안 기다렸을 것이다. 잔잔한 물결 너머 어디선가 시우의 목소리가 들려오는 듯했다.

"널 기다렸어, 아주 오랫동안……."

동혁이 눈물로 범벅된 얼굴을 들어 활짝 웃으며 그녀를 향해 말했다.

"미안해…… 내가 너무 늦게 와서……."

"이제 됐어……."

"너, 잘 지내지?"

"……."

"사랑해, 시우야…… 보고 싶다…… 보고 싶다…… 사랑한다……."

동혁은 눈물이 번진 얼굴을 손바닥으로 훑었고, 훈훈한 봄바람이 그의 얼굴을 부드럽게 어루만져주었다.

어머니의
아들

며느리가 시어머니에게 짜증을 냈다.

"간을 덜하면 맛이 없다 하시고, 지금은 좀 짜다고 타박하시면 대체 절더러 어쩌라고요?"

때마침 밖에 나갔던 아들이 들어왔고, 어머니는 아무 말 없이 음식을 입에 넣으면서 아들 눈치를 살폈다.

아들이 국을 한 술 뜨다가 아내에게 말했다.

"어머닌 병 때문에 너무 짜게 드시면 안 된다고 했잖아."

"말 잘했어!"

아내가 수저를 탕 놓고 일어났다.

"난 도저히 못 맞추겠어. 당신 어머니니까 이제부턴 당신이 알아서 끓여봐요!"

아들이 문을 쾅 닫고 들어가는 아내의 뒷모습을 노려보다가 어머니에게 말했다.

"어머니, 너무 짜요. 드시지 마세요. 제가 라면이라도 끓여올게요."

어머니가 살짝 고개를 흔들고 나서 말했다.

"너, 아침에 나한테 할 말 있다고 안 했니?"

"네."

아들이 잠시 뜸을 들이다가 입을 열었다.

"다음 주에 제가 회사에서 승진을 하게 되면 무척 바빠질 거예요. 그리고 저 사람도 직장에 다시 나가고 싶다고 하고…… 그래서 말인 데요……."

어머니는 금세 아들의 속내를 읽고 애원조로 말했다.

"애야, 날 요양원에만 보내지 말아다오."

아들이 잠시 침묵하다가 다시 말을 이었다.

"어머니, 요즘은 요양원이 옛날 같지 않아요. 저 사람까지 직장 나가면 제대로 챙겨드리지도 못할 텐데……."

"애야, 날 안 챙겨줘도 돼. 내가 잘할게."

"요양원에 가면 또래 친구 분도 많고 간식거리도 다 챙겨주는데, 집보다 낫지 않아요……?"

"그래도 난 내 방이 더 좋은데……."

식탁에서 일어난 아들은 안방 대신 서재로 들어갔다. 그러고는 망연한 표정으로 창가에 서서 생각에 잠겼다.

젊은 나이에 혼자된 어머니는 온갖 고생을 하여 아들을 뒷바라지하고 유학까지 보내주었다. 아들을 위해서라면 그 어떤 고초도 기꺼이 감수하면서 아들에게 단 한 번도 효도를 강요한 적이 없었다. 문제는 아내였다. 그녀가 내세운 결혼의 전제 조건은 시어머니가 아닌 자기 엄마와 함께 살겠다는 것이었다.

'어머니를 정말 요양원에 보내야 하는 걸까?'

자기 스스로에게 수없이 되물어도 뾰족한 수가 없었다.

어릴 때 이웃이었던 인연으로 지금까지 알고 지내는 문수 아저씨네 큰아들은 이렇게 충고했다.

"너랑 반평생을 보낼 사람은 마누라지 어머니가 아니다."

그러나 친척들은 달랐다.

"다 늙은 부모가 앞으로 살아봐야 몇 년을 더 산다고……. 모시고 효도 좀 하고 살면 안 되니? 나중에 후회해봤자 아무 소용도 없단다."

아들은 더 이상 고민해봐야 골머리만 아플 뿐이라고 생각했다. 아내를 봐서도 그렇고, 자신의 생각이 바뀔까 겁이 났다…….

저녁 무렵, 태양은 한낮의 열기를 거두고 산 너머로 숨어버렸다. 신축한 귀족형 요양원은 교외의 산자락에 중세의 성채처럼 우람하게 서 있었다. 그랬다, 시설이 좋고 돈을 많이 들일수록 집에서 모시지 못하는 죄책감이 조금이나마 덜어지는 것 같았다.

어머니를 모시고 로비에 들어서자 벽면의 대형 텔레비전에서는 코미디 프로그램이 한창이었는데, 웃는 사람은 보이지 않았다. 옷차림새와 머리 모양이 똑같은 노인 몇 명이 무표정한 얼굴로 앉아 있었다. 한 노인이 뭐라고 중얼거리며 간신히 허리를 굽혀 바닥에 떨어진 사탕을 줍고 있었다.

아들은 햇볕을 좋아하는 어머니를 위해 특별히 빛이 잘 드는 방을 골랐다. 창문으로 내다보니 큰 나무 아래에 싱그러운 잔디가 깔려 있고, 두어 명의 간호사가 의자에 앉아 있는 노인들을 돌보고 있었다. 사방이 조용하다 못해 고요해서 가슴이 아팠다. 석양빛이 제아무리 고와도 황혼인 것은 어쩔 수 없다.

입원 서류를 작성하고, 담당 간호사를 만나 따로 봉투까지 찔러주며 어머니를 잘 돌봐달라고 신신당부한 뒤 아들이 말했다.

"어머니, 저 이만…… 가봐야 해요…….'

"그렇구나…….'

가볍게 고개를 끄덕이는 어머니의 얼굴에는 체념하는 빛이 역력했다.

아들이 등을 보이고 몇 걸음쯤 걷다가 고개를 돌려 어머니에게 손을 들어 보였다. 그러자 어머니는 창백하게 마른 입술을 실룩거리며 뭐라고 말하려는 듯했다. 그때서야 아들은 어머니의 잿빛 머리카락과 우묵하게 파인 눈언저리, 주름살로 구겨진 얼굴을 보았다. 어머닌 이제 정말 많이 늙으셨구나……!

갑자기 어린 시절, 다섯 살 때가 떠올랐다. 어머니가 고향에 다녀올 일이 생겼는데, 어린 아들을 데리고 갈 수가 없었다. 어쩔 수 없이 사흘만 옆집에 맡기려 했는데, 아들이 다리를 부여잡고 놓지를 않았다.

"엄마, 가지 마! 나 버리지 마. 엄마, 가지 마!"

어머니는 결국 그러는 아들을 떼어놓을 수 없어서 고향 길을 포기하고 말았다.

요양원 현관을 빠져나온 아들은 빠른 걸음으로 주차장에 세워둔 차에 올라탔다. 그러고는 귀신처럼 옛 추억이 따라붙을까봐 잡생각을 뿌리치고 급하게 차를 몰았다.

집에 돌아오자 아내와 어느새 와 있는 장모가 어머니의 방에 있던 물건을 모조리 끄집어내고 있었다. 장롱에서 나온 팔뚝만 한 트로피는 그가 초등학교 글짓기대회에서 '나의 어머니'라는 글로 장원을 해서 받은 것이고, 영한사전은 어머니가 석 달 동안 생활비를 아껴서 사준 첫 번째 생일 선물이었다. 그리고 어머니가 주무시기 전에 바르던 풍습(風濕) 고약, 아들이 발라주지 않으면 양로원에 갖고 간들 아무 소용이 없는…….

아들이 화를 내며 소리쳤다.

"그거 건드리지 말고 그냥 놔둬!"

장모가 핀잔을 주었다.

"아니, 이것들을 안 치우고 내 물건을 어디다 놓으란 건가?"

"그러게요. 빨리 저 낡은 침대나 내다 버리세요. 내일 우리 엄마 새 침대 들이게."

문득 눈앞에 어릴 적 찍은 사진들이 펼쳐졌다. 어머니가 처음으로 아들을 동물원에 데리고 가서 찍은 사진들이었다.

"그건 어머니 재산이야. 하나도 건드리지 말라고!"

아내가 눈을 동그랗게 뜨고 대들었다.

"당신 지금 무슨 태도예요? 왜 우리 엄마한테 큰소리쳐요? 당장 엄마한테 사과해요!"

아들이 지지 않고 목소리를 높였다.

"당신한테 장가들면 당신 어머니한테 잘해야 한다면서, 당신은 왜 나한테 시집왔으면서 내 어머니를 괄시하는데……!"

오가는 차량이 뜸한 4차선 도로를 승용차 한 대가 내달리고 있었다. 황색 신호까지 무시하고 질주한 차가 멈춘 곳은 낮에 왔던 그 요양원의 현관 앞이었다.

어두컴컴한 로비를 통과한 아들은 냅다 어머니 방으로 뛰어가 와락 문을 열어젖혔다. 순간, 그는 유령처럼 굳어버렸다. 침대 아래 바닥에 쓰러진 어머니가 풍습 앓는 다리를 만지작거리며 나지막이 신음하고 있었다……!

어머니가 아들이 들고 있는 풍습 고약을 보고 안도하며 말했다.

"깜빡하고 못 챙겨온 걸 우리 아들이 가져왔구나!"

"어머니……!"

아들이 무너지듯 어머니 곁에 꿇어앉았고, 어머니는 그런 아들의 얼굴을 어루만져주었다.

"얘야, 너무 늦었다. 내 손으로 발라도 돼. 내일 출근해야 하는데, 그만 돌아가거라……."

어깨를 들썩이며 울먹거리던 아들이 더는 참지 못하고 엉엉 소리 내어 울면서 말했다.

"어머니, 죄송해요. 정말 죄송해요! 다시 집으로 가요……!"

운명의
멜로디
상자

    K대학 사회학과에 진학한 진영은 2학년 때 학보사 기자가 되면서 준호를 알게 되었다.

    진영의 1년 선배인 준호는 대학에 합격하고 나서야 처음 서울 구경을 한 전라도 촌놈으로, 잘생긴 얼굴에 고등학생 시절 문예지 추천을 받았을 정도로 글도 잘 썼다.

    진영은 열심히 학보사 일에 매달렸고, 그러다 보니 자연스레 준호와 함께하는 시간이 많아졌다. 그녀는 은연중에 준호가 자신에게 각별한 관심을 두고 있음을 느낄 수 있었다.

    한번은 준호가 쓴 단편소설이 문예지에 실리면서 제법 두툼한 원고료를 받았다. 다들 한턱내라고 아우성쳤고, 준호는 못 이기는 척 학교 앞 단골집으로 친구들을 끌고 갔다. 자정이 가까워지면서 하나둘 자리를 뜨고 진영도 기숙사로 돌아가려 하는데, 준호가 그녀의 팔소매를 툭 치며 속삭였다.

"진영이 넌 좀 기다려."

"형, 왜……?"

진영은 갑자기 심장박동이 빨라지는 걸 느꼈다.

두 사람만 남은 실내에는 어색한 분위기가 감돌았다. 대범하고 씩씩하던 평소 모습은 오간 데 없이 준호가 두서없이 말문을 열었다.

"나 반년이 넘도록 서울 구경 한번 못해봤거든. 그래서 말인데, 네가 가이드 좀 해주면 안 되겠니? 뭐, 받은 돈도 아직 두둑하고…… 이 돈, 너랑 쏘다니면서 다 써버리고 싶은데 말이야…….."

"뭐, 돈 쓰는 게 소원이라면야 까짓것!"

진영이 활짝 웃으며 고개를 끄덕였다.

이튿날 오후, 준호는 어디선가 오토바이 한 대를 빌려 타고 나타났다.

두 사람은 학교가 위치한 회기동을 출발해 동대문과 청계천, 남대문과 광교를 거쳐 서대문 쪽으로 나아갔다. 그리고 신촌 근처의 허름한 냉면집에 들어가 물냉면과 녹두전을 시켜 먹었다. 값비싼 음식은 아니어도 맛있게 먹고 이야기꽃을 피우면서 서로가 한결 가까워졌음을 실감했다.

둘은 밤이 이슥해서야 신촌 거리를 빠져나왔다. 오토바이 뒷자리에서 두 팔로 준호의 허리를 감싼 진영은 왠지 모를 편안함과 묘한 전율이 느껴졌다. 준호는 오토바이를 타고 가는 중에도 수시로 뒤돌아보며 이런저런 이야기를 해주었는데, 그때마다 진영은 잇몸이 다 드러나도록 깔깔댔다.

진영은 어느 순간 준호가 길을 잘못 들어섰다는 사실을 알았다. 광화문에서 곧장 직진해야 하는데, 을지로 쪽으로 꺾어버린 것이다. 그녀는 얼른 말해줄까 하다가 가만히 내버려두었다. 두 팔로 그의 허리를 감아 안은 채 진영은 이 길이 끝나지 말았으면 싶었다……

"큰일 났다!"

준호가 갑자기 오토바이를 멈추고 진영을 보았다.

"우리 아무래도 잘못 온 것 같은데? 이쪽이 아니라고!"

"그래……?"

"에이, 네가 진작 좀 말해주지!"

그의 말에 진영이 대충 얼버무렸다.

"형, 미안해. 나도 딴생각하느라 미처 몰랐어."

준호가 서둘러 방향을 틀었고, 그때부터는 진영도 정신 차리고 길을 안내해주었다.

그날 이후로 두 사람은 한층 더 친밀해졌다.

그런데 언제부턴가 경제학과의 오연희라는 여학생이 준호에게 남다른 관심을 보이고 있다는 것을 진영이 알게 되었다.

연희는 주말 시간을 이용해 준호에게 선물할 털장갑을 뜨고 있었다. 그녀는 자기가 뜨는 털 꾸러미를 들고 준호를 찾아와 색상이 어떻고 크기가 맞느냐는 식으로 떠보곤 했다. 그 과도한 애정 표현은 준호를 난감하게 했고, 곁에서 지켜보는 진영에게도 무척 기분 나쁜 일이었다.

그해 11월 15일 저녁은 진영에게 가장 잊을 수 없는 순간이었다.

학기말시험을 코앞에 둔 진영은 빈 강의실을 찾아 밤늦게까지 시험공부를 하고 있었다. 자정이 가까워질 무렵, 강의실에는 진영 말고도 여학생이 한 명 더 있었다. 갑자기 준호가 찾아와 진영에게 간단히 몇 마디를 건네더니 조용히 강의실을 빠져나갔다. 그날따라 그의 표정이 조금 이상해 보였다.

"……?"

무슨 일일까 하고 궁금해하는데, 밖에서 창문 두드리는 소리가 났다. 준호였다. 그가 손가락으로 자신의 손목시계를 가리켰다. 강의실 벽시계를 보니 정각 12시였다. 그런데 그녀가 다시 창밖으로 고개를 돌리자 준호가 보이지 않았다. 이상해서 고개를 갸웃거리는데, 갑자기 부드러운 멜로디가 울려 퍼졌다.

"해피 버스데이 투 유…… 해피 버스데이 투 유……!"

진영이 소리 나는 쪽으로 따라가보니 강의실 뒷문 바로 옆에 작은 오르골이 놓여 있었다. 상자 뚜껑이 열려 있고, 돌고 있는 디스크 위에는 앙증맞은 인형이 춤추듯 빙글빙글 돌고 있었다. 그제야 진영은 11월 16일이 자신의 열아홉 번째 생일이라는 사실을 기억해냈다.

오르골을 집어 인형을 들어 올리자 멜로디가 멎었고, 다시 올려 놓으면 축하 멜로디가 흘러나왔다. 준호는 16일이 시작되는 시각인 자정에 태엽을 맞춰놓고 축하해주려고 아까부터 그렇게 수상쩍은 행동을 한 것이었다. 진영은 몰려오는 감동에 그만 눈물방울을 떨어 뜨리고 말았다.

그때 함께 강의실에 남아 있던 여학생이 다가와 말했다.

"생일 축하해!"

오르골을 부러운 듯이 들여다보던 여학생이 말했다.

"애인이 선물한 거 맞지? 작년 생일 때 나도 남자친구한테 이런 선물을 받았어. 근데 이건 그때 것보다 훨씬 더 정교해 보이는 걸? 아, 물론 그 친구도 네 남자친구처럼 이렇게 로맨틱하진 못했고 말 이야."

진영은 몹시 흐뭇해하며 그녀에게도 고맙다는 인사를 건넸다.

오르골을 챙겨 기숙사로 돌아온 진영은 옷장 깊숙이 그것을 넣어 두었다. 가뜩이나 화젯거리가 없어서 심심해하는 같은 방 친구들에 게 들키고 싶지 않았기 때문이다. 이튿날 편집실에서 만난 준호는 진영을 보자 얼굴이 빨개졌다. 진영도 조금 민망한 표정으로 조그맣 게 고맙다는 인사를 했다.

진영이 그렇게 첫사랑의 단꿈에 취해 있을 무렵, 이상하게도 준호는 점점 딴사람처럼 굴기 시작했다. 진영에게 재미있는 이야기도 들려주지 않았고, 만날 때도 형식적으로 대하는 경우가 많아졌다. 진영은 뭔가 이상하다는 느낌이 들었지만 크게 신경 쓰지는 않았다. 그런데 보름쯤 후 그 이상한 느낌이 정체를 드러냈다.

그해 첫눈이 내린 날, 설레는 마음으로 준호를 찾아나선 진영은 그가 오연희의 털장갑을 끼고 있는 모습을 보았다!

"준호 형……!"

"……."

바보같이, 진영만 그 두 사람이 이미 공개적인 CC라는 사실을 모르고 있었다……!

진영의 마음은 산산이 부서져 내렸다.

'내가 그토록 가슴 설레며 기다려온 결과가 고작 이거란 말이지……!'

그녀는 편집실에 발을 들여놓지 못했다. 준호의 냉담한 얼굴과 마주칠까 두려웠고, 연희의 득의양양해하는 표정과 과장된 웃음소리를 듣게 될까 겁이 났다.

진영은 혼자서 배신의 고배를 맛보아야 했다. 그녀는 이성으로서 그를 좋아했지만, 그는 단지 선배나 오빠로서 관심을 보였을 뿐이었

돌아선 뒷모습을 바라보며 눈물짓지 말고
가까이 다가가 눈을 마주치는 건 어떨까?

다. 실로 엄청난 오해였던 것이다. 생각할수록 마음이 아팠지만, 혼자만의 짝사랑이었다고 생각하니 그나마 위안이 되었다.

그녀는 준호에게 보여주고 싶었다, 자기도 얼마든지 멋진 남자친구를 사귈 수 있다는 사실을! 그래서 이전부터 자기에게 관심을 보이던 남학생을 만나기 시작했다. 잘생기고 유머감각이 넘치는 그 친구는 누가 봐도 진영과 잘 어울렸다. 비록 진심으로 그를 사랑하진 않았지만, 둘은 곧 공식적인 커플이 되었다. 그리고 준호와 진영의 형식적이고 냉랭한 관계는 준호가 학교를 졸업할 때까지 계속되었다.

준호가 고향으로 내려가는 날, 학보사 동료들과 문학회 친구들, 후배들이 기차역까지 그를 배웅했다. 진영도 학보사 동료들 틈에서 그가 배웅 나온 친구들과 일일이 악수하고 이야기하는 모습을 지켜보았다. 그의 얼굴에 역력하게 묻어나는 안타까움을 엿보는 진영의 마음도 뭔가에 찔린 듯 아프고 쓰라렸다.

'그래도 내 첫사랑이었으니까……!'

진영은 문득 준호의 시선이 사람들 사이에서 누군가를 찾고 있다는 느낌이 들었다.

'연희가 바로 옆에 있는데, 또 누굴 찾아……?'

그런데 그의 시선이 멈춘 곳은 진영이었다. 준호의 시선이 와 닿는 순간, 그녀는 그 눈빛에서 감출 수 없는 안타까움과 원망을 읽을 수 있었다……. 지금 생각해보면, 머뭇거리는 그 눈빛에 얼마나 많은 말을 담고 있었던지……!

기차가 출발하기 직전, 준호가 자리에 앉아 차창을 열고 친구들과의 이별을 아쉬워할 때 진영은 문득 그의 눈에 고인 눈물을 보았다.

바로 그때, 준호가 멀찌감치 서 있던 진영을 소리쳐 불렀다.

"진영아, 이리 와!"

"……?"

뭔가에 끌리듯이 차창께로 다가간 진영은 그의 맑은 눈에서 차마 말하지 못하는 아픔과 열망을 느낄 수 있었다. 진영이 다가서자 준호는 순간적으로 허리를 창밖으로 빼서 앞으로 숙이더니 진영의 이마에다 입을 맞추는 것이었다……!

갑자기 사방이 고요해졌고, 진영은 어쩔 줄 몰라 두 눈을 감았다. 그때 누군가가 박수를 쳤고, 이내 두세 명이 합세하나 싶더니 그 소리가 점점 커지고, 나중에는 열렬한 환호성이 이어졌다.

준호가 진영의 귀에 대고 속삭였다.

"지난 3년 동안의 내 과오를 오늘 이렇게나마 미봉할 수 있어 다행이야……."

그렇게 말하는 준호의 따스한 눈빛에 진영은 그만 울음을 터뜨리고 말았다.

"흐흑……!"

무정한 기차는 이내 사랑하는 사람을 싣고 떠나버렸다. 하지만 마지막 눈빛에 묻어난 그 뜨거운 애수는 화인이 되어 그녀의 가슴속에 또렷이 박혔다.

기숙사로 돌아온 진영은 거울 앞에서 이마를 만져보았다. 준호가 남긴 키스의 열기가 여전히 남아 있는 것 같았다.

그녀는 옷장을 열고 그동안 꺼내볼 엄두조차 내지 못했던, 아니 차마 보기 싫었던 오르골을 꺼냈다. 뚜껑을 열고 작은 인형을 올려 놓자 허공에 번지는 향수처럼 부드러운 멜로디가 방 안에 울려 퍼졌다.

진영은 멜로디를 들으면서 그와 함께 오토바이를 타고 달리던 밤 길을 떠올렸다. 그리고 첫사랑의 문을 열어준 열아홉 번째 생일날을 떠올렸다. 멜로디의 선율에 따라 점점 지난 추억 속으로 빠져들다가 결국에는 얼굴을 파묻은 채 엉엉 울고 말았다.

'그렇게 날 좋아했으면서 왜 고백하지 못한 거지? 여자인 내가 먼 저 고백해주길 바란 거야 뭐야……?'

멜로디가 끝났다. 그러자 이번에는 생뚱맞게 사람 목소리가 흘러 나왔다.

"진영아……."

무척 귀에 익은 음성, 오르골에서 준호의 목소리가 흘러나왔다.

"……?"

"진영아, 널 진심으로 사랑한다. 내 여자친구가 되어줄래? 만약 네가 받아준다면 너의 긴 머리카락 한 올만 주렴. 너의 그 긴 머리카락이 내 평생의 추억이자 긴 그리움이 되게 말이야……."

"어떻게, 이럴 수가……!"

진영은 소스라치게 놀라 입을 다물지 못했다.

그녀는 또다시 눈물을 왈칵 쏟아낸 다음 준호의 사랑 고백이 들어 있는 오르골을 가슴에 꼭 안았다. 비로소 모든 의문이 풀리는 듯했다. 그의 태도가 왜 돌변했는지 이해되었다. 그때 멜로디가 끝나기도 전에 뚜껑을 닫아버린 자신이 어떻게 그 뒤에 감춰놓은 진실을 들을 수 있었겠는가! 또 그걸 모르는 자신이 어떻게 답을 해준단 말인가! 그는 무반응으로 일관한 진영의 모습에 자신의 고백을 받아들이지 않은 것으로 생각했을 것이다. 그래서 다른 여자를 만났고…… 아, 운명은 왜 이렇게도 사람을 조롱하는 것일까……!

뒤늦게야 진실을 알게 된 진영은 오래도록 눈물지었고, 이윽고 그녀는 눈물도 마르지 않은 얼굴로 편지를 써내려갔다. 비록 늦었지만, 말도 안 되는 오해를 평생토록 짊어지긴 죽기보다 싫었다. 가장 아름다웠어야 할 시절을 그렇게 회한으로 떠나보낼 수밖에 없었다 해도 말이다. 편지와 함께 자신의 머리카락도 동봉했다. 그때 나는 정말로 당신의 사랑을 받아들일 준비가 되어 있었다고, 진심으로 사랑하고 고백을 받고 싶었다고……!

며칠 후, 준호가 답장을 보내왔다.

진영아.

가장 서둘러 사라지는 것이 가장 아름다운 풍경이고, 가장 깊은 상처가 역시 가장 진실한 감정이더군.

너에게 오르골을 선물하고 나서 며칠 동안은 정말 바늘방석에 앉아 있는 기분이었어. 널 보고 싶으면서도 정작 마주하기가 두려웠고, 어쩌다 널 만나도 넌 그냥 조용한 미소뿐이었지. 그래서 난 내 프러포즈가 거절당한 걸로 알았던 거야…….

나는 이 모든 비밀을 죽는 날까지 가슴속에 묻어두려 했어. 하지만 그날 기차역에서 그런 행동을 하고 말았지. 그때 마음속 깊은 곳에서 이런 외침이 들리더구나. '지금 키스해주지 않으면 넌 한평생을 후회하게 될 거다…….'라는. 내가 너에게 키스하기까지 얼마만한 용기가 필요했는지 넌 아마 모를 거야…….

프러포즈하기 전에, 난 정말 어렵게 네 생일을 알아냈어. 그래서 디데이를 보름쯤 앞두고 물어물어 청계천 공장들을 찾아다녔지. 그리고 어렵게 찾아낸 전문가에게 아주 특별한 물건을 만들어달라고 부탁했어. 흔한 오르골에는 음악만 나오지만, 난 너에게 하고 싶었던 말을 그 안에 녹음해두고 싶었어. 사람들이 처음에는 고개를 흔들더니 내 정성에 감동했는지 목소리도 녹음해주고 오르골도 주문대로 완벽하게 만들어주었지. 내가 몇 번이고 고맙다고 인사하니까 그 공장 사장님도 내 어깨를 두드려주며 행운을 빌어주시더군.

　우리가 오토바이를 타고 시내를 돌아다니던 그날, 혹시 생각나니? 돌아올 때 길을 잃었지. 난 직진해야 하는 곳에서 남쪽으로 방향을 틀었어. 근데 사실은 내가 일부러 방향을 바꾸었던 거야. 너랑 조금이라도 더 오래 있고 싶어서……. 엉뚱하게 방향을 틀 때 혹시라도 네가 눈치챌까봐 얼마나 마음이 조마조마했는지…….

　진영은 눈물이 앞을 가려 더 이상 읽을 수가 없었다.

　지금에 와서 진영이 사랑을 꿈꾸는 이들에게 해주고 싶은 말은 딱 한 가지다. 사랑하는 사람에게 오르골 같은 선물을 하고 싶다면, 사랑 고백은 꼭 앞부분에 넣으라고 말이다. 사랑 고백의 성패는 종종 멜로디 한 곡만큼의 길이로 좌우되는 경우도 있으니까…….

크리스마스이브와
겨자

크리스마스 전날, 가족 파티를 준비하는 식구들의 움직임이 분주했다.

"소시지가 거의 다 됐어요!"

주방에서 어머니가 소리치자 거실에 있는 아버지는 하던 일을 멈추고 손바닥을 탁탁 털며 화답했다.

"겨자는 있어?"

그러자 어머니는 대꾸하지 않고 빈 유리병 겨자 통을 아들에게 내밀며 말했다.

"얼른 가서 겨잣가루 좀 사올래? 맛있는 소시지가 다 돼가고 있어!"

아이는 그때 한창 사진기를 갖고 노느라 어머니의 말이 들리지 는 모양이었다. 급기야 아버지까지 주방으로 들어와 열네 살 난 아들의 볼을 잡아끌며 말했다.

"놀 시간은 많으니까, 얼른 겨잣가루부터 사와!"

아이는 유리병과 돈을 받아들고 대문을 나섰다.

집을 나선 아이는 발길 닿는 대로 시장통을 기웃거렸다. 아이는 연말연시 대목을 맞아 상점마다 그득하게 내놓은 물건들에 정신이 팔려 겨자를 사오라는 어머니의 말을 까맣게 잊고 있었다.

아이는 한참이 지나서야 자기가 한 시간 넘게 거리를 쏘다녔다는 사실을 깨달았다. 소시지는 벌써 다 터져버렸을 것이다. 아이는 집에 돌아가기가 무서웠다. 이렇게 늦게까지 한눈을 팔다가 돌아가면 크게 혼날 것이다. 정작 겨자도 못 사고…… 하필이면 크리스마스이 브에 매 맞을 걸 생각하니 눈앞이 캄캄했다…….

한편 겨자도 없이 소시지를 먹어야 했던 아이의 부모는 화가 머리 끝까지 나 있었다. 하지만 어쩌겠는가. 아들이 돌아오지 않아 걱정이 밀려들었고, 저녁 8시가 되자 그들은 결국 파출소를 찾아가 실종신고를 했다.

3일이 지나고, 3개월이 지나고, 3년이 지나도 아들은 나타나지 않았다. 시간이 흐르면서 부부의 희망도 차츰 무너져갔고 절망 속에서 하루하루를 보내야 했다. 크리스마스이브는 그들 부부에게 제삿날과 같았다. 그날이 되면 부부는 침묵을 지키며 물끄러미 아들이 갖고 놀던 사진기만 바라볼 뿐이었다.

아이는 부부에게 너무나 사랑스런 아들이었다. 가끔씩 아버지가 회초리를 들기도 했지만, 미워서 그런 건 아니었다. 집을 나간 아이가 아버지에게 선물한 담배와 어머니의 털장갑이 여전히 크리스마스트리 옆에 놓여 있는 것만 봐도 부부의 아들 사랑이 얼마나 큰지 짐작할 수 있었다.

부부는 의연히 소시지를 먹었지만, 소시지에 겨자를 뿌리는 건 금기 사항이 되어 있었다. 매년 크리스마스 전날 식탁 앞에 마주 앉은 부부의 눈에는 눈물이 그득했다. 아버지가 습관처럼 '이번 소시지는 맛이 좋군' 하고 중얼거리면, 어머니는 으레 '아이 몫까지 가져와야겠어요. 곧 돌아올지도 모르니까요……' 하고 주방으로 숨어버렸다.

시간은 무정히 흘러 어느덧 5년이 지났고, 또 한 번의 크리스마스 이브가 찾아왔다. 어머니가 방금 만든 소시지를 들고 오는데 식탁 앞에 앉아 있는 아버지가 말했다.

"당신 혹시 인기척 못 들었소? 좀 전에 문 쪽에서 소리가 나는 것 같던데?"

"그래요……."

어머니는 별 대꾸 없이 식탁 앞에 앉았고, 부부는 숨을 죽인 채 침묵 속에서 식사를 했다. 그러는 사이에 누군가가 집 안으로 들어왔지만, 누구도 돌아볼 생각을 못 했다.

문득 정적을 깨고 떨리는 목소리가 들려왔다.

"아버지…… 사왔어요, 겨자……."

목소리의 주인공이 부부 사이로 불쑥 손을 내밀었는데, 그 손에 들고 있는 것은 틀림없이 겨잣가루가 가득 든 유리병이었다……!

"우리 아들……!"

어머니는 와락 아들을 품에 안았고, 이내 그 아들의 두 손을 움켜잡은 채 마음속 깊이 감사의 기도를 드렸다. 너무 놀란 나머지 의자를 뒤로 자빠뜨린 아버지의 얼굴에서도 기쁨의 눈물이 흘러내렸다.

이윽고 아버지가 정장 차림으로 서 있는 아들 녀석의 뺨을 철썩 한 대 후려쳤다.

"심부름이 이렇게 오래 걸리다니! 이 장난꾸러기 같은 놈, 저쪽으로 가 앉거라!"

"네, 아버지."

제아무리 좋은 겨자라도 소시지가 식어버린 다음에야 무슨 소용이 있으랴! 그러나 부부의 집 크리스마스이브 소시지는 확실히 식은 적이 있었다……!

금박
반지

하루는 여자가 자신의 룸메이트가 낀 반지를 보고 애인에게 말했다.

"나도 반지 하나 갖고 싶어. 우린 그 흔한 커플링도 없잖아!"

그런데 안타깝게도 남자는 주머니 사정이 변변치 못했다. 방 월세도 몇 달째 밀려 있는데, 언감생심 금반지는 꿈도 못 꿨다. 그래서 그녀의 생일날에 금반지 대신 예쁜 금박지로 겉을 감싼 묵직한 반지를 선물했다. 비록 기대했던 금반지는 아니었어도 한창 사랑에 빠져 있던 여자는 그 반지를 매우 신기해하며 만족스러워했다.

얼마 후, 여자는 결혼을 하게 되었다. 그런데 신랑은 사랑하는 그 사람이 아닌 다른 남자였다. 지극히 현실적인 그녀는 사람이 사랑만으로는 살 수 없다고 생각했다. 그래서 마음에도 없는 돈 많은 남자를 골라 결혼해버린 것이다.

한편 남자는 학교 졸업 후 고만고만한 직장에 들어가 밥벌이를 해나가는 한편 자기 나름대로 꿈을 키워나갔다. 소설가가 되기로 한 것이다.

돈 많은 남자와 결혼한 여자는 결혼반지는 물론 귀걸이와 목걸이, 팔찌까지 모두 금빛으로 치장했다. 그리고 옛 남자가 준 금박반지는 차마 버리지 못하고 서랍 깊숙이 처박아두었다. 그런데 부자와 살면 더없이 행복할 거라고 여겼던 그녀의 기대는 완전히 깨지고 말았다. 결혼식을 치르고 몇 달 만에 남편이 불법행위로 구속된 것이다. 기구한 신세를 한탄하며 여자는 그제야 금박반지를 선물한 옛 남자를 떠올려보았지만, 이미 늦어버린 후회였다!

그러던 어느 날, 여자는 거리에서 우연히 옛 남자를 만나게 되었다. 그런데 남자는 자기를 배신한 그녀를 원망하기는커녕 무척 반가워하면서 집에 초대까지 하는 것이었다. 자신도 몇 달 전에 결혼해 가정을 꾸렸다면서.

여자가 찾아간 남자의 집은 예전처럼 셋방이었다. 집 안을 대충 둘러봐도 여전히 가난의 때를 벗겨내지 못한 것 같았다.

손님을 맞이한 남자의 아내가 차를 내왔다. 그때 그녀는 차를 내오는 부인의 손가락에 끼워진 반지를 보았다. 그녀가 이미 오래전에 받아서 서랍에 처박아둔 것과 똑같은 금박반지를.

"……!"

남자의 아내가 자리를 내주었고, 두 사람은 차를 마시며 이런저런 이야기를 나누었다. 남자는 자기가 문단에 소설가로 데뷔했으며 머잖아 첫 작품집이 출간될 거라고 했다. 비록 가난해 보여도 여자의 눈에 그들 부부는 무척 행복해 보였다. 거기에 비해 이제는 가진 것도 없고 하루하루 남편의 옥바라지에 매달려야 하는 자신의 처지가 참담하게 느껴졌다. 그녀는 식사를 하고 가라는 부부의 청을 뿌리치고 서둘러 그 집을 나섰다.

여자는 그 후 한 문예지에서 「금박반지」라는 단편소설을 읽게 되었다. 작가는 바로 그 남자였고, '서문'에서 그 소설이 자전적 실화임을 밝히고 있었다. 여자는 그 소설을 읽고 나서야 비로소 모든 진실을 알게 되었다……!

그녀는 서랍 한 귀퉁이에서 먼지가 잔뜩 낀 금박반지를 꺼내 조심스레 종이 껍질을 벗겨보았다. 한 겹, 한 겹 풀어헤치자 진짜 금반지가 고결한 빛을 뿌리고 있었다.

소설에서 남자는 그 금반지를 사기 위해 여자친구 몰래 자기 피를 팔았다고 했다. 당장 눈앞에 닥친 여자친구의 생일날, 남의 돈을 빌릴 처지조차 못 되었던 남자의 고육지책이었다. 사랑하는 사람의 생일 선물을 마련하기 위해 서울역 근처를 찾아가 자신의 피를 팔아야 했던 매혈꾼의 주인공이 바로 그 남자였다.

"아……!"

어떻게 하면 그 사람의 진심을 알 수 있을까?
그 마음을 안다면 더 깊이 사랑할 수 있을까?

여자가 떨군 눈물방울이 반지 위에 이슬처럼 맺혔다.

그날 이후 여자는 그 금박반지만 끼고 다녔는데, 동료들이 그 반지를 보고 신기해할 때마다 그녀는 자조 섞인 목소리로 말했다.

"어떤 물건이든 그걸 잃어버리고 난 뒤에야 그 진가를 알 수 있답니다……."

어머니의 차표

세상에 태어나 한 달 만에 부모에게 버림받은 욱이는 어버이날이 싫었다. 가정의 달인 5월이면 매스컴마다 어버이의 은혜에 대한 감사가 넘쳐나지만 욱이에게는 아픈 상처를 들쑤실 뿐이었다.

욱이는 대전과 가까운 신탄진역에서 발견되었다. 순찰 중인 경찰이 대합실에 버려진 갓난아기를 발견해 파출소로 데려갔다. 배고파 울어대는 아이에게 우유를 데워 먹이려고 법석을 떨다가 다행히 동냥젖을 줄 아주머니를 찾아냈다. 배불리 먹은 아이가 곤히 잠들자 경찰은 그 아이를 교외의 수녀원에서 운영하는 고아원으로 데려갔다.

욱이는 수녀님들의 품안에서 자랐다. 조금 큰 아이들은 공부도 하고 밖에 나가 뛰놀기도 했지만, 젖도 못 뗀 욱이는 수녀님들이 번갈아가며 안아주고 포대기에 업고 다닐 수밖에 없었다.

걸음마를 시작한 욱이는 제단 밑으로 기어 들어가기도 하고, 기도하는 수녀님에게 익살스런 표정을 지어 놀라게 하기도 했다. 그러다가 졸리면 아무 수녀님에게든 기대어 잠들었는데, 그럴 때마다 천사 같은 수녀님들은 예배를 중단하고 아이를 안아주었다.

고아원 원생들 모두 불쌍한 아이들이었지만, 당시만 해도 많은 아이들은 집이 있고 가족들과도 연락이 닿았다. 그래서 설날이나 추석이 되면 부모가 자기 아이를 데려가곤 했다. 오직 욱이만 혼자였고, 그래서 수녀님들이 더 특별하게 돌보았는지도 몰랐다. 수녀님들은 다른 아이들이 욱이를 업신여기는 행동을 절대 용납하지 않았다.

욱이는 똑똑하고 공부도 잘했다. 수녀님들은 욱이를 위해 자원봉사자를 가정교사로 붙여주었다. 욱이의 가정교사는 정말 많았다. 대학생이나 대학원생, 학원 강사, 공대 연구원도 있었다. 화학 선생님은 박사과정을 밟고 있는 조교수였고 영어 선생님은 대학교수였다. 그래서인지 욱이는 영어도 아주 잘했다.

한 수녀님은 욱이에게 피아노도 가르쳤는데, 초등학교 4학년 때는 성당의 피아노로 미사 반주를 도맡을 정도였다. 욱이는 발표력도 뛰어나 웅변대회에 자주 나갔고 졸업생 답사 대표가 되기도 했다. 하지만 단 한 번도 어버이날 행사에서는 나서지 않았고, 「어머님 은혜」 같은 곡도 절대 연주하지 않았다.

욱이는 가끔 자기를 낳은 어머니가 어떤 사람일까 상상해보았다.

혹시 자신이 사생아가 아닐까 하는 의구심도 들었다. 또 자신이 일시적인 유희의 결과물로, 아버지 되는 사람이 무책임하다 보니 아무 능력이 없는 어머니가 어린 핏덩이를 버리지 않았을까?

선천적으로 머리가 뛰어난지, 수녀님들의 극성스런 배려와 여러 가정교사 덕분인지는 몰라도 욱이의 성장은 순조로운 편이었다. 중학교와 고등학교 시절을 별다른 풍랑 없이 잘 보냈고 남들이 선망하는 대학에도 단번에 합격했다. 대학생이 되어서는 아르바이트로 학비를 벌었다. 갓난아기 때부터 욱이를 돌본 손 수녀님이 가끔 학교로 욱이를 찾아왔는데, 무례하고 '악랄'하게 굴던 과 친구 놈들이 수녀님 앞에서는 어찌나 점잔을 떨어대는지……. 손 수녀님은 졸업식 때 욱이와 기념사진을 찍은 유일한 '가족'이었다.

대학을 졸업한 욱이가 회사 출근을 앞두고 잠시 쉬고 있을 때, 손 수녀님이 상의할 게 있다면서 성당으로 불렀다.

손 수녀님이 책상 서랍에서 편지 봉투 하나를 꺼내주었다. 욱이가 열어보니 봉투 안에 차표 두 장이 들어 있었다.

"경찰이 처음 널 데려왔을 때 옷 속에 그게 들어 있었다는구나."

차표 영수증 중에서 한 장은 전주발 신탄진행 기차표였고, 다른 한 장은 임실에서 전주까지의 버스표였다.

"당시만 해도 너처럼 버려진 아이가 하도 많아서 일일이 신원 조회를 하는 경우가 드물었지. 그래서 일단 이 차표를 보관해뒀다가 네가 큰 다음에 다시 보기로 한 거야."

차표로 미루어볼 때, 출발지인 임실은 작은 소읍으로 인구가 많지 않았다. 마음만 먹으면 어렵지 않게 혈육을 찾을 수 있을 것 같았다. 욱이도 언젠가 한번 자신의 뿌리를 확인해보고 싶다고 생각하던 참이었다. 그런데 막상 차표를 받아드니 적잖이 망설여졌다. 지금까지 이렇게 잘 살고 있는데, 굳이 어두운 과거로 거슬러 올라갈 게 뭐란 말인가. 설령 그들을 찾더라도 십중팔구 불쾌할 기억뿐일 텐데…….

그러나 손 수녀님은 욱이가 한 번쯤 찾아가보기를 바라는 눈치였다. 지금 이대로라면 욱이는 밝은 미래를 예약한 것이나 다름없었다. 괜히 확인되지도 않은 과거를 비밀로 남겨 불이익을 당하거나 콤플렉스로 따라다니게 놔둘 필요가 없다는 것이 그녀의 생각이었다. 그녀는 최악의 경우를 대비해, 혹시나 안 좋은 일이 있더라도 앞날에 대한 희망은 흔들리지 말아야 한다고 신신당부했다.

임실에는 면사무소와 파출소, 고등학교까지 옹기종기 모여 있었다. 욱이는 파출소와 동사무소를 오간 끝에 자신과 끈이 연결되는 두 가지 서류를 찾아냈다. 하나는 사내아이의 출생 자료였고, 다른 하나는 그 아이의 가족이 낸 실종 신고서였다. 실종 신고는 욱이가 발견된 바로 이튿날, 태어난 지 딱 한 달째인 날짜로 기록되어 있었다. 그가 신탄진역에서 발견된 날짜와 맞아떨어졌다. 그런데 그의

우리가 살아가는 세상에는
다정하고 달콤한 속삭임으로 전해질 수 없는
묵묵하고 쌉쌀한 사랑도 참 많다.

부모는 이미 세상을 떠났으며, 안타깝게도 어머니는 불과 석 달 전에 돌아가셨다. 형도 한 명 있었지만 도회지로 나간 지 오래되었다고 했다.

작은 지역이라 사람들은 서로 잘 알고 있었다. 파출소의 나이 많은 경찰이 희미하게나마 욱이의 어머니를 떠올리고, 그녀가 읍내 중학교에서 청소 일을 했다면서 그곳으로 데려다주었다. 중년 부인인 교장 선생님도 욱이의 어머니를 또렷이 기억하면서 오랫동안 학교에서 허드렛일을 했다고 확인해주었다. 부지런한 어머니와 달리 아버지는 게으른 사람이었다. 평생을 직업도 없이 빈둥거린 그는 날마다 술에 절어 살면서 툭하면 아내와 아들을 폭행했고, 그 바람에 중학교 2학년 때 가출한 아들은 다시 돌아오지 않았다.

욱이가 수녀원에 딸린 고아원에서 자랐다는 말을 듣고 교장 선생님이 서랍에서 큼지막한 봉투 하나를 꺼내주었다. 임종 때 어머니의 머리맡에서 발견한 것인데, 중요한 물건일 것 같아서 보관해두었다는 것이다.

봉투를 열어보니 차표 영수증이 가득 들어 있었다. 대부분 임실과 전주를 오간 차표였고, 더러는 전주에서 신탄진까지 왕복한 완행 기차표도 있었다. 교장 선생님에 따르면 어머니는 1년에 두어 번 친척 집을 방문한다면서 임실을 떠났다. 그리고 어딘지는 몰라도 그곳에 갔다 돌아오면 몹시 행복해했다고 했다.

노년이 되어 어머니는 불교를 믿기 시작했는데, 가장 흡족해한 일은 신도들을 설득해 돈을 모은 뒤 고아원에 기부한 것이라고 했다. 기부금을 전달하는 날에는 어머니도 함께 갔다고.

그러고 보니 욱이도 그날이 생각났다. 관광버스가 사람들을 가득 싣고 왔는데, 당시만 해도 거금인 200만 원을 고아원에 쾌척해서 수녀님들이 아이들을 한자리에 불러놓고 기념사진을 찍었다. 그때 욱이도 함께 찍었는데, 그 사진도 봉투에 들어 있었다. 교장 선생님이 그 사진 속에서 어머니를 찾아주었다. 욱이의 바로 뒤에 서 있는 부인, 그분이 바로 욱이의 어머니였다.

욱이를 더욱 놀라게 한 건 그의 대학 졸업 기념사진이었다. 사진첩의 여러 사진 중 한 장이 봉투에 들어 있었는데, 사각모를 쓴 친구들 사이에 욱이도 있었다. 어머니는 계속해서 자기를 지켜보고 있었던 것이다.

교장 선생님이 차분한 목소리로 말했다.

"어머니가 젊은이를 고아원에 보낸 것에 대해 한편으론 고마워해야 할지도 몰라요. 이게 다 자식에게 더 나은 환경을 만들어주기 위해서였으니까요. 아마도 여기에 남아 있었다면 겨우 허드렛일이나 공장에서 잡일을 했겠죠. 여기선 고등학교를 나와도 대학에 진학하는 경우가 드물었으니까요. 또 형처럼 아버지 등쌀에 못 이겨 아주 떠나버렸을 수도 있고……."

교장 선생님은 학교의 다른 선생님들에게까지 욱이 이야기를 해주었다. 다들 그가 명문대를 졸업한 것이 자기 자식 일이라도 되는양 기뻐해주었다.

욱이는 갑자기 어떤 충동에 휩싸였다. 그는 학교에 피아노가 있느냐고 물었고, 한 선생님이 전자오르간 뒤쪽에 놓인 낡은 피아노를 가리켰다. 욱이는 그 피아노 앞에 앉아 창밖의 석양을 바라보면서 「어머님 은혜」를 연주하기 시작했다.

"나실 제 괴로움 다 잊으시고 기르실 제 밤낮으로 애쓰는 마음……."

욱이는 자신이 비록 고아원 출신이지만 엄마 없이 자란 아이가 아니라는 사실을 노래하고 싶었다. 그는 한평생 자식을 염려하며 몰래 헌신한 어머니의 은혜를 받았다. 생활고를 견디지 못해 자식을 버렸지만 여태껏 배후에서 물심양면으로 지켜봐준 어머니, 그 어머니의 결단과 희생이 오늘의 그를 있게 해준 것이다. 또 착하고 교양 있는 수녀님들의 따뜻한 보살핌을 받고 자랐으니 자신을 돌봐준 모든 분이 어머니인 셈이었다. 욱이의 연주와 노래에 교장 선생님과 다른 선생님들도 함께 따라 불렀다.

작은 교정에서 시작된 피아노와 노랫소리는 멀리까지 울려 퍼질 것이다. 그러면 읍내 사람들은 의아해하며 서로에게 물어볼 것이다. 누가 오늘 '어버이날 노래'를 부르는 거지? 그러면 욱이는 당당하게 대답할 것이다. 나에게는 오늘이 바로 어버이날이다. 여기 봉투 가득 들어 있는 내 어머니의 차표 뭉치가 무한한 자식 사랑의 증거이고, 나로 하여금 더 이상 어버이날을 두려워하지 않게 만들었다고⋯⋯!

세 가지
질문

어느 추운 겨울밤, 온종일 손님 한 명 없는 점방을 지키던 구두장이가 지친 발걸음으로 귀가하고 있었다.

'휴, 수입이라곤 땡전 한 푼 없으니 마누라 바가지가 심하겠군. 집에 쌀도 다 떨어졌을 텐데⋯⋯!'

그런 생각을 하니 을씨년스런 날씨가 더욱 춥게만 느껴졌다. 몸을 부르르 떨며 얇은 겉옷을 꽁꽁 여몄다. 달빛 아래 걸어가는 그의 모습이 길게 그림자를 드리웠다.

그런데 문득 길모퉁이에서 꿈틀하는 흰 그림자가 보였다.

"⋯⋯?"

구두장이가 호기심에 이끌려 다가가보니, 엄동설한에 실오라기 하나 걸치지 않은 사람이 쓰러져 있었다!

'이 사람, 이러다가 얼어 죽고 말지. 안 되겠어⋯⋯!'

구두장이가 자신의 낡은 외투를 벗어 걸쳐주었지만 그는 아무런 반응도 없었다. 구두장이는 즉시 그의 양팔을 잡아당겨 자기 등에 업었다.

대문을 밀치고 집 안으로 들어서자 아내의 얼굴이 딱딱하게 굳어졌다.

구두장이가 먼저 남자를 따뜻한 아랫목에 눕히고 나서 아내에게 말했다.

"얼른 먹을 것 좀 가져오시오. 뜨끈한 국물이라도!"

아내가 펄쩍 뛰었다.

"당신 미쳤어요? 집에 쌀도 떨어졌는데 군식구까지 붙여오게!"

구두장이가 착 가라앉은 목소리로 말했다.

"그러지 말고 얼른 좀 내오시오. 우리야 한 끼쯤 굶으면 좀 어떻소? 아마 이 사람은 며칠째 밥알 구경도 못했을 거요."

"뭐, 정 그렇게 굶는 게 소원이라면야⋯⋯."

아내는 투덜거리면서도 얼마 안 되는 쌀로 죽을 끓여 내왔다.

구두장이 부부의 걱정스런 표정을 대하는 낯선 남자의 얼굴에 비로소 미소가 감돌았다. 그것이 그 사람의 첫 번째 웃음이었다.

그 후로 구두장이 부부는 그 사람을 자기 집에 머물게 해주었고, 그에게 신발 만드는 기술을 가르쳐주면서 점방 일을 거들게 했다.

남자는 솜씨가 남달랐다. 만들어내는 신발마다 흠집 하나 찾을 수 없게 정교했다. 구두장이의 점방에 '구두도사'가 나타났다는 소문이 났고 가게는 점점 번창했으며 구두장이의 살림살이도 크게 나아졌다.

부부는 '구두도사'를 위해 무언가를 해주고 싶었지만 그는 좀처럼 말문을 열지 않았다. 일손을 놓고 쉴 때면 창가에 앉아 뭔가를 골똘히 생각할 뿐이었다.

하루는 그 도시의 큰 부자를 태운 마차가 구둣방 앞에 멈춰 섰다. 마차에서 내린 부자가 큼지막한 가죽 한 장을 건네주면서 구두장이에게 말했다.

"이건 매우 귀한 송아지 가죽일세. 이걸로 한 1년 신을 수 있게 튼튼한 장화 한 켤레를 만들어주게!"

이때 그 부자를 바라보는 '구두도사'의 얼굴에 야릇한 미소가 번졌다. 그것이 그 사람의 두 번째 미소였다.

부자가 돌아간 뒤 구두장이는 송아지 가죽을 '구두도사'에게 넘겨주면서 재단 작업을 시켰다. 그런데 얼마 후 재단한 가죽을 받아든 구두장이는 깜짝 놀랐다. 장화가 아니라 단화 재단이었기 때문이다.

"내 분명히 장화로 재단하라고 했건만……! 대체 이 손실을 어떻게 배상하란 말인가?"

구두장이가 답답해하며 어쩔 줄 몰라 하고 있을 때, 방금 전에 돌

우리의 마음속에 '사랑'이 있기에,
내일 무슨 일이 벌어질지 모르기에,
누군가에게 기댈 수 있기에…….

아간 부자의 집 하인이 헐레벌떡 뛰어왔다.

"우리 주인께서 방금 전 집에 돌아가다가 마차가 벼랑으로 구르는 바람에 돌아가시고 말았습니다. 그래서 마님이 장화 대신에 단화를 만들어 순장하시겠다는군요."

"……!"

그 사람이 나타난 지 6년이 흘렀다. 그는 여전히 말 한마디 없었고, 창가에 앉아 생각에 잠기곤 했다.

하루는 젊은 부인이 쌍둥이 자매를 데리고 찾아왔는데, 둘 중 한 아이가 다리를 절고 있었다. 창가에 앉아 있던 '구두도사'가 일행을 보고는 조용히 미소를 지었다. 그것이 그 사람의 세 번째 미소였다.

부인이 말했다.

"아이들한테 구두 한 켤레씩 맞춰주려고요."

구두장이가 반갑게 말했다.

"따님들이 참 귀엽군요."

"제 딸들이 아니에요."

"……?"

"애들 엄마는 6년 전에 이 아이들을 낳다가 그만 세상을 뜨고 말았지 뭐예요. 애들 아빠도 그전에 죽었고요. 마침 그때 저도 아이를 낳았던 터라 겨우 이 아이들에게 젖을 먹일 수 있었지요. 그런 인연으로 이 의지가지없는 아이들을 거두게 되었고, 다행히 마음씨 착한 이웃들이 도와줘서 오늘날까지 무사히 키울 수 있었답니다."

부인이 치맛자락으로 눈물을 훔쳤고 구두장이의 눈에도 눈물이 번졌다.

얼마 후 그 부인과 쌍둥이 자매가 돌아가자 '구두도사'가 입을 열었다. 꼭 6년 만의 일로, 구두장이가 듣게 된 최초의 말이었다.

"이제 제가 떠날 때가 되었군요. 제가 원래 살던 곳으로 돌아가겠습니다."

구두장이가 깜짝 놀라며 물었다.

"아니, 갑자기 그게 무슨 소린가? 자네는 여태껏 자신이 어디서 왔으며, 이름이 무엇이고, 딸린 식구가 있다는 말도 한 적이 없는데? 그런데 돌아가겠다니, 도대체 어디로 간단 말인가?"

그 사람이 말했다.

"사실 전 하늘에서 내려온 천사입니다."

"……?"

"저는 원래 하늘나라에서 사람의 육체를 떠난 영혼들을 안내하는 일을 했지요. 6년 전 어떤 부인의 영혼을 데려가게 되었는데, 그 부인이 바로 방금 전에 왔던 쌍둥이 자매의 어머니였습니다. 두 아이를 낳을 때 한 아이의 발목이 접질리는 바람에 저렇게 된 것입니다."

도무지 믿기 힘든 표정을 짓는 구두장이를 보며 그가 말을 이었다.

"아이들의 엄마는 제발 자기를 데려가지 말아달라고 애원하더군요. 아빠도 없는데 엄마까지 없으면 아이들은 어떡하느냐고. 그 말에 측은한 마음이 들어 놓아주었는데, 그 일로 그만 하느님의 노여움을 사게 되었습니다. 하느님은 그 엄마의 영혼을 다시 거둬들이고, 저에게는 인간을 몰라도 너무 모른다고 꾸지람하면서 그 죗값으로 인간 세상으로 내려 보낸 것이지요. 그리고 숙제로 인간의 마음속에 무엇이 들어 있는지, 그리고 하느님께 무엇을 바라고 있는지, 또 주위 사람들로부터 어떤 영향을 받고 있는지 그 답안을 찾아오라고 하셨습니다. 그래서 6년 전 그날 인간 세상에 오게 된 것입니다. 저는 인간들의 삶을 체험하면서 하느님이 내주신 숙제들을 완수해야 했습니다. 그런데 그 쌍둥이 자매를 보는 순간, 하느님께서 이미 저를 용서하셨다는 것을 알게 되었습니다! 하느님은 그 아이들을 저에게 보냄으로써 그 세 가지 문제의 답을 모두 일러주셨거든요."

"……."

"처음에 당신의 아내가 부족한 쌀을 털어 제게 죽을 끓여주었을 때, 그 눈길에서 첫 번째 답을 얻었습니다. 사람들의 마음속에는 '사랑'이 있다고. 그런 사랑이 있기에 자신의 모든 것을 기꺼이 내줄 수 있는 것이라고. 그리고 부자가 가게를 찾아왔을 때, 두 번째 답을 찾았습니다. 사람들은 다음 순간에 무슨 일이 벌어질지 전혀 모른다는 사실을. 1년 동안 신을 장화를 주문하면서도 자기가 이미 죽음의 낭떠러지에 서 있다는 사실을 모르거든요. 쌍둥이 자매를 보았을 때 저는 속으로 하느님을 찬미했습니다. 그 아이들이 저에게 세 번째 답을 가르쳐주었거든요. 사람은 낯선 사람에게 의지해 살아갈 수 있다는 사실을 말입니다. 아이들의 엄마가 자기 영혼을 거둬가지 말아달라고 저에게 사정한 것은, 아이들이 자신의 보살핌 없이는 살아남을 희망이 없다고 생각했기 때문일 것입니다. 하지만 그녀는 낯선 여자가 자기 대신 엄마 노릇을 해주고, 수많은 이웃이 그 아이들을 보살펴주고 사랑해주리라곤 미처 생각지 못했던 것입니다. 말로는 표현하기 힘든 그런 감정들이 있기에 인간 세상은 따스해질 수 있었던 것입니다……."

말을 마친 그 사람은 구두장이에게 그동안 고마웠다는 말을 남기고 조용히 미소 지으며 하늘로 올라갔다.

널
한 번
업 어 봤 으 면

　가을 운동회였다. 파란 가을하늘 아래 형형색색의 풍선과 만국기가 펄럭이는 운동장에서 선생님의 힘찬 목소리가 울려 퍼졌다.

　"다음은 6학년생들의 어머니와 함께 달리기입니다. 선수들은 어머니와 함께 출발선에 서주시고, 출발한 다음에 저 앞 반환점에 놓인 쪽지에 적힌 대로 해주십시오."

　'탕!' 하는 출발 총성과 함께 앞줄의 아이들이 달려 나갔다.

　성민은 발끝을 출발선에 맞추고 심호흡을 한 다음, 옆에서 아들의 손을 꼭 잡고 약하게 떨고 있는 엄마를 내려다보았다. 붉게 상기된 엄마의 얼굴이 잘 익은 홍시 같았다.

　선생님의 손이 높이 올라갔고, '탕!' 소리와 함께 성민이 엄마의 손을 잡아끌며 힘껏 앞으로 내달렸다. 그러자 구경하는 사람들이 일제히 성민과 그 엄마를 보고 웅성거렸다.

반환점까지는 성민네가 1등이다 싶었다. 성민은 야구선수가 멋지게 도루하는 모습으로 미끄러지며 한 손으로 땅바닥에 놓인 쪽지를 펴들었다.

'엄마가 학생 업고 달리기.'

순간, 쪽지를 본 엄마가 당황한 눈빛으로 아들을 쳐다보았다. 어떻게 할 거냐는 눈빛이었다.

성민은 재빨리 등을 돌리며 엄마 앞에 앉았다.

"엄마, 내가 업을게. 빨리!"

"서, 성민아!"

"엄마, 빨리!"

엄마는 그제야 알았다는 듯 아들의 등에 몸을 기댔고, 성민은 두 손으로 힘껏 엄마를 추슬러 업은 뒤 앞으로 내달렸다. 사람들의 웅성거림이 더욱 크게 들려왔다. 등으로 느껴지는 엄마의 뺨은 후끈 달아올라 있었다.

각자의 쪽지에 따라 엄마 손을 잡고 뒤로 달리는 아이, 객석의 할머니 손을 잡아끄는 아이, 어찌할 줄 몰라 주저주저하는 아이들을 제치고 성민네가 맨 앞으로 달려 나갔다.

관중석에서 누군가가 큰 소리로 말했다.

"야, 꼽추다!"

순간, 성민은 자기도 모르게 눈앞이 흐려졌다.

그랬다, 성민의 엄마는 곱사등이였다. 그래서 엄마가 성민을 업을 수 없었다. 골연화증으로 등뼈가 기형적으로 휘는, 그러나 그런 의학적인 설명이 없어도 단어 하나로 쉽게 이해되는, 말 그대로 곱사등이였다. 어떤 사람들은 꼽추라고 불렀고, 또 어떤 사람들은 병신이라고 불렀다. 죄를 짓지도, 남에게 전염되지도 않는데 단지 보기 흉하다는 이유로 손가락질을 해댔다. 그래서 엄마는 하나뿐인 아들이 혹시나 창피를 당할까봐 온종일 방 안에 틀어박혀 바느질감을 만지며 보내야 했다. 더욱이 엄마는 성민의 친모가 아니었다. 자기 몸도 불편하면서 집 앞에 버려진 성민을 친자식처럼 입히고 먹여서 이만큼 키워준 천사 같은 사람이었다. 그런 엄마를 온 동네 사람들이 모인 학교 운동회에 같이 가자고 죽기 살기로 떼를 쓴 것은, 무엇보다도 자기를 키워준 은혜에 대한 가장 초보적인 보은이라도 하고 싶어서였다.

성민이 눈물인지 땀인지 모를 뭔가를 닦아내고 나자 눈앞에 선생님이 와 있었다. 성민이 가쁜 숨을 고르며 선생님을 쳐다보았고, 성민의 머리를 쓰다듬는 선생님의 눈가에도 물기가 맺혀 있었다.

"선생님, 우리 엄마예요."

엄마가 아들의 등에 업힌 채로 선생님께 인사하고는 이내 고개를 외로 돌렸다.

그날 성민과 엄마는 1등을 했고, 팔뚝에 1등 도장과 공책 세 권을 부상으로 받았다. 그런데 그것보다 더 오래도록 기억에 남는 것은 운동회를 마치고 돌아올 때 엄마가 한 말이었다.

"성민아, 엄마가 널 한 번만 업어봤으면 소원이 없겠다."

그날 이후로 시간은 빠르게 흘러갔고, 자연스레 찾아오는 사춘기는 어쩔 수 없는지 성민은 적잖이 엄마의 속을 끓였다.

그리고 성인이 된 지금은 어느 정도 자리를 잡아서 엄마를 모시고 살 준비가 되어가고 있었다. 그간 직장 일로, 객지 생활을 한다는 핑계로 자주 연락하지 못했는데 동료들과 늦은 술자리를 함께하는 중에 엄마의 전화를 받았다. 무슨 일이냐고, 지금은 바쁘니까 나중에 전화하겠다며 서둘러 끊으려는데 엄마가 주저주저했다.

"5분만 얘기할 수 없겠니? 네 목소리가 듣고 싶어서 전화했어."

그런 엄마의 말에도 성민은 서둘러 전화를 끊어버렸다. 그것이 엄마와의 마지막 대화가 될 거라곤 상상도 못한 채…….

그랬다, 성민의 엄마는 그렇게 세상을 떠났다. 데려와 키운 아들의 겨울 추위를 걱정하며 침침해진 눈으로 짠 털스웨터를 달랑 유품으로 남기고 엄마는 돌아가셨다. 꼭 한번 아들을 업어봤으면 좋겠다는 소원도 이루지 못한 채…….

때아닌 가을비로 엄마가 누워 있는 산중턱은 제법 추웠다. 아직 풀이 자라지 않아 뗏장 사이로 벌건 흙이 드러나 있었다. 엄마의 휘어진 등처럼 둥그런 봉분을 다독거리며 성민이 천천히 그 위에 엎드렸다. 눈물이 주르르 흘러내렸다.

"엄마, 나 왔어. 춥지 않아? 비가 와서 그래……. 내가 돈 더 벌어서 따뜻한 양지쪽으로 옮겨줄게. 엄마, 기억나? 엄마가 나 업어보는 게 소원이랬지? 나 지금 이렇게 엄마 등에 업혔는데……. 많이 무겁지? 이제야 울 엄마 소원 이루어졌네? 엄마 소원 이뤄서 좋지? 기쁘지, 엄마……?"

세상에서 가장 먼 거리

선하와 미주는 대학 동기로 입학 등록일에 처음 만났다. 학생들이 줄지어 차례를 기다릴 때, 선하는 남색 체크무늬 티셔츠 차림으로 미주의 등 뒤에 있었다. 그녀는 그렇게 그의 가슴속으로 들어왔다. 대학 생활 4년 동안 선하는 미주를 짝사랑했지만 단 한 번도 고백하지 못했다. 그저 주위에서 지켜보았고, 늘 가까운 친구로 그녀 곁에 머물러 있었다.

학교 오페라 합창단원인 미주가 노래를 부르면 선하는 피아노 반주를 넣었다. 미주는 남학생들을 바꿔가며 데이트를 즐겼는데, 그럴 때마다 선하는 믿음직한 친구로서 그 이야기를 들어주었다. 미주가 졸업 후 미국 유학을 떠났을 때 군 복무 중이던 선하는 끊임없는 응원의 편지를 보내주었다. 그러나 유학을 마치고 귀국한 그녀는 다른 남자와 결혼했다.

미주가 한 번도 선하와의 관계를 고려하지 않은 건 그가 못나거나 자기에게 잘해주는 걸 몰라서가 아니었다. 그냥 너무 편하게 지내다 보니 다른 감정이 생겨날 겨를이 없었는지도 모른다. 그저 좋은 친구, 언제든 맘 편히 기댈 수 있는 고향 언덕 같은 친구였다. 그러나 선하는 달랐다. 미주를 처음 본 순간부터 가슴이 설렜지만, 용기가 부족한데다 과감하지 못한 성격이 두 사람의 인연을 엇나가게 만들었다.

미주의 결혼식 날, 선하는 다른 남자의 신부가 된 미주에게 좋은 친구로서 축하 인사를 해주었다. 그러고는 이후로 서로 연락이 되지 않고 행방이 묘연해졌다.

미주의 결혼 생활은 생각처럼 만족스럽지 못했다. 개성과 독립심이 강하다 보니 결혼 생활에 무신경했고, 더욱이 오랫동안 친구의 관심과 배려에 익숙해진 탓인지 자신을 대하는 남편의 행동이 이해되지 않았다. 급기야 내가 왜 저런 남자를 선택했을까 하는 자괴감이 들면서 차츰 남편이라는 존재가 친구보다도 못하게 여겨졌다. 결국 그녀는 결혼 1년 만에 남편에게 합의이혼을 요구했다.

싱글이 된 미주는 직장 생활에만 매달렸다. 타고난 친화력에다 그녀만의 독특한 감각과 노력으로 몇 년간 집중한 끝에 광고업계에서 실력을 인정받게 되었다. 그러나 직장에서 성공한 이후의 생활은 더욱 공허하고 적막하게만 느껴졌다. 그녀는 차츰 따뜻하고 배려 넘치는 선하가 그리워졌다. 그러나 자신이 먼저 그를 찾아나설 용기는 없었다. 지난 몇 년간 어떻게 지내는지 알 수 없는데다 자신도 예전의 철딱서니 없는 계집애가 아니기 때문이었다. 더욱 결정적인 일은 그가 우편으로 청첩장을 보내온 것이었다……!

결혼을 코앞에 둔 선하가 어느 날 저녁식사에 미주를 초대했다. 한동안 연락이 뚝 끊겼던 사람이 갑자기 전화를 걸어와 놀랐지만 그녀는 곧 약속 장소로 나갔다.

모처럼 만에 저녁식사가 무척 즐거웠다. 두 사람은 학창 시절로 돌아가 합창단과 동기들, 그리고 교수님들 이야기와 함께했던 활동들에 대해 이야기꽃을 피웠다.

그러다가 문득 선하가 포크와 나이프를 내려놓고 말했다.

"다음 주면 내가 결혼을 하게 되는구나."

"응, 축하해……. 아주 괜찮은 사람인가 보네? 단번에 널 사로잡은 걸 보면……."

선하가 갑자기 엄숙해졌다.

"나, 너한테 고백할 게 하나 있는데, 들어줄래?"

"응……?"

미주가 뭐라고 대답할 새도 없이 선하가 이야기하기 시작했다.

"옛날에, 한 남자애가 대학에 합격했어. 입학 등록을 하는 날 학교에 가보니 수많은 신입생이 줄지어 있었지. 촌놈이라 어쩔 줄 몰라

하며 서 있는데, 한 여학생이 다가와 등록하러 왔냐고 친절하게 묻는 거야. 남자애는 그 여학생이 자기와 같은 과 학생이라는 걸 알고 무척 기뻐했지. 그녀는 마음씨가 착하고, 정말 세련되고 멋져 보였으니까……

그 여학생은 초롱초롱 빛나는 두 눈에 웃을 때면 깜찍한 덧니와 볼우물이 매력적이었어. 남학생은 그녀를 처음 본 순간부터 숨이 턱 막혔지. 그런데 자기 속마음을 어떻게 전해야 할지 몰랐던 거야. 여학생은 밝고 활달하고 인기도 좋았지만, 남학생은 촌티 팍팍 흘러넘치고 말도 잘 못하는데 어쩌겠어? 그저 조용히 그녀의 곁을 지켜주는 친구로만 남아 있었지.

그렇게 대학 생활이 끝나고, 남자는 졸업식 날에 모든 걸 고백하리라 마음먹었지. 그런데 졸업식 바로 전날 그녀가 갑자기 유학을 간다고 전화한 거야. 남자는 또 한 번 용기를 잃고 말았어. 아직은 고백할 때가 아니라고 생각한 거지. 자기는 졸업과 함께 군에 입대해야 할 처진데 2년을 꼼짝 말고 기다려달라고 말할 용기가 있었겠어? 어쩔 수 없이 그녀가 유학을 마치고 돌아온 다음에 다시 얘기해보자고 마음먹었지. 그 군 복무 기간이 남자에겐 가장 견디기 힘든 시간이었을 거야. 그녀가 곁에 없어서이기도 했지만, 사실은 그녀 곁에 다른 남자가 있다는 사실을 알았던 거지!

남자는 낯선 이국땅에 있으면서 외롭고 힘들까봐 거의 매주 한 번

빨리 알아차리지 못하면 금방 사라져버릴 뿐,
지나간 사랑은 쉽게 되돌리기 힘들다.

씩 그녀에게 편지를 썼어. 답장에는 유학 생활을 하면서 힘든 점과 불평을 토로하는 것 외에도 유학 도중 만난 남자에 대한 이야기가 많은 부분을 차지하고 있었지. 얼마 후 귀국한 그녀는 자기가 곧 그 남자와 결혼할 거라고 했고.

이 모든 것이 남자에게는 엄청난 슬픔이었어. 비록 단 한 번도 고백하지 못했지만, 그렇게나 관심을 기울이고 정성을 다해 아끼고 사랑했던 그녀가…… 사실은 그 남자를 너무나 대수롭지 않게 여겼던 거야. 그녀는 남자가 그렇게 괴로워하는 줄도 몰랐어. 아니, 그 남자가 자기를 사랑하면서 주위를 맴돌고 있다는 사실을 정말 몰랐을까?

여자의 청첩장을 받아든 남자는 가슴이 무너져 내리는 것 같은 충격을 느꼈지. 마지못해 그녀의 결혼식 하객이 된 남자는 웨딩드레스를 입고 행복해하는 모습을 보고 자리를 뜨려다가 붙잡혀 축사까지 부탁받게 되지. 그가 행복해하는 신랑 신부를 바라보는 순간, 남자는 문득 자기와 그녀의 거리가 너무 멀다는 사실을 깨달았어. 여자는 더 이상 줄을 서서 입학 등록을 기다리던 그녀가 아니었던 거지. 남자는 그 자리를 어떻게 뛰쳐나왔는지 기억할 수도 없었지만, 그 후 1주일 내내 신열을 앓으며 침대에 누워 있었지. 아마 그때 몸무게가 10킬로그램은 빠졌을 거야.

남자는 여자를 잊겠다고 다짐했어. 그 사람은 더 이상 친구도, 그리움의 대상도 아니다. 이제는 인연을 끊어야 한다……. 다니던 직장을 그만두고 일본으로 건너가 다시 공부를 시작했어.

그런데 도쿄에서 유학 중인 여자를 만난 거야. 그녀는 남자가 가장 힘들어하는 시기에 옆에서 격려해주고 다시 일어서게끔 용기를 북돋아주었지. 따뜻하고 세심하게 돌봐주면서 그의 아픈 과거를 감싸주었지. 그에게 다시금 희망을 북돋아주고 사랑할 용기를 준 거야. 그래서 남자는 그 여자와 결혼을 약속하게 되었지.

남자는 자기 아내가 될 그녀를 끔찍이도 사랑했지만, 마음 한구석에 자리하고 있는 옛 여자를 잊을 순 없었어. 그래서 오늘 마침내 그녀를 만나 지난 이야기를 모두 들려주기로 했어. 그녀와의 관계를 깨끗이 정리하고 과거로부터 벗어나고 싶었던 거지. 이제 남자는 그녀에 대한 미련을 떨쳐버리고 자기 신부가 될 여자만 사랑하게 된 거야……."

이야기를 다 듣고 난 미주는 선하가 자기 반려자를 찾은 것을 축복해주었다. 그러고는 일을 핑계 삼아 자리에서 먼저 일어났다. 집까지 바래다주겠다는 것도 한사코 뿌리쳤다.

미주는 집으로 돌아오는 택시 안에서 펑펑 눈물을 흘렸다. 그녀의 모든 의지와 신념은 한순간에 무너져버렸다. 지금껏 그녀는 선하를 가장 신뢰하는 친구로만 생각해왔다. 아무 말이나 다 할 수 있는 편하고 좋은 친구로 말이다.

생각해보면, 그 둘은 아주 오랫동안 사귄 연인처럼 생각될 때도 있었다. 사실 그녀도 선하가 용기 있게 고백해오기를 기다렸다.

그녀가 지금까지도 이해되지 않는 것은, 선하가 왜 다른 남자들처럼 과감하게 먼저 대시하지 않았는가 하는 점이었다. 여자라면 으레 남자의 리드를 따르게 마련이고, 여자가 먼저 나서서는 안 된다고 생각해왔던 것이다. 끝났어. 모든 것이 끝나버렸다……! 우리 인연은 이렇게 영 어긋나는가 보다……. 아무리 아쉽고 서글퍼도 이제는 정말 다 끝난 것이다……!

그녀가 용기 있게 사랑을 표현하지 못했고, 그의 침묵에 귀 기울이지 않았으며, 한 사람을 다양한 방식으로 사랑할 수 있다는 점에 소홀했으며, 그녀가 마음속으로 왜 상대방이 고백하지 않느냐고 원망하고 있을 때 사실은 자신이 먼저 그를 사랑하고 있다는 사실을 애써 회피하려 했던 잘못의 대가인 것이다. 한번 지나버리면 다시는 돌이킬 수 없는 일, 이제는 다시 시작하고 싶어도 그럴 수 없는 일이 되었다. 후회는 아무리 빨라도 늦다. 제아무리 회한의 가슴을 쳐도 때는 이미 늦어버린 것이다.

선하와 함께했던 지난 시절이 주마등처럼 눈앞을 스쳐 지나갔다. 결혼식장에서 축사를 해주던 모습, 귀국한 뒤 함께 시내를 돌아다니며 전세방을 구하고 가구를 사러 다니던 일……. 유학 시절, 전 남편이 된 남자와 사귈 때 그는 가장 든든한 우군이었다. 그녀가 미국으로 떠날 때, 선하는 그녀가 출연했던 모든 합창단 공연 장면이 담긴 사진 앨범을 선물했다. 합창단에서 그는 가장 훌륭한 피아노 반주자였다. 대학 입학 등록 때 그녀는 남색 체크무늬 티셔츠 차림으로 서성거리는 선하를 처음 보았다. 조금 어수룩해 보이고 애티는 나지만 귀엽고 잘생긴 이 남자가 자신이 좋아하는 유형이라는 걸 알았다. 그녀 역시 첫눈에 반했던 것이다……!

세상에서 가장 먼 거리(距離)는 삶과 죽음의 거리나 영혼과 육체의 거리, 뭐 그리 거창한 것이 아니었다. 그것은 바로 눈앞에 있는 사람이 자기를 사랑하고 있다는 사실을 알지 못하는 것이다…….

우리는 어디서 태어났는가. 사랑에서.
우리는 어떻게 멸망하는가. 사랑이 없으면.
우리는 무엇으로 자기를 극복하는가. 사랑으로.
우리를 울리는 것은 무엇인가. 사랑.
우리를 항상 결합시키는 것은 무엇인가. 사랑.

 | 괴테 |

이녹
아든
이야기

| 1 |

먼 바다를 달려온 파도가 잠시 숨을 돌리는 작은 포구가 있었다. 하얀 모래밭이 펼쳐져 있고 좁다란 부두가 있으며, 다닥다닥 어깨를 붙인 빨간 기와지붕이 그 부두를 에워싸고 있다. 마을 건너편으로 오래된 성당이 보이고, 마을이 한눈에 굽어보이는 방앗간 창고가 있었다. 그 뒤로 나 있는 잿빛 언덕에는 덴마크 사람들의 무덤이 여기 저기 흩어져 있고, 골짜기에는 가을날 아이들이 떼 지어 개암을 주우러 오는 개암나무 수풀이 무성했다.

아주 오랜 옛날, 이 평화로운 바닷가 마을에 세 아이가 사이좋게 뛰놀고 있었다. 애니라는 작고 귀여운 소녀와 방앗간 집 외동아들 필립 레이, 그리고 거친 뱃사람의 아들 이녹 아든이었다. 그중 이녹 아든은 몇 년 전 고기잡이 나간 아버지를 풍랑에 잃는 슬픔을 겪었다.

세 아이는 바닷가 모래밭에서 모래성을 쌓으면서 놀았다. 더러는 하얗게 몰려왔다가 몰려가는 물결을 뒤쫓고 달아나기도 하면서. 아이들의 맨발이 모래밭에 자국을 남기면 파도가 몰래 다가와 그 귀여운 발자국을 지워버리곤 했다. 마냥 행복한 아이들은 그때 미처 알지 못했다. 머잖아 그들 사이에 일생에서 결코 피하거나 대항할 수 없는 거대한 운명의 파도가 몰려오리란 사실을……!

아이들은 해안의 작은 바위 동굴에서 엄마 아빠 놀이를 하고 놀았다. 오늘은 필립이 남편 노릇을 하고 내일은 이녹이 남편이 되는 식으로. 엄마는 늘 애니의 몫이었다. 그런데 이녹은 종종 약속을 어겼다. 남편 노릇을 자기가 독차지하고 싶었던 것이다.

"여긴 내 집이고, 애니는 내 귀여운 색시야."

그러면 필립이 얼굴을 붉히면서 화를 냈다.

"너 혼자 그러는 게 어딨어! 어젠 네가 했으니까 오늘은 내 차례라고."

"너 자꾸 까불래?"

옥신각신하던 이녹과 필립은 금세 한 덩어리로 뒤엉켜 싸움을 벌였는데, 그럴 때마다 늘 승자는 힘이 세고 뼈대가 굵은 이녹이었다. 주먹다짐에 코피를 흘리거나 한쪽 눈이 부어오른 필립이 파란 눈에 노여움의 눈물을 가득 담고서 소리쳤다.

"이녹, 넌 참 나쁜 놈이야!"

분기를 참지 못한 필립이 또다시 대들라치면 꼬마색시 애니도 덩달아 울면서 매달렸다.

"그만해, 제발 부탁이야. 난 누구 편도 아니야. 너희 둘의 귀여운 색시가 될 거야……."

헤아릴 수 없을 정도로 많은 파도가 몰려왔다가 몰려나가고, 숲속의 아름드리나무들이 몇 번씩 잎사귀를 떨어뜨리고 새잎을 틔우는 사이에 이녹과 필립은 어느덧 늠름한 청년으로 성장했고 애니는 사랑스런 숙녀가 되어 있었다. 붉은 태양처럼 뜨거운 피가 끓는 두 청년은 애니를 사이에 두고 서로 연정을 품게 되었다.

늘 그랬듯이 애니는 필립에게 상냥했고, 필립은 어떻게든 자신의 사랑을 고백하고 싶었다. 그런데 사실 필립의 애달픈 마음은 부질없었다. 고백하지도 못했지만, 만일 고백한다 해도 애니는 쓸쓸한 미소로 조용히 거절했을 것이다. 이미 그녀의 마음은 이녹에게 기울어져 있었으므로…….

이녹은 사랑하는 애니와의 장래를 위해 차근차근 계획을 세웠다. 돈을 모아 배를 한 척 사고 그림 같은 집도 지어야 했다. 애니와 아이를 낳아 기를 소중한 보금자리가 필요했다.

건장한 체구에 파도와 맞서도 물러서지 않을 배짱, 이녹의 사내다움은 마을뿐 아니라 인근의 큰 항구에까지 소문날 정도였다. 그는 매사에 열정적이었고 운도 좋았으며 겁낼 것이 없었다. 한번은 조난을 당해 파도에 휩쓸린 사람을 구해내어 영웅 대접을 받기까지 했다.

이녹은 여러 해 동안 무역선을 타고 세계 곳곳을 누볐다. 그러는 사이에 누구보다도 훌륭한 선원이 되었고 그럭저럭 돈도 모았다. 그래서 갓 스물을 넘긴 나이에 어선도 한 척 장만하고, 방앗간에 잇닿은 언덕 중턱쯤에 집도 한 채 지었다. 사랑하는 애니와 병아리 같은 아이들을 키울 새 둥지 같은 집을.

황혼이 물드는 가을 저녁, 마을 젊은이들은 저마다 손에 작은 자루를 쥐고 숲으로 개암을 주우러 갔다. 그즈음 방앗간을 운영하던 필립의 아버지가 연로하여 자리에 누웠는데, 필립은 그런 아버지를 정성껏 뒷바라지했다. 그날도 필립은 아버지를 돌봐드리고 나서 조금 늦게 산에 올라갔다. 그런데 무심코 오르던 산비탈에서 뜻밖의 장면을 목격하게 되었다. 나무숲에서 이녹과 애니가 나란히 손을 맞잡고 서 있는 것이었다.

햇볕에 그을린 이녹의 검고 큰 눈동자가 그날따라 더욱 반짝거렸고, 애니는 그 눈빛을 고스란히 받아들이고 있었다. 둘의 절절한 눈빛에서 필립은 분명히 읽을 수 있었다, 애니가 진심으로 이녹을 사랑한다는 사실을! 자신은 결코 애니를 차지할 수 없으리라는 서글픈 운명을……! 둘이 서로 포옹하며 긴 키스를 나눌 때, 필립은 큰

우리는 물결처럼 흔들리고 길처럼 이어지는,
어떻게 변할지 알 수 없는 삶 속에 서 있다.

상처를 입은 들짐승처럼 신음하며 뒷걸음쳤다. 그리고 마치 봐서는 안 될 것을 본 죄인처럼 슬픔에 잠겨 울다가 비틀거리며 산에서 내려와야 했다.

이녹과 애니가 결혼식을 올리는 날, 둘의 결혼을 축하하는 성당의 종소리는 유난히도 맑았다. 애니를 신부로 맞은 이녹은 아내와 가족을 위해, 마을 사람들의 기대에 부응하여 정말 열심히 일했다. 그래서 7년 동안 식구들은 감기 한번 앓지 않는 행복한 나날이 이어졌다. 그동안 귀여운 아기도 태어났는데, 첫째아이는 딸이었다. 첫아이의 울음소리를 듣자 이녹은 자기도 모르게 주먹을 불끈 쥐었다. 그로부터 2년 뒤에는 사내아이가 태어났고, 더욱 용솟음치는 기쁨을 맛보았다. 그 후 상선을 타거나 장사를 하는 이녹에게 두 아이는 모든 용기의 근원이자 삶의 목표가 되어주었다.

그러나 모든 일이 술술 풀리기만 하던 이녹에게 불행의 먹구름이 드리워졌다. 작은 포구에서 북쪽으로 100리쯤 떨어진 큰 항구까지 모든 물길을 알고 있는 이녹에게, 뱃사람들은 물론이고 하늘을 날아다니는 갈매기들에게까지 명성이 자자한 그에게 도무지 믿기 힘든 일이 벌어졌다. 정박한 배의 돛대 꼭대기에 올라간 그가 발을 헛디뎌 굴러떨어지고 만 것이다. 순식간에 벌어진 일이었다. 사람들이 몰려들어 그를 안아 일으켰을 때는 이미 한쪽 다리가 부러져 있었다.

그 사고로 이녹이 집에 누워 있는 사이에 애니가 셋째아이를 낳았는데, 한눈에 보기에도 병약해 보이는 사내아이였다. 게다가 다른 경쟁자들이 이녹의 단골을 가로챘고, 아내와 세 아이의 생계까지 위협하는 지경에 이르렀다. 이녹은 병석에 누워 많은 생각을 하게 되었다. 강인하고 매사에 자신감이 넘쳤던 그가 시련을 겪자 지금껏 잊고 지냈던 신에 대한 감사를 깨닫게 된 것이다. 그러나 점차 힘들어져가는 현실 앞에서 자꾸만 우울해졌고, 그는 점점 마음의 문을 닫아버렸다.

한밤중이 되면 그는 가위에 눌렸다. 토끼 같은 세 아이가 배를 곯아 점점 말라가고, 사랑하는 아내는 거지꼴이 되어 여기저기서 끼니를 구걸하는 환영이 눈앞에 어른거렸다. 이녹은 신에게 기도했다.

"오, 신이시여! 전 아무래도 좋습니다만, 저 가엾고 불쌍한 제 아내와 아이들만은 부디 이 비참한 생활에서 벗어나게 해주옵소서……!"

그즈음 이녹에게 손님이 찾아왔다. 이녹의 사고 소식을 듣고 멀리서 찾아온 그는 이전에 함께 일한 적이 있는 큰 배의 선장이었다. 이녹의 사내다움을 신뢰하고 있던 그는 한 가지 제안을 했다.

"머지않아 내 배가 중국으로 출항할 걸세. 아직 수부장을 구하지 못했는데, 자네가 그 일을 맡아주지 않겠나?"

"수부장이라고요? 그렇지만 전 보다시피 이렇게……!"

"오, 걱정 말게나! 출항까지는 아직 몇 주가 남아 있네. 난 자네가 꼭 그 일을 맡아줬으면 하네."

오랫동안 누워 있으면서 침울하기만 했던 이녹의 얼굴에 갑자기 생기가 돌았다.

"네, 가겠습니다. 제가 가겠습니다!"

그렇게 힘주어 대답한 이녹은 그동안 기도한 보람이 있어서 신으로부터 응답이 온 것이라고 생각했다.

두꺼운 먹구름이 걷히고 가느다란 빛줄기가 스며들었다. 그 빛은 점차 강렬해져 마침내 먹구름을 몰아내기 시작했다. 이녹은 부상 후유증으로 한쪽 다리를 조금 절었지만 예전의 씩씩하고 용감한 사내로 돌아와 있었다. 그러나 막상 떠나려고 하자 걱정거리가 한두 가지가 아니었다. 자신이 떠나 있는 동안 가족들의 생계가 걱정되어 고민을 거듭했다.

'얼마간의 목돈을 만들어놔야 해. 하지만 어떻게? 배를 팔아야 하나……?'

이녹에게 그 배는 자신의 분신과도 같았다. 지금껏 얼마나 오랫동안 그 배를 타고 소용돌이치는 바다를 넘나들었던가! 기사에게 말이 그러하듯, 자신과 일심동체가 되어 그 험난한 파도를 넘어온 배에 대한 애착이 그만큼이나 컸다. 그러나 아무리 고민해도 다른 방법이 없었다. 배를 팔고 그 돈으로 애니가 잡화점이라도 열면 그럭저럭 생계를 꾸려가지 않을까 싶었다.

'그래, 한번 해보자! 고생은 하겠지만 항해를 마치고 돌아오면 꽤 큰돈을 벌 수 있을 거야. 아니지, 두 번이든 세 번이든 따라다니자…… 큰돈을 벌어와 더 큰 배를 사면 되지……!'

이녹의 마음은 점점 부풀어 올랐다. 항해와 무역으로 큰돈을 벌고, 그 돈으로 새 배를 사서 더 큰돈을 모으면 지금과 비교가 안 될 정도로 풍요로워지고 그땐 저택도 지을 수 있을 것 같았다. 또 가난해서 못 배운 자신과 달리 아이들에게 제대로 된 교육도 시키고, 고생하는 애니에게도 안락한 생활을 선사할 수 있을 것 같았다.

그날 밤, 이녹으로부터 그런 계획을 들은 애니는 일언지하에 반대했다. 그녀가 남편의 말을 거역하기는 그날이 처음이었다. 애니는 몇 번이나 애원하고 눈물까지 흘려가며 남편의 계획을 되돌리려 애썼다.

"당신이 저와 아이들을 두고 떠나면 꼭 무슨 일이 벌어질 것 같아요. 그러니 여보, 제발…… 진심으로 우릴 위한다면 떠나지 마세요."

"나 하나 편하자고 이러는 게 아니잖소! 당신과 아이들, 우리의 새로운 미래를 위해서요."

아내의 하소연을 귓전으로 흘려버린 이녹은 이튿날부터 떠날 준비를 시작했다. 자신의 분신과도 같은 배를 처분하고, 그 돈으로 애니의 잡화점에 필요한 물건들을 사들였다. 또 길가에 잇닿은 거실 쪽 문을 고치고 작은 선반들을 짜 맞추었다. 송판을 나르고, 망치질을 하고, 톱질을 하며 배가 출항하기 전날까지 구슬땀을 흘렸다. 눈앞에 부푼 꿈이 펼쳐져 있기에 오랜만에 일을 하는데도 힘든 줄 몰랐다. 하지만 곁에서 지켜보는 애니에게는 그런 일이 마치 자신을 위한 단두대를 만드는 것처럼 두렵기만 했다.

이별해야 하는 날이 밝았고, 이녹은 혼자 남아 가게를 꾸려갈 애니를 염려하면서도 그녀의 근심 걱정은 웃어넘겼다. 이녹은 자신만만하면서도 경건한 마음으로 신에게 아내와 아이들의 행복을 빌었다.

"오, 신이시여! 부디 저희 가족을 굽어살펴주소서……!"

그가 아내를 돌아보며 말했다.

"이번 항해는 신의 은총을 입어 행운이 깃들 것이오."

또 젖먹이의 요람을 흔들면서 말했다.

"요 귀여운 녀석, 튼튼하게 커야 할 텐데…… 신이시여, 이 가엾은 아이를 보살펴주옵소서! 애니, 내가 돌아오는 날, 요 녀석을 무릎에 앉히고 낯선 나라의 신기한 이야기를 잔뜩 들려주리다. 자, 어서 웃는 얼굴로 먼 길 떠나는 날 배웅해주시오."

줄곧 장차 다가올 희망만 늘어놓는 이녹의 말을 들으면서 애니도 조금씩 희망이 용솟음치는 것 같았다. 하지만 뱃노래에 익숙한 남편이 진지한 투로 신의 섭리며 신앙심에 대해 말할 때는 귀담아듣고 싶지 않았다.

"오, 이녹! 당신의 말이 아무리 그럴듯해도 전 불길해요. 두 번 다시 당신의 얼굴을 보지 못할 것만 같은……!"

"애니, 부디 기운을 잃지 말고 우리 아이들을 잘 키워주시오. 절대 내 걱정은 하지 말고. 만일 조금이라도 마음에 걸리는 일이 있거든 모든 걸 신에게 맡기고 귀를 기울이시오. 신이야말로 우리가 의지할 수 있는 유일한 닻이니까. 아침 해가 떠오르는 동쪽 끝에도 신이 계시고, 아득한 수평선 너머로 달아난다 해도 신의 손길에서 벗어날 수는 없는 법이라오."

이녹이 애니를 힘껏 끌어안았고, 영문을 몰라 하는 두 아이에게도 키스해주었다. 간밤에 열이 나 울다 지쳐 잠든 막내의 두 뺨에도 입을 맞추었다. 그러자 애니가 막내아이의 이마에 흩어져 있는 머리카락을 한 움큼 잘라 이녹의 손에 쥐어주었다. 이녹이 그것을 받아 종이에 싼 뒤 품안에 넣으면서 말했다.

"고맙소. 내 무슨 일이 있더라도 이것만은 고이 간직하리다."

그 말을 끝으로 이녹은 사랑하는 가족을 뒤로하고 먼 길을 떠나갔다. 애니는 다른 선원들의 가족과 뒤섞여 부둣가에 서 있었고, 이녹은 갑판 위에 서서 힘차게 손을 흔들어 보였다. 애니는 이녹이 탄 배의 흰 돛이 수평선 너머로 사라질 때까지 지켜보다가 울먹이며 발걸음을 돌렸다.

애니는 이제 슬퍼할 겨를이 없었다. 어떻게든 남편이 꾸려준 가게를 잘 운영해 아이들을 먹이고 집안일을 건사해야 했다. 멀리까지 떠나가 고생할 남편을 생각해서라도 팔을 걷어붙여야 했다.

그녀는 남편의 뜻을 받아들여 어떻게든 스스로 용기를 북돋우려 했다. 그러나 애니는 본래 장사에 밝지 못하고 계산도 서툴렀다. 손님을 상대하는 요령도 없고 거짓말도 못했다. 그러니 장사가 제대로 될 리가 없었다. 급전이 필요해서 물건을 도맷값보다 싸게 넘기는 일이 한두 번이 아니었다.

'아, 난 정말 장사에 소질이 없어. 이 꼴을 남편이 보면 뭐라고 할까……?'

애니는 매사에 서툴렀고 시간이 지나도 좀처럼 나아지지 않았다. 속이 상한 그녀는 울기 일쑤였고 누구에게도 호소할 길 없는 고통을 가슴에 품은 채 하루하루를 견뎌내야 했다.

집안 살림도 힘겨웠지만, 더 큰 문제는 태어날 때부터 허약했던 셋째아이였다. 그녀가 온갖 정성을 다해 돌본 보람도 없이 아이는 점점 더 쇠약해져갔다. 병치레가 더 심해졌지만, 안타깝게도 그녀에게는 의사를 부를 돈이 없었다. 결국 아이는 기력을 잃고 버둥버둥하다가 어느 순간에 저세상으로 떠나버렸다. 마치 홀연히 새장을 빠져나간 새처럼, 작별 인사도 없이 그 귀엽고 해맑은 어린 영혼이 먼 길을 떠나간 것이다. 자식을 지키지 못한 슬픔에 애니는 또 한 번 창자가 녹아내리는 고통을 맛보아야 했다.

사랑하는 아이를 땅에 묻고 1주일쯤 지난 어느 날, 필립이 주저주저하면서 애니를 찾아왔다. 이녹이 떠난 뒤로 한 번도 찾지 않았고, 그동안 애써 그녀를 피하면서 멀리해온 그였다.

인기척 없는 가게를 지나쳐 안으로 들어선 필립이 문을 두드려도 안에서 아무런 대꾸가 없었다. 용기를 내어 조용히 방문을 열어보니 벽을 향해 돌아앉아 있는 애니가 보였다.

"애니, 한 가지 부탁이 있어서 찾아왔소만……."

"보잘것없는 이 사람한테 무슨 부탁인지요?"

애니의 비통한 목소리에 필립은 그만 말문이 막혀버렸다. 그러나 그런 애니가 한없이 가엾다는 생각에 그는 용기를 내어 가까이 다가갔다.

"내가 오늘 당신을 찾아온 건…… 평소 당신의 남편 이녹이 바라던 것을 상기시켜주기 위해서요……."

"그게 무슨 말인지……?"

필립이 애니의 눈치를 살피면서, 그래도 할 말은 기어코 해야겠다는 듯이 또박또박 말을 이어갔다.

"언젠가 내가 말한 대로, 애니 당신은 수많은 사내들 중에서 가장 훌륭한 남자를 남편으로 맞았소. 의지가 강철 같고, 한번 결심하면 끝까지 해내고야 마는 사내를 말이오. 그런데 한번 보시오. 그 사람은 왜 당신을 홀로 남겨두고 그 먼 길을 떠난 거요? 더 넓은 세상을 둘러보기 위해서? 스스로의 만족을 위해서? 결코 그런 것이 아니요! 비록 힘들고 죽음을 넘나드는 고통이 뒤따를지라도 훗날 황금을 가득 싣고 돌아와 당신과 아이들을 지금보다 훨씬 더 행복하게 해주려고 떠난 것 아니겠소? 그렇소! 그것이 그 사람의 기쁨이요 삶의 목표인 것이오! 그런데 만일 그가 돌아와서 보니 아이들의 성장에 귀한 시간이 이렇게 헛되이 흘러가버린 걸 안다면 얼마나 억울해하겠소? 아이들이 들에 놓아먹이는 망아지처럼 커가고 있다는 걸 안다면 그의 마음이 편하겠느냐는 말이오?"

애니의 눈가에서는 어느덧 눈물이 흘러내리고 있었다.

"그렇게 말하니 나약해빠진 나 자신이 부끄럽군요. 그렇지만 난 솔직히 자신이 없어요……."

필립이 그녀의 말문을 가로막았다.

"애니, 우린 어릴 적 소꿉친구 아니오? 어린 날에 같이 뛰놀며 자랐고, 커서도 변함없는 친구 사이란 말이오."

"……."

"남편 이녹을 생각하고 아이들을 올곧게 키우고 싶다면 부디 거절하지 마시오. 돈이 필요하면 고집부리지 말고 내게 말해요. 이녹이 돌아와서 갚아주면 될 일 아니오? 당신이 어떻게 마음먹느냐에 달렸소. 알다시피 난 부모님 덕분에 생활하는 데 곤란을 겪고 있진 않소. 그러니 부디 당신의 두 아이를 학교에 보낼 수 있게 해주시오. 이 부탁을 들어달라고 당신을 찾아온 것이오."

그때까지도 벽 쪽으로 얼굴을 돌리고 있던 애니가 대답했다.

"차마 당신의 얼굴을 똑바로 쳐다볼 수가 없네요."

"그건 무슨 소리요?"

"한없이 어리석고 바보 같은 여자로 보일까봐서요. 당신이 찾아왔을 때 이미 내 마음은 산산이 부서져 있었지만, 이제는 너무나 친절하고 배려 깊은 당신의 마음 씀씀이에 가슴이 멜 뿐이에요."

"그런 소리 마시오. 우린 엄연한 친구가 아니오!"

"그인 꼭 살아 있을 거예요. 비록 지금까지 소식 한 장 없지만, 살아 있다고밖에 생각되지 않아요. 우리를 도와준다면 그 돈은 어느 때고 갚아드릴 수 있겠지요. 하지만 베풀어준 친절은 어찌 다 갚을지……!"

"애니, 그럼 내 부탁을 들어주는 거요?"

애니가 천천히 자리에서 일어나 필립의 얼굴을 바라보았다. 눈물이 가득한 눈으로 그의 얼굴을, 사람의 마음을 움직이는 따스함이 깃든 그의 순수한 눈빛을.

"신이시여, 부디 이분께 은혜를 베풀어주옵소서……!"

애니는 신에게 기도드렸고, 필립은 어렵사리 청한 자신의 부탁을 그녀가 선선히 받아들이자 안도의 한숨을 내쉬었다.

그 뒤 필립은 애니의 두 아이를 학교에 보내주고 필요한 책과 학용품을 사주었다. 마치 자기 아이라도 되는 양 성심껏 돌봐주었다. 그러면서도 함부로 행동하지는 않았다. 포구 사람들에게 터무니없는 소문이 날까봐 애니의 집을 찾아가지는 않았다. 그래도 늘 애니를 생각해서 마음을 써주었다. 계절마다 채소와 과일, 울타리에 핀 탐스러운 장미꽃 송이, 산에서 포획한 토끼 같은 것을 아이들 편에 보내주곤 했다. 그녀를 도와주면서도 그는 절대 '베푼다'는 생색을 내지 않았다. 풍차 방앗간에서 찧은 밀을 그녀에게 보낼 때도 곱게 잘 찧어졌는지 살펴달라고 했다. 애니는 필립의 마음을 누구보다도 잘 알고 있었지만, 가슴 가득 넘쳐흐르는 감사의 말을 입 밖에 내지는 않았다.

두 사람 사이를 오가는 애니의 두 아이는 필립을 둘도 없는 은인으로 여겼다. 그리고 진심으로 그를 따르고 좋아했다. 아이들은 필립의 풍차 방앗간에도 자주 놀러갔다. 정신없이 장난치고 떠들어대도 마냥 귀여워해주었기에, 아이들은 그날 기뻤던 일이며 화났던 일을 필립에게 모두 얘기하고 같이 뒹굴며 놀았다. 그러면서 아이들은 그를 '필립 아버지'라고 부르곤 했다. 두 아이가 필립을 따르는 건

사랑하기에, 돌아온다고 약속했기에
언제까지나 기다릴 수 있을 것 같지만
현실은 우리를 가만히 놓아두지 않는다.

너무나 당연한 일이었다. 친아버지인 이녹은 마치 멀어져간 꿈이나 환영처럼 이미 그들의 기억 속에 희미한 존재였던 것이다.

　어느덧 이녹 아든이 사랑하는 아내와 아이들을 뒤로하고 고향을 떠난 지 10년이 되었다. 하지만 그의 소식을 학수고대하는 애니와 아이들, 마을 사람들 누구도 그의 소식을 듣지 못했다.

　어느 가을날 저녁, 두 아이가 산으로 개암을 주우러 가자고 조르자 애니는 무심코 따라나섰다. 그리고 오솔길을 오르다가 풍차 방앗간 앞에 나와 있는 필립과 마주쳤다. 두 아이가 하얗게 밀가루를 뒤집어쓴 그에게 달려가 손을 잡아끌었다.

　"필립 아버지, 같이 가요, 네?"

　"안 돼, 보다시피 난 지금 밀가루를 퍼 담느라 바쁘거든."

　하지만 아이들은 막무가내였다.

　"엄마도 같이 갈 거예요."

　"같이 가요, 네?"

　"녀석들도 참……."

　슬쩍 애니의 눈치를 살피던 필립이 성화에 못 이긴 척 옷가지와 얼굴에 묻은 밀가루를 탁탁 털고 함께 나섰다.

　아이들은 험한 산길을 뛰어오르며 목청을 돋워 앞서간 제 또래 아이들의 이름을 불러댔다. 애니는 아무래도 걸음걸이가 더딜 수밖에 없었다. 산 중턱의 비탈길 부근에 이르자 숨이 차고 다리도 아팠다. 그녀가 필립에게 말했다.

"잠깐만 쉬었다 가요."

"그럽시다."

필립이 애니가 앉은 너럭바위 옆으로 다가가 앉았다. 천진난만한 아이들은 벌써 저만치 골짜기로 내려가 서로 더 많은 황갈색 열매를 줍기 위해 동분서주했다. 모처럼 애니와 함께하게 된 필립은 잠시 곁에 있는 애니의 존재를 잊고 있었다. 오히려 그 옛날 상처 입은 짐승처럼 그곳 풀덤불 속으로 몸을 숨겨야 했던 지난날의 슬픔을 눈앞의 일처럼 되새겨야 했다.

필립이 아이들을 바라보면서 애니에게 말했다.

"아이들이 정말 즐거워하는군. 쟤들 좀 보시오!"

그러나 애니는 아무런 대꾸가 없었다.

"애니, 피곤하오?"

애니가 별안간 두 손으로 얼굴을 가린 채 울음을 터뜨렸다.

"흑……!"

필립은 애니의 속마음을 짐작할 수 있었다. 갑자기 속에서 노여움 같은 것이 치밀었고, 그 바람에 목소리가 조금 격앙되었다.

"정신 차려요. 당신 남편의 배는 이미 침몰해버린 것이오! 당신은 왜 돌아오지 못할 배를 기다리면서 탄식하고 아이들을 아비 없이 키우려는 것이오?"

애니가 대답했다.

"돌아오지 못할 배를 기다리는 건 아니에요……. 그냥 아이들을 보고 있으면 마음이 쓸쓸해져서 그래요……."

필립이 그녀 옆으로 바싹 다가앉으며 말했다.

"애니, 나한테 한 가지 생각이 있소. 오래전부터 마음에 담아왔지만, 더 이상은 감출 수가 없구려……."

"……."

"내 단도직입적으로 말하리다. 떠난 지 10년이 되도록 돌아오지 않는 이녹이 여태 살아 있다고 생각할 순 없소. 그래서 말인데…… 내 말을 잘 들으시오. 아무런 의지가지없이 힘들게 살아가는 당신을 보면 난 정말 가슴이 미어지오. 대놓고 도와주지도 못하고. 그래서 말인데…… 내가 말이오……!"

필립이 잠시 고개를 돌렸다가 말을 이었다.

"여자들은 남자의 마음을 잘 꿰뚫어본다니까, 내가 무슨 말을 하려는지 당신도 잘 알 거요. 애니, 나의…… 아내가 되어주지 않겠소?"

"필립……!"

"알다시피 두 아이도 날 아버지처럼 따르고, 나도 친자식처럼 사랑하고 있소. 내 기꺼이 아이들의 좋은 아버지가 되리다. 당신이 날

받아주기만 하면, 슬프고 근심 많았던 지난 세월을 이제부터라도 보
상받을 수 있을 것이오."

"……."

"잘 생각해보시오, 애니. 나한테는 당신과 당신의 두 아이뿐이오.
게다가 우린 소꿉친구 아니오. 어릴 적부터 내가 당신을 얼마나 좋
아해왔는지는 당신도 잘 알고 있지 않소!"

서녘 하늘의 노을빛이 짙어졌고 바다는 온통 검붉게 변해 있었다.
애니가 나직한 목소리로 말했다.

"필립, 오늘 이날까지 당신은 신께서 제게 보내주신 천사였어요.
진심으로 신의 모든 은총이 당신에게 깃들기를 빌어요."

"애니……!"

"또 나야말로 진정 신의 축복을 받은 사람일 거예요. 나처럼 보잘
것없는 사람에게 당신처럼 친절하고 은혜로운 친구를 내려주셨으
니…… 그렇지만 필립, 조금만 기다려봐요. 신께서는 아마 나보다
몇 배는 더 아름답고 사랑스런 분을 당신에게 내려주실 거예요."

"애니……!"

"한 여자가 일생에 두 번이나 진정으로 사랑할 수 있다고 믿어요?
제가 이녹과 마찬가지로 당신을 사랑할 수 있을까요?"

필립이 결연한 어조로 말했다.

"이녹처럼 사랑받지 못하더라도 난 만족하겠소! 그러니 내 사랑

을 받아주시오!"

애니가 조금 겁먹은 얼굴로 소리쳤다.

"필립, 잠깐만……!"

"애니, 당신을 사랑하오……!"

"만일, 만일…… 이녹이 살아 돌아온다면…… 아니에요, 그는 돌아오지 않아요. 하지만…… 그래도 1년만 기다려줘요. 1년이 그렇게 긴 시간도 아니잖아요? 그사이에 어떻게든 그의 생사를 알게 되겠죠……."

필립이 서글픔에 젖은 목소리로 말했다.

"애니, 난 이제껏 그 오랜 세월을 기다려왔소. 그깟 1년이 대수겠소!"

"정말 약속할게요. 1년만 지나면……! 저도 참고 기다릴 테니 당신도 1년만 더 기다려줘요."

"알겠소. 앞으로 1년…… 기다리겠소. 당신의 뜻에 따르겠소……."

필립의 도움을 받아가며 그럭저럭 살림을 꾸려가는 힘든 나날이 이어졌다. 개암나무 숲속에서 사랑을 고백한 필립의 말을, 바로 얼마 전에 들은 것 같은 그 말을 몇 번이고 곱씹으며 생각하는 사이에 또다시 가을이 찾아왔다. 약속을 상기시키는 필립에게 애니가 눈을 동그랗게 뜨고 물었다.

"벌써 1년이 지났나요?"

"개암이 다 여물었으니 벌써 1년이 지난 거요. 같이 산에나 올라
가봅시다."

애니는 주저주저했다.

"잠깐만요, 아직 생각할 것도 많고…… 한 달만, 참아줘요."

"애니……!"

"약속을 어기겠다는 건 아니에요. 한 달이면 돼요. 그뿐이에
요……."

한 여자의 사랑을 얻지 못해 불행했던 필립은 두 눈 가득 절절한
마음을 담고 말했다.

"언제까지, 언제까지라도 기다리겠소. 당신이 원할 때까지 기다
리고 또 기다리겠소……."

그 말에 애니는 그가 너무 가엾어서 울고만 싶었다.

그러나 믿어줄 리도 없는 이런저런 변명으로 하루하루를 미루다
가 어느새 반년이 훌쩍 지나갔다. 둘의 관계가 별다른 진척이 없자
남 얘기 하기 좋아하는 포구 사람들은 비꼬아대기 시작했다.

"필립이 여자에게 조롱당하고 있는 거야."

"여자가 새침 떼고 있는 건 남자의 마음을 확실히 잡아끌려는 속
셈 아닐까?"

애니의 아들은 두 사람이 잘되기를 바라면서도 눈치껏 잠자코 있었지만, 딸아이는 수시로 어머니를 들볶으며 어서 빨리 가정을 이뤄 가난으로부터 벗어나자고 애원했다. 그즈음 필립의 얼굴도 눈에 띄게 핼쑥해졌는데, 애니는 그게 모두 자기 탓으로 여겨져 마음이 아팠다.

어느 날 밤, 애니는 오랫동안 잠을 이루지 못했다. 그녀는 갑자기 무슨 일이 일어날 듯한 두려움에 잠자리에서 일어나 호롱불을 켜고 미친 사람처럼 성서를 펴들고 기도드렸다.

"오, 신이시여! 부디 한 말씀만 해주십시오. 제 남편 이녹 아든이 이 세상에 살아 있는지만이라도 알고 싶습니다……."

그러다가 문득 손가락으로 짚은 글자를 들여다보았는데, 거기에는 '종려나무 아래'라고 쓰여 있었다. 그것은 그녀의 간절한 기도에 신이 내린 계시였지만, 애니는 별 뜻 없는 글귀라 여기고 성서를 덮어버렸다. 그리고 그날 밤 꿈속에서 남편 이녹을 볼 수 있었다. 산꼭대기의 커다란 종려나무 아래에 앉아 뜨거운 태양을 머리에 이고 있는!

꿈속에서 애니는 생각했다.

'남편은 이미 죽은 것이다. 그는 지금 천국에 가 있다……! 호산나를 부르면서 평안히 잘 지내고 있다. 거기에는 한낮의 태양이 빛나고 있다. 저 종려나무는 예루살렘 사람들이 환호성을 올리며 자른

가지를 길에 깔아놓고, 저 높은 곳에 계신 호산나여, 하고 칭송하던 바로 그 나무가 아닌가……!'

애니는 그렇게 생각하다가 꿈에서 깨어났다. 그리고 새벽까지 내내 마음을 굳히고 나서 곧바로 필립을 찾아가 외치듯이 말했다.

"우리 두 사람이 합친더라도 책망할 사람이 아무도 없을 거예요!"

필립이 힘 있게 화답해주었다.

"그럼 어서 식을 올립시다!"

그렇게 해서 필립과 애니는 결혼식을 치렀지만, 애니의 마음은 영 개운치가 않았다. 길을 걸을 때마다 누군가가 자기를 뒤따르는 것 같고, 또 누군가가 귓가에 속삭이는 듯한 착각이 들었다. 사람들과 떨어져 혼자 집에 있기가 두려웠고, 혼자 밖에 나가기도 싫었다. 또 집에 돌아와서도 안으로 들어서기가 꺼려져 문 앞에서 멈칫거렸다. 그런 애니를 보고 필립은 생각했다.

'여자라서, 예민해서 그런 거야. 더군다나 아기까지 가졌으니 마음이 더 불안한 거지…….'

이듬해에 애니는 필립의 아이를 출산했다. 그러자 그녀의 마음이 훨씬 안정되고 아이 엄마로서 생기와 의욕도 용솟음쳤다. 꺼림칙하고 우울했던 기분도 눈 녹듯이 사라졌다.

| 3 |

한편 애니가 이런 변화를 겪는 동안 이녹은 대체 어떻게 되었을까?

이녹이 탄 럭키호는 조용히 항해하고 있었다. 끝없이 펼쳐진 열대권의 바다는 지루할 정도로 잔잔했다. 희망봉 근처에서는 변덕스럽게 몰아치는 비바람 때문에 꽤나 고생했지만, 얼마쯤 견디고 나자 부드러운 남풍이 이어졌다. 동인도의 여러 섬을 지나친 럭키호는 마침내 동쪽 끝 항구에 닻을 내렸다. 그곳에서 이녹은 장사를 시작했다. 난생처음 보는, 피부색이 전혀 다른 사람들과 물물교환을 했다. 사람들이 좋아하는 인형을 사 모았고, 아이들에게 줄 선물로 금박을 입힌 장난감 용(龍)도 샀다.

그런데 떠나온 길과 달리 돌아오는 길은 순탄치 않았다. 처음에는 평온하게 출발했지만 갑자기 풍랑이 일어 방향이 이리저리 뒤바뀌고, 배를 집어삼킬 듯한 파도가 밀려오고, 바람이 미친 듯이 휘몰아치더니 급기야 폭풍으로 돌변하고 말았다. 달빛 한 점 없는 캄캄한 하늘 아래서 배는 암초에 부딪혀 산산조각이 나버렸고, 수많은 선원이 난파당한 배와 함께 익사하고 말았다.

난파선에서 간신히 살아남은 사람은 이녹 아든과 두 명뿐이었다. 세 사람은 새벽까지 부표 같은 것에 매달려 있다가 판자 조각으로 몸을 옮겼고, 둥실둥실 물결 위를 떠돌다가 어느 섬 기슭으로 밀려갔다. 바다 한가운데에 있는 작은 무인도였다.

그 섬에는 마실 물과 부드러운 열대 과일, 그리고 가까이 다가가도 사람을 두려워하지 않는 새와 짐승이 많아 얼마든지 사냥할 수 있었다. 일단 굶어 죽을 염려는 없었다. 세 사람은 오두막을 짓고 널따란 종려나무 잎사귀로 지붕을 덮었다.

살아남은 셋 중 한 명은 소년이었는데, 배가 침몰할 때 심한 부상을 입어 몸을 움직이지 못했다. 그 소년은 산송장처럼 누워만 있다가 결국 3년 만에 쓸쓸히 숨을 거두었다. 한번은 우연히 땅에 처박혀 있는 통나무를 발견했다. 그것을 본 친구는 카누를 떠올렸고, 인디언들처럼 가운데 부분을 불로 태워 움푹 파내는 작업에 매달리다가 그만 일사병에 걸려 쓰러지고 말았다. 이제 이녹 아든만 그 섬에 외로이 남아 두 친구의 죽음을 '때를 기다리라'는 신의 계시로 받아들였다.

아득하게 펼쳐진 풀밭과 산등성이까지 나무로 빽빽한 산, 날아다니는 새들, 바다 저쪽 기슭까지 덩굴져 뻗어나간 열대 꽃들의 눈부신 색채…… 이녹의 눈에는 마냥 신기하고 놀라운 것들이었다. 그러나 정작 이녹이 갈구하는 사람의 그림자는 찾아볼 수 없었다. 바닷가를 어슬렁거릴 때도, 멀리 지나가는 돛단배라도 있을까 하고 수평선을 바라보며 앉아 있을 때도 들려오는 건 물새들의 울음소리와 천둥 같은 파도 소리뿐이었다. 기다리는 돛단배는 보이지 않았다. 날마다 붉은 광선을 쏘아대는 태양은 동쪽 수평선 위로 타올라 서쪽

바다로 허망하게 스러졌고, 드높은 밤하늘에는 별들이 요란했고, 시끄러운 해조음은 밤새 귀를 어지럽혔다. 그러다가 다시 붉은 아침 해가 떠오르고…… 그러나 끝내 돛단배는 보이지 않았다.

온갖 환영이, 특히 고향에 두고 온 수많은 형상이 얽히고설켜 눈 앞에 어른거렸다. 천진난만한 어린 자식들, 그 더듬거리는 말소리…… 그리고 사랑하는 나의 애니…… 자그마한 나의 집…… 언덕 위의 풍차 방앗간…… 나무숲 사이로 뻗어나간 오솔길…… 어쩔 수 없이 팔아야 했던 배…… 추위가 살갗을 파고들던 동짓달의 새벽 녘…… 이슬비 내리던 어둠침침한 골짜기…… 소낙비에 한 잎 두 잎 떨어지던 마른 잎사귀들의 냄새…… 들고나는 쪽빛 바닷물의 나직한 신음 소리……. 이녹은 고향에 두고 온 것들을 하나씩 머릿속으로 그리며 하루하루를 견뎌나갔다. 또 어느 날은 고향 성당의 종소리가 들려왔다. 비록 아주 희미했지만 그 소리를 듣는 순간 자신도 모르게 후들후들 몸을 떨며 일어섰다. 그러나 곧이어 밀려오는 허망함에 털썩 주저앉고 말았다.

이녹은 이 저주스런 섬에 갇혀버린 자신의 신세를 한탄하면서 너무나도 고독하고 적막해 숨이 끊어져버릴 것만 같았다. 그러나 언제 어디서든 기도하는 사람들을 위로하고, 쓸쓸한 생각을 갖지 않게 하는 신에게 한 줄기 은혜를 베풀어달라고 호소하면서 겨우겨우 목숨만 부지하고 있었다.

1년 또 1년, 가뭄과 장마가 여러 차례 되풀이되고 이녹의 머리도 어느덧 희끗희끗해졌다. 그러나 사랑하는 아내와 아이들을 만나고, 그리운 고향 산천의 부드러운 흙을 밟고 싶다는 희망의 끈은 놓지 않았다. 뜻밖의 구조로 그 저주스런 운명에서 벗어나게 된 것은 그 무렵이었다.

동쪽 하늘이 훤해진 어느 새벽녘이었다. 럭키호와 마찬가지로 갑작스런 풍랑에 휩쓸려 방향을 잃고 식수마저 바닥난 배 한 척이 그 섬의 난바다 부근에 닻을 내렸다. 그 배의 조타수가 섬을 휘감은 아침 안개 속에서 계곡을 타고 흐르는 물줄기를 발견했다. 그래서 한 무리의 선원들이 섬으로 향했고, 마실 물을 찾아 헤매다가 골짜기를 걸어 내려오는 이녹 아든을 보게 된 것이다.

그의 덥수룩한 머리카락은 제멋대로 헝클어져 있고 수염은 땅에 닿을 정도였다. 검게 탄 몸에는 짐승의 가죽인지 나무 등걸인지 모를 것을 걸치고 있었다. 아무리 봐도 이 세상 사람이 아닌 것 같았다. 그는 말도 제대로 못하고 몸짓, 손짓과 함께 알 수 없는 소리를 내뱉었지만 그들을 맑은 물이 펑펑 솟아나는 곳으로 데려다주었다. 그리고 그들 틈에 끼어 말소리를 듣는 동안, 오래도록 굳어 있던 혀가 점차 움직이면서 간신히 자신의 의사를 전달할 수 있었다. 뒤이어 그들이 통마다 물을 가득 채워 배로 돌아갈 때 이녹도 따라나섰고, 배 위에서 그가 지금껏 어떤 일을 겪었는지 들을 수 있었다.

처음에는 선원들 모두 믿기 힘들어하는 눈치였지만 이야기를 들으면서 점점 흥미를 느꼈고, 나중에는 몹시 감동하면서 같은 뱃사람으로서 동병상련의 인정을 베풀어주었다. 이녹에게 자신들의 옷가지를 입혀주었고, 뱃삯도 필요 없이 고국으로 데려다주겠다고 약속했다.

배에 머무는 동안 이녹은 다른 선원들과 어울려 부지런히 일했는데, 순전히 고독감과 지루함을 달래기 위해서였다. 사실 그는 배 위에서도 외롭기는 마찬가지였다. 자기 고향에 대해 아는 사람도, 궁금해하는 것을 속 시원히 말해주는 사람도 없었다. 게다가 그 배는 거센 풍랑을 견뎌낼 수 있을지 의심스러울 정도로 낡았으며 항해도 더디고 지루했다.

흐릿한 해안선에서 불어오는 달콤한 바람, 이녹은 마침내 고향 땅의 이슬 젖은 풀 냄새를 가슴속 깊이 들이마셨다. 그러자 그 바람과 풀 냄새가 온몸의 혈관을 타고 흐르는 것 같았다. 그날 아침, 배의 선장과 선원들이 이녹을 가엾이 여겨 저마다 몇 푼씩 그의 손에 쥐어주었다. 그들이 이녹을 내려준 곳은 그 옛날, 부푼 꿈을 안고 출항했던 바로 그 포구였다. 이녹 아든은 비로소 그토록 갈망해온 고향으로, 집으로 돌아온 것이다! 오, 그러나…… 과연 무엇이 그를 기다리고 있을까……?

햇볕은 밝고 오후의 하늘은 드높았지만 열대 지방에서 온 이녹은 몹시 추웠다. 이녹은 속으로 온갖 불길한 일을 상상하면서 자갈 길을 따라 걸었다. 그리고 마침내 언덕의 좁은 길을 따라, 행여 누구라도 깨울까봐 발소리마저 죽인 채 사랑하는 애니와 살았던 집으로 돌아왔지만, 가슴 아리도록 그립던 그 시절 7년 동안 아이들을 키웠던 그 행복한 집으로 돌아왔지만…… 창가에는 불빛조차 보이지 않고 인기척도 없었다. 단지 '세입자 구함'이라는 종이쪽지만 나붙어 있었다.

'혹시 이사를 간 걸까? 아니면 다른 사람과 결혼을……?'

확실한 것은 아무것도 없었다. 그는 힘없는 발걸음을 돌려 언덕길을 내려갔다. 아무래도 단골 주막집부터 들러봐야겠다고 생각하고 부두 쪽으로 향했다.

그가 찾은 부둣가 주막집은 판자로 얼기설기 얽어서 만든 목로주점으로, 곳곳에 받침목을 대놓아 금방이라도 허물어질 듯했는데도 다행히 아직까지 영업 중이었다. 주인 영감은 오래전에 세상을 떠났지만 그의 아내인 미리엄 레인이 소일거리 삼아 계속 장사하고 있었다. 한때는 뱃사람들의 아지트로 왁자지껄했지만 지금은 손님이 드물었다. 아직까지는 뜨내기들이 묵어갈 수 있는 곳이라 이녹은 일단 그곳에서 지내기로 했다.

미리엄은 조금 수다스럽고 이런저런 이야기를 좋아하는 할머니였다. 이녹이 말없이 온종일 방 안에 틀어박혀 있는 게 딱해 보였는지 부르지도 않았는데 방으로 찾아와 포구에서 벌어진 여러 가지 일을 얘기해주었다. 까맣게 그을린 얼굴에 허리까지 구부정해진 이녹은 영락없는 노인의 모습이었다. 이녹을 전혀 알아보지 못한 미리엄은 이런저런 이야기 끝에 그의 집안 이야기까지 해주었다.

어린 젖먹이가 죽은 이야기, 궁핍해진 애니를 보다 못한 필립이 그 집 아이들을 학교에 보내 공부시킨 이야기, 또 오랫동안 이어진 애니를 향한 필립의 연정, 마침내 결혼식을 치르고 필립의 아기까지 낳은 이야기 등 지난 일을 싫증 한번 내지 않고 말해주었다. 그 모든 이야기를 들으면서도 이녹의 얼굴 표정은 아무런 변화가 없었다. 그는 묵묵히 듣기만 했다. 주인 할머니는 기나긴 이야기를 끝내면서 말했다.

"가엾게도 이녹은 배가 난파당해 지금껏 행방불명이랍니다."

이제껏 남의 이야기인 양 듣고만 있던 이녹이 희끗희끗한 머리를 흔들면서 혼잣말로 중얼거렸다.

"난파당해 행방불명이다…… 그래, 난 행방불명된 거야……."

그러면서 이녹은 결심했다, 딱 한 번이라도 좋으니 애니를 만나보겠다고……!

'한 번이라도 좋다…… 사랑하는 아내의 얼굴을 보고, 그녀가 행복하게 살고 있는 모습을 내 눈으로 확인하고 싶다……!'

사랑하는 사람의 행복을 위해
이제 다시 만나서는 안 되는 줄 알면서도
왜 마지막까지 사랑했다고 말해주고 싶은 걸까?

사랑하는 이들의 존재를 확인하고도 선뜻 다가서지 못한다는 건 정말 견디기 힘든 고통이었다.

이녹은 언덕 위로 올라갔다. 노을 진 하늘에는 구름 한 점 없고 바람도 불지 않았다. 언덕 풀밭에 앉아 산기슭에 펼쳐진 풍경을 바라보자 온갖 추억의 파도가 가슴속으로 밀려왔다. 이녹은 형언하기 힘든 기분에 빠져들었고, 저만치 필립의 집 창문으로 새어나오는 환한 불빛을 보고는 자신도 모르게 그쪽으로 발걸음을 옮기고 있었다. 마치 바닷새가 등대 불빛을 보고 달려들다가 부딪혀 허무하게 생을 마치듯이……

필립의 집 뒤쪽에는 들판으로 통하는 작은 사립문이 나 있었다. 아담하게 담이 쳐진 뜰에는 상록수가 무성했고 울타리 안쪽에는 늙은 수송나무가 드문드문 서 있었다. 큰길을 향해 자갈이 깔린 오솔길이 나 있고 뜰에도 좁다란 길이 나 있었다. 이녹은 수송나무 뒤쪽으로 벽을 끼고 창문께로 다가간 다음 슬그머니 안을 들여다보았다. 오, 차라리 그 모습은 보지 않았으면 좋았을 것을……!

깨끗한 테이블 위에는 도자기와 은그릇 같은 것이 눈부시게 반짝거렸다. 난로에서는 장작불이 활활 타오르고, 그 오른쪽에서는 그 옛날 자신에게 업신여김을 당했던 필립이 윤기 흐르는 얼굴로 아기를 무릎에 앉힌 채 어르는 중이었다. 그 뒤에는 키가 크고 아름다운, 옛 모습 그대로인 금발의 여인 애니…… 그녀는 실 끝에 매단 고리를 높이 쳐들고 흔들어대며 필립과 함께 젖먹이를 어르고 있었다. 애니는 젖먹이에게 신경 쓰는 한편, 옆에 앉아 있는 키가 크고 다부지게 생긴 사내아이에게 고개를 돌려 즐겁게 이야기하고 있었다.

이녹은 죽었다가 되살아난 사람처럼 이제는 남의 아내가 된 애니를 바라다보았다. 또 아버지의 무릎에 앉아 있는, 애니의 아이지만 자신의 아이가 아닌 낯선 젖먹이를 보았다. 이녹은 따듯하고 평화로운 가정의 단란한 모습뿐만 아니라 늠름하고 대견하게 잘 자란 아들, 그리고 자신의 자리를 차지하고 있는 사내도 두 눈으로 똑똑히 지켜보았다.

'눈으로 본 것은 귀로 들은 것보다도 마음을 움직인다'는 옛말은 사실이었다. 이미 미리엄에게서 이야기를 들어 알고는 있었지만, 자기 눈으로 직접 본 현실 앞에서는 제대로 버티기가 힘들었다. 이녹은 몸을 부르르 떨고 비틀거리다가 손으로 곁에 있는 나뭇가지를 꽉 움켜잡았다. 외마디 비명이라도 지르고 싶은 고통을 겨우 억누르고 있었다……!

이녹은 한 발, 두 발 물러서면서 자갈 소리를 내지 않으려고 극도로 신경 썼다. 만일 쓰러지기라도 하면 자신의 존재가 드러날 것이기에. 그는 더듬더듬 벽을 짚으면서 조심스럽게 사립문 쪽으로 향했다. 그러고는 사립문을 살그머니 여닫고 막막한 어둠 속으로 내달렸다. 들판으로 나온 이녹은 무릎을 꿇고 기도하려 했지만 온몸의 기운이 빠져 그 자리에 털썩 주저앉아버렸다. 그는 진흙땅에 손끝을 묻고 울부짖었다.

"오, 견딜 수 없는 이 괴로움이여……! 대체 무엇 때문에 절 그 섬에서 꺼내주셨습니까! 오, 전능하신 신이시여, 은혜 깊으신 구세주시여……! 당신께서는 제가 무인도에 홀로 머물 때 출렁거리는 저의 마음을 꼭 붙잡아주셨습니다. 아주 잠시만이라도, 쓸쓸해서…… 정녕 쓸쓸해서 견딜 수 없는 저에게 부디 힘을 주옵소서……!"

그의 기도 소리는 너무나 처절하여 절규와도 같았다.

"저를 도와주옵소서. 부디 저를 격려하셔서 아내에게 제가 여기에 와 있다는 사실을 입 밖에 내지 않도록, 죽는 날까지 그런 마음을 지닐 수 있게 해주옵소서! 아내의 평온한 일상을 깨뜨리지 않도록 힘을 주소서……! 오, 그러나…… 신이시여! 아이들…… 짧게나마 제 아이들에게 말을 거는 것 정도는 괜찮지 않을까요? 아이들은 제 얼굴을 기억조차 못하니까요……. 아닙니다, 안 됩니다! 결코 그런 일이 있어서는 안 됩니다. 그러면 틀림없이 제 정체가 드러날 것입니다……! 제 엄마 얼굴을 쏙 빼닮은 소녀에게도, 제 자식이 틀림없는 소년에게도 아버지로서의 키스는 허락되지 않는 것이 좋겠지요……!"

절규에 가까운 기도를 마친 이녹은 기력이 다해버렸다. 그대로 정신을 잃고 쓰러져 있다가 겨우 기운을 되찾은 그는 자리에서 일어나

주막집을 향해 비틀거리며 무거운 발걸음을 옮겼다.

사랑하는 이들 곁으로 다가가지 못한다는 절망감에 사로잡힌 이
녹. 그러나 슬픔에 빠진 그를 지탱해준 것은 그의 굳은 결심이었다.
확고한 신앙심과, 가슴속 깊은 곳에서 용솟음치는 무한한 기도가 쓰
라린 인고의 시간을 견딜 수 있게 해주었다.

이녹은 문득 주막집 주인 미리엄에게 물었다.

"언젠가 당신이 말해준 방앗간 집 여인은 전 남편이 아직 살아 있
지 않을까 염려하지는 않습니까?"

"걱정하다 뿐이오, 보기 딱할 정도로 고통스러워한다오. 혹여 당
신이라도 이녹이 죽는 걸 똑똑히 봤다고 말해줄 수 있다면 얼마나
좋겠수! 애니한테는 여간 위로가 되지 않을 거요."

노파의 말을 듣고 난 이녹은 이렇게 결심했다.

'내 머잖아 신의 부르심을 받게 되면, 그때는 알려주리라. 내가
죽고 난 다음에…… 그때까진 오직 신의 부르심을 기다리기로 하
자…….'

그렇게 단단히 마음먹은 이녹은 어떻게든 생활해나가기 위해 일
을 하기 시작했다. 남의 인정에 매달려 도움을 받는 것은 그에게 어
울리지 않았다.

그는 무슨 일이든 할 수 있는 사람이었다. 나무통을 만들어 팔거

나 목수로 일하고, 어부들의 그물을 짜주기도 했다. 그 당시만 해도 문명이 크게 발달하지 않았고, 이녹은 출항하는 범선에 짐을 싣거나 내려주면서 생계를 꾸려갔다. 그러나 그런 일은 자신만을 위한 것이었고 삶의 보람도, 미래에 대한 희망도 없는 것이었다.

그럭저럭 1년이 훌쩍 지나갔다. 이유도 없이 몸이 고달파서 앓는 날이 앓지 않는 날보다 많았다. 그리고 언제부턴가 몸이 부쩍 쇠약해지더니 결국에는 일도 못할 정도로 몸이 망가졌다. 바깥출입도 거의 하지 않고 방 안에만 틀어박혀 지내다가 급기야 앓아눕는 신세가 되고 말았다.

몸은 병들어 쇠약해졌지만 이녹의 마음은 결코 약해지지 않았다. 그는 용케도 잘 버텨냈다. 일체의 종말을 알리는 죽음의 새벽을 우러러본 그의 기쁨은 세상 그 무엇과도 바꿀 수 없는 것이었다. 난파당한 선원들이 풍랑에 휩쓸리다가 구원의 희망을 싣고 다가오는 쪽배를 발견했을 때의 기쁨인들 지금 이녹의 기쁨을 따를 수는 없다. 자신에게 점점 다가오는 죽음의 하늘에서 밝게 비치는 희망의 서광을 보았기 때문이다.

'내 삶이 멈추고 난 뒤에 아내에게 알리기로 하자…… 마지막 순간까지도 변함없이, 너무나 그리워하며 사랑했다고……!'

이녹이 큰 소리로 미리엄 레인을 불렀다.

"미리엄! 이리 좀 와주시렵니까!"

"무슨 일이오?"

"가슴속에 품고 있는 비밀 하나를 얘기해드리려 합니다만, 그 전에 맹세해주시겠습니까? 제가 눈감기 전에는 절대 누구에게도 얘기하지 않겠다고…… 성서에 걸고 맹세해주실 수 있습니까?"

"죽는다고? 에이, 그런 소리 마시우! 내가 당신을 낫게 해드리리다! 그러니 제발 그런 소릴랑은……!"

이녹이 잘라 말했다.

"맹세해주십시오, 성서를 걸고!"

그가 너무나 진지하고 엄숙하게 말하자 겁이 난 미리엄이 성서에 손을 얹고 맹세했다. 이녹이 검은 눈동자로 노파를 올려다보며 물었다.

"이 포구 마을에 살았던 이녹 아든이란 사람을 아십니까?"

노파가 대답했다.

"알다마다요! 그 사람이라면 멀리서도 단번에 알아보지! 부둣가를 걸어오는 그 모습이 얼마나 당당했는지, 지금도 눈에 선하구려! 어깨를 딱 펴고 앞만 보고 걷는 사내였다우!"

이녹의 슬픈 목소리가 이어졌다.

"그렇지만 지금의 그는 그러지 못합니다. 돌봐줄 사람 하나 없지요……. 앞으로 사흘을 못 넘길 것 같으니 감히 고백합니다만…… 제가 바로 그 이녹입니다……."

너무나 뜻밖의 말에 노파는 설마 하면서도 소스라치게 놀랐다.

"당신이 이녹이라고……? 에이, 말도 안 돼! 그 사람은 당신보다 키가 한 자는 더 컸는데……?"

"지난 시절 너무나 슬프고 외로워서 이런 몰골이 됐습니다. 그러니 의심은 거두어주십시오. 제가 바로 이녹 아든이라 불리던 사람입니다."

"세상에나, 어떻게……!"

"그리고 제 아내는…… 성이 두 번 바뀌어 지금은 필립 레이한테 시집가 있는 그 사람, 그녀가 바로 제 아내였지요……."

이녹은 도무지 믿기지 않는다는 듯 눈을 동그랗게 뜬 미리엄을 눌러앉히고 그동안 자신이 겪은 이야기를 들려주었다. 바다를 항해한 이야기와 배가 침몰된 이야기, 길고도 외로웠던 무인도 생활과 운 좋게 구조된 이야기, 이곳으로 돌아와 창문 너머로 애니를 훔쳐본 이야기, 그리고 자신의 결심을 굳게 지켜온 최근의 일까지 차분하게 들려주었다.

미리엄은 눈물이 많은 노인이었다. 이녹의 입에서 흘러나온 믿기 힘든 이야기를 듣는 내내 눈물을 줄줄 쏟아냈다. 마음 같아서는 당장 뛰쳐나가 이녹 아든이 살아 돌아왔다고 소리치고 싶었다. 서글픈 운명을 견디다 못해 지금 죽어가고 있다고……. 그러나 이녹의 위엄과 맹세에 짓눌러 그러지는 못했다.

미리엄이 손수건으로 눈물을 찍어내며 말했다.

"딱하게도, 사정이 정 그렇다면…… 죽기 전에 한 번만이라도 아이들을 만나보시오. 뭣하면 내가 찾아가 불러다주리다."

미리엄은 금방이라도 자리에서 일어나 나가려 했고, 그 말에 잠시 마음이 끌리긴 했지만 이녹은 끝까지 흔들리지 않았다.

"임종도 머지않은 지금, 제 마음을 어지럽히지 말아주세요. 그것보다도 제 소원이나 마저 들어주십시오."

"가엾게도…… 어서 말해보구려……."

"나중에 애니를 만나거든 전해주십시오. 애니를 진심으로 축복하면서, 오로지 그녀를 위해 신께 엎드려 기도하면서…… 우리가 갓 결혼한 그 시절처럼 애니만 애타게 연모하다가 눈을 감았다고……. 제 엄마를 쏙 빼닮은 딸아이에게는 이렇게 말해주십시오. 마지막 숨이 다하는 순간까지도 너의 앞길을 축복하더라고. 또 늠름한 아들 녀석에게도 축복의 말을 거듭하다가 죽었다고 전해주십시오. 그리고 늘 우리 식구를 돌봐준 필립에게도 그의 앞날을 위해 기도했다고 말해주십시오……."

"세상에나, 가엾게도……!"

이녹이 점퍼 주머니에서 뭔가를 꺼내놓으며 말을 이었다.

"생각하면, 저와 피를 나눈 아이가 하나 더 있습니다. 저세상에서 이 못난 아비를 기다리고 있을 아이 말입니다……. 이 머리카락이 바로 그 아이의 것입니다. 제가 출항하는 날 애니가 잘라 내게 쥐어 준 이 머리카락을 지금껏 몸에 지니고 있었지요. 이 머리카락을 무덤까지 지니고 가려 했지만, 신의 무릎에서 천상의 기쁨을 누리고 있을 고 귀여운 녀석을 이제 곧 만날 것이기에 마음을 바꿨습니다. 그러니 나중에 애니에게 전해주셨으면 합니다. 그녀에게 얼마간 위안이 될 테고, 무엇보다도 제가 이녹 아든이라는 확실한 증표가 될 테니까요……."

그로부터 사흘이 지났다. 이녹 아든은 창백한 얼굴로 잠들었고, 그를 간호하던 미리엄은 이따금 깜박깜박 졸고 있었다. 갑자기 난바다 저 멀리서 우르르 하고 바다가 우는 소리가 들리면서 작은 포구의 지축을 뒤흔들었다. 그러자 조용히 눈을 뜬 이녹이 상체를 일으키더니 두 손을 앞으로 추켜올린 채 우렁찬 목소리로 "배다…… 배다……! 나는 구조되었다……!" 하고 고함치더니 이내 뒤로 벌러덩 넘어져 다시는 움직이지 않았다. 고독했던 한 사내의 영혼은 그렇게 이 세상에 작별을 고하고 말았다.

용감한 바다 사나이 이녹 아든의 죽음은 곧 사방에 알려졌고, 사람들은 그 포구에서 이제껏 보지 못했을 정도로 성대한 장례식을 치러주었다.

장미 도둑

초판 1쇄 ㅣ 2018년 6월 30일

지은이 ㅣ 유연희·김하
펴낸이 ㅣ 유동범
펴낸곳 ㅣ 도서출판 토파즈
출판등록 ㅣ 2006년 6월 26일 제313-2006-000137호

주　소 ㅣ 경기도 고양시 덕양구 행신동 746-7번지 써니빌 102호
전　화 ㅣ 02-323-8105
팩　스 ㅣ 02-323-8109
이메일 ㅣ topazbook@hanmail.net

ⓒ 2018 토파즈

ISBN 978-89-92512-53-4 (03810)

잘못 만들어진 책은 구입처에서 교환해드립니다.